Contrato social

BOREAL

JEAN-JACQUES ROUSSEAU

Contrato social

Ilustración de sobrecubierta: Jacques-Louis David, *Juramento del Juego de Pelota*.
Museo Carnavalet, París
Diseño de colección: Álvaro Reyero
Realización de cubierta: Ángel Sanz Martín

Traducción: Fernando de los Ríos / Ángel Pumarega

© Boreal
Carretera de Irún, km 12,200. 28049 Madrid
Depósito legal: M. 5.719-1999
ISBN: 84-95156-21-0

Impreso en España/Printed in Spain
Impresión: BROSMAC, S. L.

Índice

Contrato social
o Principios de Derecho Político

Libro primero

Libro segundo

ÍNDICE

ÍNDICE

Discurso sobre el origen
de la desigualdad entre los hombres

Contrato social
o Principios de Derecho Político

Foederis oequas
Dicamus leges.

Virgilio, *AEneid.,* XI, v. 321.

Advertencia

Este pequeño tratado es el extracto de otro más extenso emprendido ha tiempo sin haber consultado mis fuerzas, y abandonado hace no poco. De los diversos trozos que se podían entresacar de lo que había terminado, éste es el más importante, y además lo he creído el menos indigno de ser ofrecido al público. Los *demás* no existen ya.

Libro primero

Quiero averiguar si puede haber en el orden civil alguna regla de administración legítima y segura tomando a los hombres tal como son y las leyes tales como pueden ser. Procuraré aliar siempre, en esta indagación, lo que la ley permite con lo que el interés prescribe, a fin de que la justicia y la utilidad no se hallen separadas.

Entro en materia sin demostrar la importancia de mi asunto. Se me preguntará si soy príncipe o legislador para escribir sobre política. Yo contesto que no, y que por eso mismo es por lo que escribo sobre política. Si fuese príncipe o legislador, no perdería el tiempo en decir lo que es preciso hacer, sino que lo haría o me callaría.

Nacido ciudadano en un Estado libre, y miembro del soberano, por muy débil influencia que pueda ejercer mi voz en los asuntos públicos, me basta el derecho de votar sobre ellos para imponerme el deber de instruirme: ¡dichoso cuantas veces medito acerca de los gobiernos, por encontrar en mis investigaciones razones para amar al de mi país!

Capítulo I

Asunto de este primer libro

El hombre ha nacido libre y, sin embargo, por todas partes se encuentra encadenado. Tal cual se cree el amo de los demás, cuando, en verdad, no deja de ser tan esclavo como ellos. ¿Cómo se ha verificado este camino? Lo ignoro. ¿Qué puede hacerlo legítimo? Creo poder resolver esta cuestión.

Si no considerase más que la fuerza y el efecto que de ella se deriva, diría: mientras un pueblo se ve obligado a obedecer y obedece, hace bien: mas en el momento en que puede sacudir el yugo, y lo sacude, hace todavía mejor; porque recobrando su libertad por el mismo derecho que se le arrebató, o está fundado el recobrarla, o no lo estaba el «habérsela quitado». Pero el orden social es un derecho sagrado y sirve de base a todos los demás. Sin embargo, este derecho no viene de la Naturaleza; por consiguiente, está, pues, fundado sobre convenciones. Se trata de saber cuáles son estas convenciones. Mas antes de entrar en esto debo demostrar lo que acabo de anticipar.

Capítulo II

De las primeras sociedades

La más antigua de todas las sociedades, y la única natural, es la de la familia, aun cuando los hijos no permanecen unidos al padre sino el tiempo en que necesitan de él para conservarse. En cuanto esta necesidad cesa, el lazo natural se deshace. Una vez libres los hijos de la obediencia que deben al padre, y el padre de los cuidados que debe a los hijos, recobran todos igualmente su independencia. Si continúan unidos luego, ya no lo es naturalmente, sino voluntariamente, y la familia misma no se mantiene sino por convención.

Esta libertad común es una consecuencia de la naturaleza del hombre. Su primera ley es velar por su propia conservación; sus primeros cuidados son los que se debe a sí mismo; tan pronto como llega a la edad de la razón, siendo él solo juez de los medios apropiados para conservarla, adviene por ello su propio señor. La familia es, pues, si se quiere, el primer modelo de las sociedades políticas: el jefe es la imagen del padre; el pueblo es la imagen de los hijos, y habiendo nacido todos iguales y libres, no enajenan su libertad sino por su utilidad. Toda la diferencia consiste en que en la familia el amor del padre por sus hijos le remunera de los cuidados que les presta, y en el Estado el placer de mando sustituye a este amor que el jefe no siente por sus pueblos.

Grocio niega que todo poder humano sea establecido en favor de los que son gobernados, y cita como ejemplo la esclavitud. Su forma más constante de razonar consiste en establecer el derecho por el hecho. Se podría emplear un método más conse-cuente.

Es, pues, dudoso para Grocio si el género humano pertenece a una centena de hombres o si esta centena de hombres perte-nece al género humano, y en todo su libro parece inclinarse a la primera opinión; éste es también el sentir de Hobbes. Ved de este modo a la especie humana dividida en rebaños de ganado, cada uno de los cuales con un jefe que lo guarda para devorarlo.

Del mismo modo que un guardián es de naturaleza superior a la de su rebaño, así los pastores de hombres, que son sus jefes, son también de una naturaleza superior a la de sus pueblos. Así razonaba, según Philon, el emperador Calígula, y sacaba, con ra-zón, como consecuencia de tal analogía que los reyes eran dioses o que los pueblos eran bestias.

El razonamiento de Calígula se asemeja al de Hobbes y al de Grocio. Aristóteles, antes de ellos dos, había dicho también que los hombres no son naturalmente iguales, sino que unos nacen para la esclavitud y otros para la dominación.

Aristóteles tenía razón; pero tomaba el efecto por la causa: todo hombre nacido en la esclavitud nace para la esclavitud, no hay nada más cierto. Los esclavos pierden todo en sus cadenas, hasta el deseo de salir de ellas; aman su servilismo, como los compañeros de Ulises amaban su embrutecimiento; si hay, pues, esclavos por naturaleza es porque ha habido esclavos contra na-turaleza. La fuerza ha hecho los primeros esclavos; su cobardía los ha perpetuado.

No he dicho nada del rey Adán ni del emperador Noé, padre de tres grandes monarcas, que se repartieron el universo como hicie-ron los hijos de Saturno, a quienes se ha creído reconocer en ellos.

Yo espero que se me agradecerá esta moderación; porque, des-cendiendo directamente de uno de estos príncipes, y acaso de la rama del primogénito, ¿qué sé yo si, mediante la comprobación de títulos, no me encontraría con que era el legítimo rey del género humano? De cualquier modo que sea, no se puede disentir de que Adán no haya sido soberano del mundo, como Robinsón lo fue de su isla en tanto que único habitante; y lo que había de cómodo en el imperio de éste era que el monarca, asegurado en su trono, no tenía que temer rebelión ni guerras, ni a conspiraciones.

Capítulo III

Del derecho del más fuerte

El más fuerte no es nunca bastante fuerte para ser siempre el señor, si no transforma su fuerza en derecho y la obediencia en deber. De ahí, el derecho del más fuerte; derecho tomado irónicamente en apariencia y realmente establecido en principio. Pero ¿no se nos explicará nunca esta palabra? La fuerza es una potencia física; ¡no veo qué moralidad puede resultar de sus efectos! Ceder a la fuerza es un acto de necesidad, no de voluntad; es, a lo más, un acto de prudencia. ¿En qué sentido podrá esto ser un acto de deber?

Supongamos por un momento este pretendido derecho. Yo afirmo que no resulta de él mismo un galimatías inexplicable; porque desde el momento en que es la fuerza la que hace el derecho, el efecto cambia con la causa: toda fuerza que sobrepasa a la primera sucede a su derecho. Desde el momento en que se puede desobedecer impunemente, se hace legítimamente; y puesto que el más fuerte tiene, siempre razón, no se trata sino de hacer de modo que se sea el más fuerte. Ahora bien: ¿qué es un derecho que perece cuando la fuerza cesa? Si es preciso obedecer por la fuerza, no se necesita obedecer por deber, y si no se está forzado a obedecer, no se está obligado. Se ve, pues, que esta palabra, el *derecho,* no añade nada a la fuerza; no significa nada absolutamente.

Obedeced al poder. Si esto quiere decir ceded a la fuerza, el precepto es bueno, pero superfluo, y contesto que no será violado jamás. Todo poder viene de Dios, lo confieso; pero toda enfermedad viene también de Él; ¿quiere esto decir que esté prohibido llamar al médico? Si un ladrón me sorprende en el recodo de un bosque, es preciso entregar la bolsa a la fuerza; pero si yo pudiera sustraerla, ¿estoy, en conciencia, obligado a darla? Porque, en último término, la pistola que tiene es también un poder.

Convengamos, pues, que fuerza no constituye derecho, y que no se está obligado a obedecer sino a los poderes legítimos. De este modo, mi primitiva pregunta renace de continuo.

Capítulo IV

De la esclavitud

Puesto que ningún hombre tiene una autoridad natural sobre sus semejantes, y puesto que la Naturaleza no produce ningún derecho, quedan, pues, las convenciones como base de toda autoridad legítima entre los hombres.

Si un particular —dice Grocio— puede enajenar su libertad y convertirse en esclavo de un señor, ¿por qué no podrá un pueblo entero enajenar la suya y hacerse súbdito de una vez? Hay en esto muchas palabras equívocas que necesitarían explicación; mas detengámonos en la de *enajenar*. Enajenar es dar o vender.

Ahora bien; un hombre que se hace esclavo de otro no se da, sino que se vende, al menos, por su subsistencia; pero un pueblo, ¿por qué se vende? No hay que pensar en que un rey proporcione a sus súbditos la subsistencia, puesto que es él quien saca de ellos la suya, y, según Rabelais, los reyes no viven poco. ¿Dan, pues, los súbditos su persona a condición de que se les tome también sus bienes? No veo qué es lo que conservan entonces.

Se dirá que el déspota asegura a sus súbditos la tranquilidad civil. Sea. Pero ¿qué ganan ellos si las guerras que su ambición les ocasiona, si su avidez insaciable y las vejaciones de su ministerio los desolan más que lo hicieran sus propias disensiones? ¿Qué ganan, si esta tranquilidad misma es una de sus miserias? También se vive tranquilo en los calabozos; ¿es esto bastante para encontrarse bien en ellos? Los griegos encerrados en el antro del Cíclope vivían tranquilos esperando que les llegase el turno de ser devorados.

Decir que un hombre se da gratuitamente es decir una cosa absurda e inconcebible. Un acto tal es ilegítimo y nulo por el solo motivo de que quien lo realiza no está en su razón. Decir de un pueblo esto mismo es suponer un pueblo de locos, y la locura no crea derecho.

Aun cuando cada cual pudiera enajenarse a sí mismo, no puede enajenar a sus hijos: ellos nacen hombres libres, su libertad les pertenece, nadie tiene derecho a disponer de ellos sino ellos mismos. Antes de que lleguen a la edad de la razón, el padre, puede, en su nombre, estipular condiciones para su conservación, para su bienestar; mas no darlos irrevocablemente y sin condición, porque una donación tal es contraria a los fines de la Naturaleza y excede a los derechos de la paternidad. Sería preciso, pues, para que un gobierno arbitrario fuese legítimo, que en cada generación el pueblo fuese dueño de admitirlo o rechazarlo; mas entonces este gobierno habría dejado de ser arbitrario.

Renunciar a la libertad es renunciar a la cualidad de hombres, a los derechos de humanidad e incluso a los deberes. No hay compensación posible para quien renuncia a todo. Tal renuncia es incompatible con la naturaleza del hombre, e implica arrebatar toda moralidad a las acciones el arrebatar la libertad a la voluntad. Por último, es una convención vana y contradictoria al reconocer, de una parte, una autoridad absoluta y, de otra, una obediencia sin límites. ¿No es claro que no se está comprometido a nada respecto de aquel de quien se tiene derecho a exigir todo? ¿Y esta sola condición, sin equivalencia, sin reciprocidad, no lleva consigo la nulidad del acto? Porque ¿qué derecho tendrá un esclavo sobre mí si todo lo que tiene me pertenece, y siendo su derecho el mío, este derecho mío contra mí mismo es una palabra sin sentido?

Grocio y los otros consideran la guerra un origen del pretendido derecho de esclavitud. El vencedor tiene, según ellos, el derecho de matar al vencido, y éste puede comprar su vida a expensas de su libertad; convención tanto más legítima cuanto que redunda en provecho de ambos.

Pero es claro que este pretendido derecho de dar muerte a los vencidos no resulta, en modo alguno, del estado de guerra. Por el solo hecho de que los hombres, mientras viven en su independencia primitiva, no tienen entre sí relaciones suficientemente constantes como para constituir ni el estado de paz ni el estado de guerra, ni son por naturaleza enemigos. Es la relación de las cosas y no la de los hombres la que constituye la guerra; y no pudiendo nacer ésta de las simples relaciones personales, sino sólo de las relaciones reales, la guerra privada o de hombre a hombre no puede existir, ni en el estado de naturaleza, en que no existe ninguna propiedad constante, ni en el estado social, en que todo se halla bajo la autoridad de las leyes.

Los combates particulares, los duelos, los choques, son actos y no constituyen ningún estado; y respecto a las guerras privadas, autorizadas por los Estatutos de Luis IX, rey de Francia, y suspendidas por la paz de Dios, son abusos del gobierno feudal, sistema absurdo como ninguno, contrario a los principios del derecho natural y a toda buena *política*.

La guerra no es, pues, una relación de hombre a hombre, sino una relación de Estado a Estado, en la cual los particulares sólo son enemigos incidentalmente, no como hombres, ni aun siquiera como ciudadanos, sino como soldados; no como miembros de la patria, sino como sus defensores. En fin, cada Estado no puede tener como enemigos sino otros Estados, y no hombres, puesto que entre cosas de diversa naturaleza no puede establecerse ninguna relación verdadera.

Este principio se halla conforme con las máximas establecidas en todos los tiempos y por la práctica constante de todos los pueblos civilizados. Las declaraciones de guerras no son tanto advertencia a la potencia cuanto a sus súbditos. El extranjero, sea rey, particular o pueblo, que robe, mate o detenga a los súbditos sin declarar la guerra al príncipe, no es un enemigo; es un ladrón. Aun en plena guerra un príncipe justo se apodera en país enemigo de todo lo que pertenece al público; mas respeta a las personas y los bienes de los particulares: respeta los derechos sobre los cuales están fundados los suyos propios.

Siendo el fin de la guerra la destrucción del Estado enemigo, se tiene derecho a dar muerte a los defensores en tanto tienen las armas en la mano; mas en cuanto entregan las armas y se rinden, dejan de ser enemigos o instrumentos del enemigo y vuelven a ser simplemente hombres, y ya no se tiene derecho sobre su vida.

A veces se puede matar al Estado sin matar a uno solo de sus miembros. Ahora bien; la guerra no da ningún derecho que no sea necesario a su fin. Estos principios no son los de Grocio; no se fundan sobre autoridades de poetas, sino que se derivan de la naturaleza misma de las cosas y se fundan en la razón.

El derecho de conquista no tiene otro fundamento que la ley del más fuerte. Si la guerra no da al vencedor el derecho de matanza sobre los pueblos vencidos, este derecho que no tiene no puede servirle de base para esclavizarlos. No se tiene el derecho de dar muerte al enemigo sino cuando no se le puede hacer esclavo; el derecho de hacerlo esclavo no viene, pues, del derecho de matarlo, y es, por tanto, un camino inicuo hacerle comprar la vida al precio de su libertad, sobre la cual no se tiene ningún derecho. Al fundar el derecho de vida y de muerte sobre el de esclavitud, y el de esclavitud sobre el de vida y de muerte, ¿no es claro que se cae en un círculo vicioso? Aun suponiendo este terrible derecho de matar, yo afirmo que un esclavo hecho en la guerra, o un pueblo conquistado, sólo está obligado, para con su señor, a obedecerle en tanto que se siente forzado a ello. Buscando un beneficio equivalente al de su vida, el vencedor, en realidad, no le concede gracia alguna; en vez de matarle sin fruto, lo ha matado con utilidad. Lejos, pues, de haber adquirido sobre él autoridad alguna unida a la fuerza, subsiste entre ellos el estado de guerra como antes, y su relación misma es un efecto de ello; es más, el uso del derecho de guerra no supone ningún tratado de paz. Han hecho un convenio, sea; pero este convenio, lejos de destruir el estado de guerra, supone su continuidad.

Así, de cualquier modo que se consideren las cosas, el derecho de esclavitud es nulo, no sólo por ilegítimo, sino por absurdo y porque no significa nada. Estas palabras, *esclavo* y *derecho,* son contradictorias: se excluyen mutuamente. Sea de un hombre a otro, bien de un hombre a un pueblo, este razonamiento será igualmente insensato: «Hago contigo un convenio, completamente en tu perjuicio y completamente en mi provecho, que yo observaré cuando me plazca y que tú observarás cuando me plazca a mí también.»

Capítulo V

De cómo es preciso elevarse siempre a una primera convención

Aun cuando concediese todo lo que he refutado hasta aquí, los fautores del despotismo no habrán avanzado más por ello. Siempre habrá una gran diferencia entre someter una multitud y regir una sociedad. Que hombres dispersos sean subyugados sucesivamente a uno solo, cualquiera que sea el número en que se encuentren, no por esto dejamos de hallarnos ante un señor y esclavos, mas no ante un pueblo y su jefe; es, si se quiere, una agregación, pero no una asociación; no hay en ello ni bien público ni cuerpo político. Este hombre, aunque haya esclavizado la mitad del mundo, no deja de ser un particular; su interés, desligado del de los demás, es un interés privado. Al morir este mismo hombre, queda disperso y sin unión su imperio, como una encina se deshace y cae en un montón de ceniza después de haberla consumido el fuego.

Un pueblo —dice Grocio— puede entregarse a un rey. Esta misma donación es un acto civil; supone una deliberación pública. Antes de examinar el acto por el cual un pueblo elige a un rey sería bueno examinar el acto por el cual un pueblo es tal pueblo; porque siendo este acto necesariamente anterior al otro, es el verdadero fundamento de la sociedad.

En efecto; si no hubiese convención anterior, ¿dónde radicaría la obligación para la minoría de someterse a la elección de la mayoría, a menos que la elección fuese unánime? Y ¿de dónde ciento que quieren un señor tienen derecho a votar por diez que no lo quieren? La misma ley de la pluralidad de los sufragios es una fijación de convención y supone, al menos una vez, la previa unanimidad.

Capítulo VI

Del pacto social

Supongo a los hombres llegados a un punto en que los obstáculos que perjudican a su conservación en el estado de naturaleza logran vencer, mediante su resistencia, a la fuerza que cada individuo puede emplear para mantenerse en dicho estado. Desde este momento, el estado primitivo no puede subsistir, y el género humano perecería si no cambiase de manera de ser.

Ahora bien: como los hombres no pueden engendrar nuevas fuerzas, sino unir y dirigir las que existen, no tienen otro medio de conservarse que formar por agregación una suma de fuerzas que pueda exceder a la resistencia, ponerlas en juego por un solo móvil y hacerlas obrar en armonía.

Esta suma de fuerzas no puede nacer sino del concurso de muchos; pero siendo la fuerza y la libertad de cada hombre los primeros instrumentos de su conservación, ¿cómo va a comprometerlos sin perjudicarse y sin olvidar los cuidados que se debe? Esta dificultad, referida a nuestro problema, puede enunciarse en estos términos:

«Encontrar una forma de asociación que defienda y proteja de toda fuerza común a la persona y a los bienes de cada asociado, y por virtud de la cual cada uno, uniéndose a todos, no obedezca sino a sí mismo y quede tan libre como antes.» Tal es el problema fundamental, al cual da solución el *Contrato social*.

Las cláusulas de este contrato se hallan determinadas hasta tal punto por la naturaleza del acto, que la menor modificación las haría vanas y de efecto nulo; de suerte que, aun cuando jamás hubiesen podido ser formalmente enunciadas, son en todas partes las mismas y doquiera están tácitamente admitidas y reconocidas, hasta que, una vez violado el pacto social, cada cual vuelve a la posesión de sus primitivos derechos y a recobrar su libertad natural, perdiendo la convencional, por la cual renunció a aquélla.

Estas cláusulas, debidamente entendidas, se reducen todas a una sola, a saber: la enajenación total de cada asociado con todos sus derechos a toda la humanidad; porque, en primer lugar, dándose cada uno por entero, la condición es la misma para todos, y siendo la condición igual para todos, nadie tiene interés en hacerla onerosa a los demás.

Es más: cuando la enajenación se hace sin reservas, la unión llega a ser lo más perfecta posible y ningún asociado tiene nada que reclamar, porque si quedasen reservas en algunos derechos, los particulares, como no habría ningún superior común que pudiese fallar entre ellos y el público, siendo cada cual su propio juez en algún punto, pronto pretendería serlo en todos, y el estado de naturaleza subsistiría y la asociación advendría necesariamente tiránica o vana.

En fin, dándose cada cual a todos, no se da a nadie, y como no hay un asociado, sobre quien no se adquiera el mismo derecho que se le concede sobre sí, se gana el equivalente de todo lo que se pierde y más fuerza para conservar lo que se tiene.

Por tanto, si se elimina del pacto social lo que no le es de esencia, nos encontramos con que se reduce a los términos siguientes: «Cada uno de nosotros pone en común su persona y todo su poder bajo la suprema dirección de la voluntad general, y nosotros recibimos además a cada miembro como parte indivisible del todo.»

Este acto produce inmediatamente, en vez de la persona particular de cada contratante, un cuerpo moral y colectivo, compuesto de tantos miembros como votos tiene la asamblea, el cual recibe de este mismo acto su unidad, su *yo* común, su vida y su voluntad. Esta persona pública que así se forma, por la unión de todos los demás, tomaba en otro tiempo el nombre de *ciudad* y toma ahora el de *república* o de *cuerpo político,* que es llamado por sus miembros *Estado,* cuando es pasivo; *soberano,* cuando es

activo; *poder,* al compararlo a sus semejantes; respecto a los aso-
ciados, toman colectivamente el nombre de *pueblo,* y se llaman
en particular *ciudadanos,* en cuanto son participantes de la autoridad soberana, y *súbditos,* en cuanto sometidos a las leyes del
Estado. Pero estos términos se confunden frecuentemente y se toman unos por otros; basta con saberlos distinguir cuando se emplean en toda su precisión.

Capítulo VII

Del soberano

Se ve por esta fórmula que el acto de asociación encierra un compromiso recíproco del público con los particulares, y que cada individuo, contratando, por decirlo así, consigo mismo, se encuentra comprometido bajo una doble relación, a saber: como miembro del soberano, respecto a los particulares, y como miembro del Estado, respecto al soberano. Mas no puede aplicarse aquí la máxima del derecho civil de que nadie se atiene a los compromisos contraídos consigo mismo; porque hay mucha diferencia entre obligarse con uno mismo o con un todo de que se forma parte.

Es preciso hacer ver, además, que la deliberación pública, que puede obligar a todos los súbditos respecto al soberano, a causa de las dos diferentes relaciones bajo las cuales cada uno de ellos es considerado, no puede por la razón contraria obligar al soberano para con él mismo, y, por tanto, que es contrario a la naturaleza del cuerpo político que el soberano se imponga una ley que no puede infringir. No siéndole dable considerarse más que bajo una sola y misma relación, se encuentra en el caso de un particular que contrata consigo mismo; de donde se ve que no hay ni puede haber ninguna especie de ley fundamental obligatoria para el cuerpo del pueblo, ni siquiera el contrato social. Lo que no significa que este cuerpo no pueda comprometerse por completo con respecto a otro, en lo que no derogue este contrato; porque, en lo que respecta al extranjero, es un simple ser, un individuo.

Pero el cuerpo político o el soberano, no derivando su ser sino de la santidad del contrato, no puede nunca obligarse, ni aun respecto a otro, a nada que derogue este acto primitivo, como el de enajenar alguna parte de sí mismo o someterse a otro soberano. Violar el acto por el cual existe sería aniquilarlo, y lo que no es nada no produce nada.

Tan pronto como esta multitud se ha reunido así en un cuerpo, no se puede ofender a uno de los miembros ni atacar al cuerpo, ni menos aún ofender al cuerpo sin que los miembros se resistan. Por tanto, el deber, el interés, obligan igualmente a las dos partes contratantes a ayudarse mutuamente, y los mismos hombres deben procurar reunir bajo esta doble relación todas las ventajas que dependan de ella.

Ahora bien; no estando formado el soberano sino por los particulares que lo componen, no hay ni puede haber interés contrario al suyo; por consiguiente, el poder soberano no tiene ninguna necesidad de garantía con respecto a los súbditos, porque es imposible que el cuerpo quiera perjudicar a todos sus miembros, y ahora veremos cómo no puede perjudicar a ninguno en particular. El soberano, sólo por ser lo que es, es siempre lo que debe ser.

Mas no ocurre lo propio con los súbditos respecto al soberano, de cuyos compromisos, a pesar del interés común, nada respondería si no encontrase medios de asegurarse de su fidelidad.

En efecto; cada individuo puede como hombre tener una voluntad particular contraria o disconforme con la voluntad general que tiene como ciudadano; su interés particular puede hablarle de un modo completamente distinto de como lo hace el interés común; su existencia, absoluta y naturalmente independiente, le puede llevar a considerar lo que debe a la causa común, como una contribución gratuita, cuya pérdida será menos perjudicial a los demás que oneroso es para él el pago, y considerando la persona moral que constituye el Estado como un ser de razón, ya que no es un hombre, gozaría de los derechos del ciudadano sin querer llenar los deberes del súbdito, injusticia cuyo progreso causaría la ruina del cuerpo político.

Por tanto, a fin de que este pacto social no sea una vana fórmula, encierra tácitamente este compromiso: que sólo por sí puede dar fuerza a los demás, y que quienquiera se niegue a obedecer la voluntad general será obligado a ello por todo el cuerpo. Esto no significa otra cosa sino que se le obligará a ser libre, pues es tal la condición, que dándose cada ciudadano a la patria le asegura de toda dependencia personal; condición que constituye el artificio y el juego de la máquina política y que es la única que hace legítimos los compromisos civiles, los cuales sin esto serían absurdos, tiránicos y estarían sujetos a los más enormes abusos.

Capítulo VIII

Del estado civil

Este tránsito del estado de naturaleza al estado civil produce en el hombre un cambio muy notable, al sustituir en su conducta la justicia al instinto y al dar a sus acciones la moralidad que antes le faltaba. Sólo cuando ocupa la voz del deber el lugar del impulso físico y el derecho el del apetito es cuando el hombre, que hasta entonces no había mirado más que a sí mismo, se ve obligado a obrar según otros principios y a consultar su razón antes de escuchar sus inclinaciones. Aunque se prive en este estado de muchas ventajas que le brinda la Naturaleza, alcanza otra tan grande al ejercitarse y desarrollarse sus facultades, al extender sus ideas, al ennoblecerse sus sentimientos; se eleva su alma entera a tal punto, que si el abuso de esta nueva condición no lo colocase frecuentemente por bajo de aquella de que procede, debería bendecir sin cesar el feliz instante que le arrancó para siempre de ella, y que de un animal estúpido y limitado hizo un ser inteligente y un hombre.

Reduzcamos todo este balance a términos fáciles de comparar: lo que el hombre pierde por el contrato social es su libertad natural y un derecho ilimitado a todo cuanto le apetece y puede alcanzar; lo que gana es la libertad civil y la propiedad de todo lo que posee. Para no equivocarse en estas complicaciones es preciso distinguir la libertad natural, que no tiene más límite que las fuerzas del individuo, de la libertad civil, que está limitada por la voluntad general, y la posesión, que no es sino el efecto de la fuerza o el derecho del primer ocupante, de la propiedad, que no puede fundarse sino sobre un título positivo.

Según lo que precede, se podría agregar a lo adquirido por el estado civil la libertad moral, la única que verdaderamente hace al hombre dueño de sí mismo, porque el impulso exclusivo del apetito es esclavitud, y la obediencia a la ley que se ha prescrito es la libertad; mas ya he dicho demasiado sobre este particular y sobre el sentido filosófico de la palabra libertad, que no es aquí mi tema.

Capítulo IX

Del dominio real

Cada miembro de la comunidad se da a ella en el momento en que se forma tal como se encuentra actualmente; se entrega él con sus fuerzas, de las cuales forman parte los bienes que posee. No es que por este acto cambie la posesión de naturaleza al cambiar de mano y advenga propiedad en las del soberano; sino que, como las fuerzas de la ciudad son incomparablemente mayores que las de un particular, la posesión pública es también, de hecho, más fuerte y más irrevocable, sin ser más legítima, al menos para los extraños; porque el Estado, con respecto a sus miembros, es dueño de todos sus bienes por el contrato social, el cual, en el Estado, es la base a todos los derechos; pero no lo es frente a las demás potencias sino por el derecho de primer ocupante, que corresponde a los particulares.

El derecho de primer ocupante, aunque más real que el del más fuerte, no adviene un verdadero derecho sino después del establecimiento del de propiedad. Todo hombre tiene, naturalmente, derecho a todo aquello que le es necesario; mas el acto positivo que le hace propietario de algún bien lo excluye de todo lo demás. Tomada su parte, debe limitarse a ella, y no tiene ya ningún derecho en la comunidad. He aquí por qué el derecho del primer ocupante, tan débil en el estado de naturaleza, es respetable para todo hombre civil. Se respeta menos en este derecho lo que es de otro que lo que no es de uno mismo.

En general, para autorizar sobre cualquier porción de terreno el derecho del primer ocupante son precisas las condiciones siguientes: primera, que este territorio no esté aún habitado por nadie; segunda, que no se ocupe de él sino la extensión de que se tenga necesidad para subsistir, y en tercer lugar, que se tome posesión de él, no mediante una vana ceremonia, sino por el trabajo y el cultivo, único signo de propiedad que, a falta de títulos jurídicos, debe ser respetado por los demás.

En efecto: conceder a la necesidad y al trabajo el derecho de primer ocupante, ¿no es darle la extensión máxima de que es susceptible? ¿Puede no ponérsele límites a este derecho? ¿Será suficiente poner el pie en un terreno común para considerarse dueño de él? ¿Bastará tener la fuerza necesaria para apartar un momento a los demás hombres, para quitarles el derecho de volver a él? ¿Cómo puede un hombre o un pueblo apoderarse de un territorio inmenso y privar de él a todo el género humano sin que esto constituya una usurpación punible, puesto que quita al resto de los hombres la habitación y los alimentos que la Naturaleza les da en común? ¿Era motivo suficiente que Núñez de Balboa tomase posesión, en la costa del mar del Sur, de toda la América meridional, en nombre de la corona de Castilla, para desposeer de ellas a todos los habitantes y excluir de las mismas a todos los príncipes del mundo? De modo análogo se multiplicaban vanamente escenas semejantes, y el rey católico no tenía más que tomar posesión del universo entero de un solo golpe, exceptuando tan sólo de su Imperio lo que con anterioridad poseían los demás príncipes.

Se comprende cómo las tierras de los particulares reunidas y contiguas se convierten en territorio público, y cómo el derecho de soberanía, extendiéndose desde los súbditos al terreno, adviene a la vez real y personal. Esto coloca a los poseedores en una mayor dependencia y hace de sus propias fuerzas la garantía de su fidelidad; ventaja que no parece haber sido bien apreciada por los antiguos monarcas, quienes, llamándose reyes de los persas, de los escitas, de los macedonios, parecían considerarse más como jefes de los hombres que como señores de su país. Los de hoy se llaman, más hábilmente, reyes de Francia, de España, de Inglaterra, etc.; dominando así el territorio, están seguros de dominar a sus habitantes.

Lo que hay de singular en esta enajenación es que, lejos de despojar la comunidad a los particulares de sus bienes, al aceptarlos, no hace sino asegurarles la legítima posesión de los mismos, cambiar la usurpación en un verdadero derecho y el disfrute en propiedad. Entonces, siendo considerados los poseedores como depositarios del bien público, respetados los derechos de todos los miembros del Estado y mantenidos con todas sus fuerzas contra el extranjero, por una cesión ventajosa al público, y más aún a ellos mismos, adquieren, por decirlo así, todo lo que han dado; paradoja que se aplica fácilmente a la distinción de los derechos que el soberano y el propietario tienen sobre el mismo fundo, como a continuación se verá.

Puede ocurrir también que los hombres comiencen a unirse antes de poseer nada y que, apoderándose en seguida de un territorio suficiente para todos, gocen de él en común o lo repartan entre ellos, ya por igual, ya según proporciones establecidas por el soberano. De cualquier modo que se haga esta adquisición, el derecho que tiene cada particular sobre el mismo fundo está siempre subordinado al derecho que la comunidad tiene sobre todos, sin lo cual no habría ni solidez en el vínculo social ni fuerza real en el ejercicio de la soberanía.

Terminaré este capítulo y este libro con una indicación que debe servir de base a todo el sistema social, a saber: que en lugar de destruir la igualdad natural, el pacto fundamental sustituye, por el contrario, con una igualdad moral y legítima lo que la Naturaleza había podido poner de desigualdad física entre los hombres y que, pudiendo ser desiguales en fuerza o en talento, advienen todos iguales por convención y derecho.

Libro segundo

Capítulo I

La soberanía es inalienable

La primera y más importante consecuencia de los principios anteriormente establecidos es que la voluntad general puede dirigir por sí sola las fuerzas del Estado según el fin de su institución, que es el bien común; porque si la oposición de los intereses particulares ha hecho necesario el establecimiento de las sociedades, el acuerdo de estos mismos intereses es lo que lo ha hecho posible. Esto es lo que hay de común en estos diferentes intereses que forman el vínculo social; y si no existiese un punto en el cual se armonizasen todos ellos, no hubiese podido existir ninguna sociedad. Ahora bien; sólo sobre este interés común debe ser gobernada la sociedad.

Digo, pues, que no siendo la soberanía sino el ejercicio de la voluntad general, no puede enajenarse jamás, y el soberano, que no es sino un ser colectivo, no puede ser representado más que por sí mismo: el poder es susceptible de ser transmitido, mas no la voluntad.

En efecto; si bien no es imposible que una voluntad particular concuerde en algún punto con la voluntad general, sí lo es, al menos, que esta armonía sea duradera y constante, porque la voluntad particular tiende por su naturaleza al privilegio y la voluntad general a la igualdad. Es aún más imposible que exista una garantía de esta armonía, aun cuando siempre debería existir; esto no sería un efecto del arte, sino del azar. El soberano puede muy bien decir: «Yo quiero actualmente lo que quiere tal hombre o, por lo menos, lo que dice querer»; pero no puede decir: «Lo que este hombre querrá mañana yo lo querré también»; puesto que es absurdo que la voluntad se eche cadenas para el porvenir y porque no depende de ninguna voluntad el consentir en nada que sea contrario al bien del ser que quiere. Si, pues, el pueblo promete simplemente obedecer, se disuelve por este acto y pierde su cualidad de pueblo; en el instante en que hay un señor, ya no hay soberano, y desde entonces el cuerpo político queda destruido.

No quiere esto decir que las órdenes de los jefes no pueden pasar por voluntades generales, en cuanto el soberano, libre para oponerse, no lo hace. En casos tales, es decir, en casos de silencio universal, se debe presumir el consentimiento del pueblo. Esto se explicará más detenidamente.

Capítulo II

La soberanía es indivisible

Por la misma razón que la soberanía no es enajenable es indivisible; porque la voluntad es general o no lo es; es la del cuerpo del pueblo o solamente de una parte de él. En el primer caso, esta voluntad declarada es un acto de soberanía y hace ley; en el segundo, no es sino una voluntad particular o un acto de magistratura; es, a lo más, un decreto.

Mas no pudiendo nuestros políticos dividir la soberanía en su principio, la dividen en su objeto; la dividen en fuerza y en voluntad; en Poder legislativo y Poder ejecutivo; en derechos de impuesto, de justicia y de guerra; en administración interior y en poder de tratar con el extranjero; tan pronto confunden todas estas partes como las separan. Hacen del soberano un ser fantástico, formado de piezas relacionadas; es como si compusiesen el hombre de muchos cuerpos, de los cuales uno tuviese los ojos, otro los brazos, otros los pies, y nada más. Se dice que los charlatanes del Japón despedazan un niño a la vista de los espectadores, y después, lanzando al aire sus miembros uno después de otro, hacen que el niño vuelva a caer al suelo vivo y entero. Semejantes son los juegos malabares de nuestros políticos: después de haber despedazado el cuerpo social, por un prestigio digno de la magia reúnen los pedazos no se sabe cómo.

Este error procede de no haberse formado noción exacta de la autoridad soberana y de haber considerado como partes de esa autoridad lo que no eran sino emanaciones de ella. Así, por ejemplo, se ha considerado el acto de declarar la guerra y el de hacer la paz como actos de soberanía; cosa inexacta, puesto que cada uno de estos actos no constituye una ley, sino solamente una aplicación de la ley, un acto particular que determina el caso de la ley, como se verá claramente cuando se fije la idea que va unida a la palabra *ley*.

Siguiendo el análisis de las demás divisiones, veríamos que siempre que se cree ver la soberanía dividida se equivoca uno; que los derechos que se toman como parte de esta soberanía le están todos subordinados y suponen siempre voluntades supremas, de las cuales estos hechos no son sino su ejecución.

No es posible expresar cuánta oscuridad ha lanzado esta falta de exactitud sobre las decisiones de los autores en materia de Derecho político cuando han querido juzgar de los derechos respectivos de los reyes y de los pueblos sobre los principios que habían establecido. Todo el que quiera puede ver en los capítulos III y IV del primer libro de Grocio cómo este sabio y su traductor Barbeyrac se confunden y enredan en sus sofismas por temor a decir demasiado, o de no decir bastante, según sus puntos de vista, y de hacer chocar los intereses que debían conciliar. Grocio, refugiado en Francia, descontento de su patria y queriendo hacer la corte a Luis XIII, a quien iba dedicado su libro, no perdona medio de despojar a los pueblos de todos sus derechos y de adornar a los reyes con todo el arte posible. Éste hubiese sido también el gusto de Barbeyrac, que dedicaba su traducción al rey de Inglaterra Jorge I. Pero, desgraciadamente, la expulsión de Jacobo II, que él llama abdicación, le obliga a guardar reservas, a soslayar, a tergiversar, para no hacer de Guillermo un usurpador. Si estos dos escritores hubiesen adoptado los verdaderos principios, se habrían salvado todas las dificultades y habrían sido siempre consecuentes; pero hubieran dicho, por desgracia, la verdad y no hubiesen hecho la corte más que al pueblo. Ahora bien; la verdad no conduce al lucro, y el pueblo no da embajadas, ni sedes, ni pensiones.

Capítulo III

Sobre si la voluntad general puede errar

Se sigue de todo lo que precede que la voluntad general es siempre recta y tiende a la utilidad pública; pero no que las deliberaciones del pueblo ofrezcan siempre la misma rectitud. Se quiere siempre el bien propio; pero no siempre se le conoce. Nunca se corrompe al pueblo; pero frecuentemente se le engaña, y solamente entonces es cuando parece querer lo malo.

Hay, con frecuencia, bastante diferencia entre la voluntad de todos y la voluntad general. Ésta no tiene en cuenta sino el interés común; la otra se refiere al interés privado, y no es sino una suma de voluntades particulares. Pero quitad de estas mismas voluntades el más y el menos, que se destruyen mutuamente, y queda como suma de las diferencias la voluntad general.

Si cuando el pueblo delibera, una vez suficientemente informado, no mantuviesen los ciudadanos ninguna comunicación entre sí, del gran número de las pequeñas diferencias resultaría la voluntad general y la deliberación sería siempre buena. Mas cuando se desarrollan intrigas y se forman asociaciones parciales a expensas de la asociación total, la voluntad de cada una de estas asociaciones se convierte en general, con relación a sus miembros, y en particular con relación al Estado; entonces no cabe decir que hay tantos votantes como hombres, por tanto como asociaciones. Las diferencias se reducen y dan un resultado menos general. Finalmente, cuando una de estas asociaciones es tan grande que excede a todas las demás, no tendrá como resultado una suma de pequeñas diferencias sino una diferencia única; entonces no hay ya voluntad general, y la opinión que domina no es sino una opinión particular.

Importa, pues, para poder fijar bien el enunciado de la voluntad general, que no haya ninguna sociedad parcial en el Estado y que cada ciudadano opine exclusivamente según él mismo; tal fue la única y sublime institución del gran Licurgo. Si existen sociedades parciales, es preciso multiplicar el número de ellas y prevenir la desigualdad, como hicieron Solón, Numa y Servio. Estas precauciones son las únicas buenas para que la voluntad general se manifieste siempre y para que el pueblo no se equivoque nunca.

Capítulo IV

De los límites del poder soberano

Si el Estado o la ciudad no es sino una persona moral, cuya vida consiste en la unión de sus miembros, y si el más importante de sus cuidados es el de su propia conservación, le es indispensable una fuerza universal y compulsiva que mueva y disponga cada parte del modo más conveniente para el todo.

De igual modo que la Naturaleza da a cada hombre un poder absoluto sobre sus miembros, así el pacto social da al cuerpo político un poder absoluto sobre todo lo suyo. Ese mismo poder es el que, dirigido por la voluntad general, lleva el nombre de soberanía.

Pero, además de la persona pública, tenemos que considerar las personas privadas que la componen, y cuya vida y libertad son naturalmente independientes de ella. Se trata, pues, de distinguir bien los derechos respectivos de los ciudadanos y del soberano, así como los deberes que tienen que llenar los primeros, en calidad de súbditos del derecho natural, cualidad de que deben gozar por el hecho de ser hombres.

Se conviene en que todo lo que cada uno enajena de su poder mediante el pacto social, de igual suerte que se enajena de sus bienes, de su libertad, es solamente la parte de todo aquello cuyo uso importa a la comunidad; mas es preciso convenir también que sólo el soberano es juez para apreciarlo.

Cuantos servicios pueda un ciudadano prestar al Estado se los debe prestar en el acto en que el soberano se los pida; pero éste, por su parte, no puede cargar a sus súbditos con ninguna cadena que sea inútil a la comunidad, ni siquiera puede desearlo; porque bajo la ley de la razón no se hace nada sin causa, como asimismo ocurre bajo la ley de la Naturaleza.

Los compromisos que nos ligan al cuerpo social no son obligatorios sino porque son mutuos, y su naturaleza es tal, que al cumplirlos no se puede trabajar para los demás sin trabajar también para sí. ¿Por qué la voluntad general es siempre recta, y por qué todos quieren constantemente la felicidad de cada uno de ellos, si no es porque no hay nadie que no se apropie estas palabras de *cada uno* y que no piense en sí mismo al votar para todos? Lo que prueba que la igualdad de derecho y la noción de justicia que produce se derivan de la preferencia que cada uno se da y, por consiguiente, de la naturaleza del hombre; que la voluntad general, para ser verdaderamente tal, debe serlo en su objeto tanto como en su esencia; que debe partir de todos, para aplicarse a todos, y que pierde su natural rectitud cuando tiende a algún objeto individual y determinado, porque entonces, juzgando de lo que nos es extraño, no tenemos ningún verdadero principio de equidad que nos guíe.

En efecto; tan pronto como se trata de un hecho o de un derecho particular sobre un punto que no ha sido reglamentado por una convención general y anterior, el asunto adviene contencioso; es un proceso en que los particulares interesados son una de las partes, y el público la otra; pero en el que no ve ni la ley que es preciso seguir ni el juicio que debe pronunciar. Sería ridículo entonces quererse referir a una expresa decisión de la voluntad· general, que no puede ser sino la conclusión de una de las partes, y que, por consiguiente, no es para la otra sino una voluntad extraña, particular, llevada en esta ocasión a la injusticia y sujeta al error. Así, del mismo modo que una voluntad particular no puede representar la voluntad general, ésta, a su vez, cambia de naturaleza teniendo un objeto particular, y no puede, como general, pronunciarse ni sobre un hombre ni sobre un hecho. Cuando el pueblo de. Atenas, por ejemplo, nombraba o deponía sus jefes, otorgaba honores al uno, imponía penas al otro y, por multitud de decretos particulares, ejercía indistintamente todos los actos de gobierno, el pueblo entonces no tenía la voluntad general propiamente dicha; no obraba ya como soberano, sino como magistrado. Esto parecerá contrario a las ideas comunes; pero es preciso que se me deje tiempo para exponer las mías.

Se debe concebir, por consiguiente, que lo que generaliza la voluntad es menos el número de votos que el interés común que los une; porque en esta institución cada uno se somete necesariamente a las condiciones que él impone a los demás: armonía admirable del interés y de la justicia, que da a las deliberaciones comunes un carácter de equidad, que se ve desvanecerse en la discusión de todo negocio particular por falta de un interés común que una e identifique la regla del juez con la de la parte.

Por cualquier lado que se eleve uno al principio, se llegará siempre a la misma conclusión, a saber: que el pacto social establece entre los ciudadanos una igualdad tal, que se comprometen todos bajo las mismas condiciones y, por tanto, que deben gozar todos los mismos derechos. Así, por la naturaleza de pacto, todo acto de soberanía, es decir, todo acto auténtico de la voluntad general, obliga y favorece igualmente a todos los ciudadanos; de suerte que el soberano conoce solamente el cuerpo de la nación y no distingue a ninguno de aquellos que la componen. ¿Qué es propiamente un acto de soberanía? No es, en modo alguno, una convención del superior con el inferior, sino una convención del cuerpo con cada uno de sus miembros; convención legítima, porque tiene por base el contrato social; equitativa, porque es común a todos; útil, porque no puede tener más objeto que el bien general, y sólida, porque tiene como garantía la fuerza pública y el poder supremo. En tanto que los súbditos no se hallan sometidos más que a tales convenciones, no obedecen a nadie sino a su propia voluntad; y preguntar hasta dónde se extienden los derechos respectivos del soberano y de los ciudadanos es preguntar hasta qué punto pueden éstos comprometerse consigo mismos, cada uno de ellos respecto a todos y todos respecto a cada uno de ellos.

De aquí se deduce que el poder soberano, por muy absoluto, sagrado e inviolable que sea, no excede, ni puede exceder, de los límites de las convenciones generales, y que todo hombre puede disponer plenamente de lo que por virtud de esas convenciones le han dejado de sus bienes y de su libertad. De suerte que el soberano no tiene jamás derecho de pesar sobre un súbdito más que sobre otro, porque entonces, al adquirir el asunto carácter particular, hace que su poder deje de ser competente.

Una vez admitidas estas distinciones, es preciso afirmar que es falso que en el contrato social haya de parte de los particulares ninguna renuncia verdadera; pues su situación, por efecto de este contrato, es realmente preferible a la de antes, y en lugar de una enajenación no han hecho sino un cambio ventajoso, de una manera de vivir incierta y precaria, por otra mejor y más segura; de la independencia natural, por la libertad; del poder de perjudicar a los demás, por su propia seguridad, y de su fuerza, que otros podrían sobrepasar, por un derecho que la unión social hace invencible. Su vida misma, que han entregado al Estado, está continuamente protegida por él. Y, cuando la exponen por su defensa, ¿qué hacen sino devolverle lo que de él han recibido? ¿Qué hacen que no hiciesen más frecuentemente y con más peligro en el estado de naturaleza, cuando, al librarse de combatientes inevitables, defendiesen con peligro de su vida lo que les sirve para conservarla? Todos tienen que combatir, en caso de necesidad, por la patria, es cierto; pero, en cambio, no tiene nadie que combatir por sí. ¿Y no se va ganando, al arriesgar por lo que garantiza nuestra seguridad, una parte de los peligros que sería preciso correr por nosotros mismos tan pronto como nos fuese aquélla arrebatada?

Capítulo V

Del derecho de vida y de muerte

Se pregunta: ¿cómo no teniendo derecho alguno a disponer de su propia vida pueden los particulares transmitir al soberano este mismo derecho de que carecen? Esta cuestión parece difícil de resolver porque está mal planteada. Todo hombre tiene derecho a arriesgar su propia vida para conservarla. ¿Se ha dicho nunca que quien se tira por una ventana para huir de un incendio sea culpable de suicidio? ¿Se le ha imputado nunca este crimen a quien perece en una tempestad, cuyo peligro no ignoraba al embarcarse?

El contrato social tiene por fin la conservación de los contratantes. Quien quiere el fin quiere también los medios, y estos medios son inseparables de algunos riesgos e incluso de algunas pérdidas. Quien quiere conservar su vida a expensas de los demás debe darla también por ellos cuando sea necesario. Ahora bien, el ciudadano no es juez del peligro a que quiere la ley que se exponga, y cuando el príncipe le haya dicho: «Es indispensable para el Estado que mueras», debe morir, puesto que sólo con esta condición ha vivido hasta entonces seguro, y ya que su vida no es tan sólo una merced de la Naturaleza, sino un don condicional del Estado.

La pena de muerte infligida a los criminales puede ser considerada casi desde el mismo punto de vista: a fin de no ser la víctima de un asesino se consiente en morir si se llega a serlo. En este pacto, lejos de disponer de la propia vida, no se piensa sino en darle garantías, y no es de suponer que ninguno de los contratantes premedite entonces la idea de dar motivo a que se le ajusticie.

Por lo demás, todo malhechor, al atacar el derecho social, hácese por sus delitos rebelde y traidor a la patria; deja de ser miembro de ella al violar las leyes, y hasta le hace la guerra. Entonces la conservación del Estado es incompatible con la suya; es preciso que uno de los dos perezca, y cuando se hace morir al culpable, es menos como ciudadano que como enemigo. Los procedimientos, el juicio, son las pruebas y la declaración de que ha roto el pacto social, y, por consiguiente, de que no es ya miembro del Estado. Ahora bien; como él se ha reconocido como tal, a lo menos por su residencia, debe ser separado de aquél, por el destierro, como infractor del pacto, o por la muerte, como enemigo público; porque un enemigo tal no es una persona moral, es un hombre, y entonces el derecho de la guerra es matar al vencido.

Mas se dice que la condena de un criminal es un acto particular. De acuerdo. Tampoco esta condena corresponde al soberano; es un derecho que puede conferir sin poder ejercerlo él mismo. Todas mis ideas están articuladas; pero no puedo exponerlas a la vez.

Además, la frecuencia de los suplicios es siempre un signo de debilidad o de pereza en el gobierno. No hay malvado que no pueda hacer alguna cosa buena. No se tiene derecho a dar muerte, ni para ejemplo, sino a quien no pueda dejar vivir sin peligro.

Respecto al derecho de gracia o al de eximir a un culpable de la pena impuesta por la ley y pronunciada por el juez, no corresponde sino a quien está por encima del juez y de la ley, es decir, al soberano: todavía su derecho a esto no está bien claro, y los casos en que se ha usado de él son muy raros. En un Estado bien gobernado hay pocos castigos, no porque se concedan muchas gracias, sino porque hay pocos criminales; la excesiva frecuencia de crímenes asegura su impunidad cuando el Estado decae. Bajo la república romana, ni el Senado, ni los cónsules intentaron jamás conceder gracia alguna; el pueblo mismo no la otorgaba, aun cuando algunas veces revocase su propio juicio. Las gracias frecuentes anuncian que pronto no tendrán necesidad de ellas los delitos, y todo el mundo sabe a qué conduce esto. Mas siento que mi corazón murmura y detiene mi pluma; dejemos estas cuestiones para que las discuta el hombre justo, que no ha caído nunca y que jamás tuvo necesidad de gracia.

Capítulo VI

De la ley

Mediante el pacto social hemos dado existencia y vida al cuerpo político; se trata ahora de darle el movimiento y la voluntad mediante la legislación. Porque el acto primitivo por el cual este cuerpo se forma y se une no dice en sí mismo nada de lo que debe hacer para conservarse.

Lo que es bueno y está conforme con el orden lo es por la naturaleza de las cosas e independientemente de las convenciones humanas. Toda justicia viene de Dios. Sólo Él es la fuente de ella; mas si nosotros supiésemos recibirla de tan alto, no tendríamos necesidad ni de gobierno ni de leyes. Sin duda, existe una justicia universal que emana sólo de la razón; pero esta justicia, para ser admitida entre nosotros, debe ser recíproca. Las leyes de la justicia son vanas entre los hombres, si consideramos humanamente las cosas, a falta de sanción natural; no reportan sino el bien al malo y el mal al justo, cuando éste las observa para con las demás sin que nadie las observe para con él. Son necesarias, pues, convenciones y leyes para unir los derechos a los deberes y llevar la justicia a su objeto. En el estado de naturaleza, en que todo es común, nada debo a quien nada he prometido; no reconozco que sea de otro sino lo que me es inútil. No ocurre lo propio en el estado civil, en que todos los derechos están fijados por la ley.

Mas ¿qué es entonces una ley? Mientras nos contentemos con no unir a esta palabra sino ideas metafísicas, continuaremos razonando sin entendernos, y cuando se haya dicho lo que es una ley de la Naturaleza no por eso se sabrá mejor lo que es una ley de Estado.

Ya he dicho que no existía voluntad general sobre un objeto particular. En efecto; ese objeto particular está en el Estado o fuera del Estado. Si está fuera del Estado, una voluntad que le es extraña no es general con respecto a él, y si este objeto está en el Estado, forma parte de él; entonces se establece entre el todo y su parte una relación que hace de ellos dos seres separados, de los cuales la parte es uno, y el todo, excepto esta misma parte, el otro. Pero el todo, menos una parte, no es el todo, y en tanto que está relación subsista, no hay todo, sino dos partes desiguales; de donde se sigue que la voluntad de una de ellas no es tampoco general con relación a la otra.

Mas cuando todo el pueblo estatuye sobre sí mismo, sólo se considera a sí, y si se establece entonces una relación, es del objeto en su totalidad, aunque desde un aspecto, al objeto entero, considerado desde otro, pero sin ninguna división del todo, y la materia sobre la cual se estatuye es general, de igual suerte que lo es la voluntad que estatuye. A este acto es al que yo llamo una ley.

Cuando digo que el objeto de las leyes es siempre general, entiendo que la ley considera a los súbditos en cuanto cuerpos y a las acciones como abstractos: nunca toma a un hombre como individuo ni una acción particular. Así, la ley puede estatuir muy bien que habrá privilegios; pero no puede darlos especialmente a nadie. La ley puede hacer muchas clases de ciudadanos y hasta señalar las cualidades que darán derecho a estas clases; mas no puede nombrar a éste o a aquél para ser admitidos en ellas; puede establecer un gobierno real y una sucesión hereditaria, mas no puede elegir un rey ni nombrar una familia real; en una palabra, toda función que se relacione con algo individual no pertenece al Poder legislativo.

De conformidad con esta idea, es manifiesto que no hay que preguntar a quién corresponde hacer las leyes, puesto que son actos de la voluntad general, ni si el príncipe está sobre las leyes, puesto que es miembro del Estado, ni si la ley puede ser injusta, puesto que no hay nada injusto con respecto a sí mismo, ni cómo se está libre y sometido a las leyes, puesto que no son éstas sino manifestaciones externas de nuestras voluntades.

Se ve, además, que, reuniendo la ley la universalidad de la voluntad y la del objeto, lo que un hombre, cualquiera que sea, ordena como jefe no es en modo alguno una ley; lo que ordena el mismo soberano sobre un objeto particular no es tampoco una ley, sino un decreto; no es un acto de soberanía, sino de magistratura.

Llamo, pues, república a todo Estado regido por leyes, sea bajo la forma de administración que sea; porque entonces solamente gobierna el interés público y la cosa pública es algo. Todo gobierno legítimo es republicano, a continuación explicaré lo que es gobierno.

Las leyes no son propiamente sino las condiciones de la asociación civil. El pueblo sometido a las leyes debe ser su autor; no corresponde regular las condiciones de la sociedad sino a los que se asocian. Mas ¿cómo la regulan? ¿Será de común acuerdo, por una inspiración súbita? ¿Tiene el cuerpo político un órgano para enunciar sus voluntades? ¿Quién le dará la previsión necesaria para formar con ellas las actas y publicarlas previamente, o cómo las pronunciará en el momento necesario? Una voluntad ciega, que con frecuencia no sabe lo que quiere, porque rara vez sabe lo que le conviene, ¿cómo ejecutaría, por sí misma, una empresa tan grande, tan difícil, como un sistema de legislación? El pueblo, de por sí, quiere siempre el bien; pero no siempre lo ve. La voluntad general es siempre recta; mas el juicio que la guía no siempre es claro. Es preciso hacerle ver los objetos tal como son, y algunas veces tal como deben parecerle; mostrarle el buen camino que busca; librarle de las seducciones de las voluntades particulares; aproximar a sus ojos los lugares y los tiempos; contrarrestar el atractivo de las ventajas presentes y sensibles con el peligro de los males alejados y ocultos. Los particulares ven el bien que rechazan; el público quiere el bien que no ve. Todos necesitan igualmente guías. Es preciso obligar a los unos a conformar sus voluntades a su razón; es preciso enseñar al otro a conocer lo que quiere. Entonces, de las luces públicas resulta la unión del entendimiento y de la voluntad en el cuerpo social; de aquí el exacto concurso de las partes y, en fin, la mayor fuerza del todo. He aquí de dónde nace la necesidad de un legislador.

Capítulo VII

Del legislador

Para descubrir las mejores reglas de sociedad que convienen a las naciones sería preciso una inteligencia superior, que viese todas las pasiones de los hombres y que no experimentase ninguna; que no tuviese relación con nuestra naturaleza y que la conociese a fondo; que tuviese una felicidad independiente de nosotros y, sin embargo, que quisiese ocuparse de la nuestra; en fin, que en el progreso de los tiempos, preparándose una gloria lejana, pudiese trabajar en un siglo y gozar en otro. Serían precisos dioses para dar leyes a los hombres. El mismo razonamiento que hacía Calígula en cuanto al hecho, lo hacía Platón en cuanto al derecho para definir el hombre civil o real que busca en su libro *De Regno*. Mas si es verdad que un gran príncipe es un hombre raro, ¿qué será de un gran legislador? El primero no tiene más que seguir el modelo que el otro debe proponer; éste es el mecánico que inventa la máquina, aquél no es más que el obrero que la monta y la hace marchar. «En el nacimiento de las sociedades —dice Montesquieu— son los jefes de las repúblicas los que hacen la institución, y es después la institución la que forma los jefes de las repúblicas.»

Aquel que ose emprender la obra de instituir un pueblo, debe sentirse en estado de cambiar, por decirlo así, la naturaleza humana, de transformar a cada individuo, que por sí mismo es un todo perfecto y solitario, en parte de un todo más grande, del cual recibe, en cierto modo, este individuo su vida y su ser; de alterar la constitución del hombre para reforzarla; de sustituir una existencia parcial y moral por la existencia física e independiente que hemos recibido de la Naturaleza. Es preciso, en una palabra, que quite al hombre sus fuerzas propias para darle ótras que le sean extrañas, y de las cuales no pueda hacer uso sin el auxilio de otro. Mientras más muertas y anuladas queden estas fuerzas, más grandes y duraderas son las adquiridas y más sólida y perfecta la institución; de suerte que si cada ciudadano no es nada, no puede nada sin todos los demás, y si la fuerza adquirida por el todo es igual o superior a la suma de fuerzas naturales de todos los individuos, se puede decir que la legislación se encuentra en el más alto punto de perfección que es capaz de alcanzar.

El legislador es, en todos los respectos, un hombre extraordinario en el Estado. Si debe serlo por su genio, no debe serlo menos atendiendo a su función. Ésta no es de magistratura, no es de soberanía. La establece la república, pero no entra en su constitución; es una función particular y superior que no tiene nada de común con el imperio humano, porque si quien manda a los hombres no debe ordenar a las leyes, el que ordena a las leyes no debe hacerlo a los hombres; de otro modo, estas leyes, ministros de sus pasiones, no harían frecuentemente sino perpetuar sus injusticias; nunca podría evitar que miras particulares alterasen la santidad de su obra.

Cuando Licurgo dio leyes a su patria comenzó por abdicar de la realeza. Era costumbre, en la mayor parte de las ciudades griegas, confiar a extranjeros el establecimiento de las suyas. Las repúblicas modernas de Italia imitaron con frecuencia este uso; la de Ginebra hizo lo mismo, con éxito. Roma, en su más hermosa edad, vio brotar en su seno todos los crímenes de la tiranía, y estuvo próxima a perecer por haber reunido sobre las mismas cabezas la autoridad legislativa y el poder soberano.

Sin embargo, ni siquiera los decenviros se arrogaron nunca el derecho de hacer pasar ninguna ley con su sola autoridad. «Nada de lo que os proponemos —decían al pueblo— puede pasar como ley sin vuestro consentimiento. Romanos: sed vosotros mismos los autores de las leyes que deben hacer vuestra felicidad.»

Quien redacta las leyes no tiene, pues, o no debe tener, ningún derecho legislativo, y el pueblo mismo no puede, cuando quiera, despojarse de este derecho incomunicable; porque, según el pacto fundamental, no hay más que voluntad general que obligue a los particulares, y no se puede jamás asegurar que una voluntad particular está conforme con la voluntad general sino después de haberla sometido a los sufragios libres del pueblo. Ya he dicho esto, pero no es inútil repetirlo.

Así se encuentra a la vez, en la obra de la legislación, dos cosas que parecen incompatibles: una empresa que está por encima de la fuerza humana y, para ejecutarla, una autoridad que no es nada.

Otra dificultad que merece atención: los sabios que quieren hablar al vulgo en su propia lengua, en lugar de hacerlo en la de éste, no lograrán ser comprendidos. Ahora bien: hay mil categorías de ideas que es imposible traducir a la lengua del pueblo. Los puntos de vista demasiado generales y los objetos demasiado alejados están igualmente fuera de su alcance; cada individuo, no gustando de otro plan de gobierno que el que se refiere a su interés particular, percibe difícilmente las ventajas que debe sacar de las privaciones continuas que imponen las buenas leyes. Para que un pueblo que nace pueda apreciar las sanas máximas de la política y seguir las reglas fundamentales de la razón del Estado, sería preciso que el efecto pudiese convertirse en causa; que el espíritu social, que debe ser la obra de la institución, presidiese a la institución misma, y que los hombres fuesen, antes de las leyes, lo que deben llegar a ser merced a ellas. Así pues, no pudiendo emplear el legislador ni la fuerza ni el razonamiento, es de necesidad que recurra a una autoridad de otro orden, que pueda arrastrar sin violencia y persuadir sin convencer.

He aquí lo que obligó en todos los tiempos a los padres de la nación a recurrir a la intervención del cielo y a honrar a los dioses con su propia sabiduría, a fin de que los pueblos, sometidos a las leyes del Estado como a las de la Naturaleza, y reconociendo el mismo poder en la formación del hombre y en la de la ciudad, obedeciesen con libertad y llevasen dócilmente el yugo de la felicidad pública.

Esta razón sublime, que se eleva por encima del alcance de los hombres vulgares, es la que induce al legislador a atribuir las decisiones a los inmortales, para arrastrar por la autoridad divina a aquellos a quienes no podría estremecer la prudencia humana.

Pero no corresponde a cualquier hombre hacer hablar a los dioses ni ser creído cuando se anuncie para ser su intérprete. La gran alma del legislador es el verdadero milagro, que debe probar su misión. Todo hombre puede grabar tablas de piedra, o comprar un oráculo, o fingir un comercio secreto con alguna divinidad, o amaestrar un pájaro para hablarle al oído, o encontrar medios groseros para imponer aquéllas a un pueblo. El que no sepa más que esto, podrá hasta reunir un ejército de insensatos; pero nunca fundará un imperio, y su extravagante obra perecerá en seguida con él. Vanos prestigios forman un vínculo pasajero; sólo la sapiencia puede hacerlo duradero. La ley judaica, siempre subsistente; la del hijo de Ismael, que desde hace diez siglos rige la mitad del mundo, pregona aún hoy a los grandes hombres que las han dictado; y mientras que la orgullosa filosofía o el ciego espíritu de partido no ven en ellos más que afortunados impostores, el verdadero político admira en sus instituciones este grande y poderoso genio que preside a las instituciones duraderas.

No es preciso deducir de todo esto, con Warburton, que la política y la religión tengan, entre nosotros, un objeto común, sino que en el origen de las naciones la una sirve de instrumento a la otra.

Capítulo VIII

Del pueblo

Lo mismo que un arquitecto antes de levantar un gran edificio observa y sondea el terreno para ver si puede soportar el peso de aquél, así el sabio legislador no comienza por redactar buenas leyes en sí mismas, sino que antes examina si el pueblo al cual las destina es adecuado para recibirlas. Ésta fue la razón por la cual Platón rehusó dar leyes a los arcadios y a los cirenienses, sabiendo que estos dos pueblos eran ricos y no podían sufrir la igualdad; he aquí el motivo de que se vieran en Creta buenas leyes y hombres malos, porque Minos no había disciplinado sino un pueblo lleno de vicios.

Mil naciones han florecido que nunca habrían podido tener buenas leyes, y aun las que las hubiesen podido soportar sólo hubiese sido durante breve tiempo. La mayor parte de los pueblos, como de los hombres, no son dóciles más que en su juventud: se hacen incorregibles al envejecer. Una vez que las costumbres están establecidas y los prejuicios arraigados, es una empresa peligrosa y vana el querer reformarlos: el pueblo no puede consentir que se toque a sus males para destruirlos de un modo semejante a esos enfermos estúpidos y sin valor que tiemblan a la vista del médico.

Lo mismo que ocurre con algunas enfermedades que trastornan la cabeza de los hombres y les borran el recuerdo del pasado, se encuentran algunas veces, en la vida de los Estados, épocas violentas en que las revoluciones obran sobre los pueblos como ciertas crisis sobre los individuos, en que el horror al pasado sustituye al olvido y en que el Estado, a su vez, oprimido por las guerras civiles, renace, por decirlo así, de sus cenizas y vuelve a adquirir el vigor de la juventud saliendo de los brazos de la muerte. Así acaeció en Esparta en tiempo de Licurgo; en Roma, después de los Tarquinos, y entre nosotros, en Holanda y Suiza, después de la expulsión de los tiranos.

Mas estos acontecimientos son raros, son excepciones, cuya razón se encuentra siempre en la constitución particular del Estado motivo de excepción. Ni siquiera podrían ocurrir dos veces en el mismo pueblo, puesto que puede hacerse libre mientras sólo sea bárbaro; mas no puede hacerlo una vez que se ha gastado el resorte civil. Entonces, las turbulencias pueden destruirlo, sin que las revoluciones puedan restablecerlo, y tan pronto como los hierros se rompen, se dispersa y ya no existe; a partir de este momento necesita un dominador y no un libertador. ¡Pueblos libres, acordaos de esta máxima: «Se puede adquirir la libertad, pero no se la puede recobrar jamás»!

La juventud no es la infancia. Hay para las naciones, como para los hombres, una época de juventud, o si se quiere, de madurez, a la que hay que esperar antes de someter a aquéllos a las leyes. Pero la madurez de un pueblo no siempre es fácil de reconocer, y si se anticipa la obra, fracasa. Tal pueblo es disciplinado desde que nace; tal otro lo es al cabo de diez siglos. Los rusos no serán nunca verdaderamente civilizados, porque lo han sido demasiado pronto. Pedro tenía el genio imitativo, el verdadero genio, el que crea y todo lo hace de la nada. Algunas de las cosas que hizo estaban bien; la mayor parte, fuera de lugar. Vio que su pueblo era bárbaro, no vio que no estaba maduro para la civilidad; quiso civilizarlo, cuando sólo era preciso hacerlo aguerrido; quiso, desde luego, hacer alemanes o ingleses, cuando era preciso comenzar por hacer rusos; impidió a sus súbditos llegar a ser nunca lo que podían ser persuadiéndoles de que eran lo que no son. Así es como un preceptor francés educa a su alumno, para brillar en el momento de su infancia y para no ser luego nada. El Imperio ruso querrá subyugar a Europa, y él será subyugado. Los tártaros, sus súbditos o sus vecinos, llegarán a ser sus dueños y los nuestros: esta revolución me parece infalible. Todos los reyes de Europa trabajan de consuno para acelerarla.

Capítulo IX

Continuación

Del mismo modo que la Naturaleza ha dado límites a la estatura de un hombre bien conformado, pasados los cuales no hace sino gigantes o enanos, ha tenido en cuenta, para la mejor constitución de un Estado, los límites de la extensión que puede alcanzar a fin de que no sea, ni demasiado grande para poder ser bien gobernado, ni demasiado pequeño para poderse sostener por sí mismo. Existe en todo cuerpo político un máximum de fuerzas que no puede sobrepasarse, del cual se aleja con frecuencia, a fuerza de ensancharse. Mientras más se extiende el vínculo social, más se afloja, y, en general, un Estado pequeño es proporcionalmente más fuerte que uno grande.

Mil razones demuestran esta máxima. Primeramente, la administración se hace más penosa con las grandes distancias, como un peso aumenta colocado al extremo de una palanca mayor. Es también más onerosa a medida que los grados se multiplican; porque cada ciudad tiene, primero, la suya, que el pueblo paga; cada distrito, la suya, también pagada por el pueblo; después, cada provincia; luego, los grandes gobiernos, las satrapías, los virreinatos, y es preciso pagar más caro a medida que se sube, y siempre a expensas del desgraciado pueblo. Por fin viene la administración suprema, que todo lo tritura. Con tantos recargos como agotan continuamente a los súbditos, lejos de estar mejor gobernados por todos estos diferentes órdenes, lo están mucho menos que si no hubiese más que uno solo por encima de ellos. Sin embargo, apenas quedan recursos para los casos extraordinarios, y cuando es preciso recurrir a ellos, el Estado está siempre en vísperas de su ruina.

No es esto todo; no solamente tiene menos vigor y celeridad el gobierno para hacer observar las leyes, impedir vejaciones, corregir abusos, prevenir empresas sediciosas que pueden realizarse en lugares alejados, sino que el pueblo siente menos afecto por sus jefes, a los cuales no ve nunca; a la patria, que es a sus ojos como el mundo, y a sus conciudadanos, de los cuales la mayor parte le son extraños. Las mismas leyes no pueden convenir a tantas provincias diversas, que tienen diferentes costumbres, que viven bajo climas opuestos y que no pueden soportar la misma forma de gobierno. Leyes diferentes no engendran sino turbulencia y confusión entre los pueblos que, al vivir bajo los mismos jefes, y en una comunicación continua, se relacionan y contraen matrimonio unos con otros, y sometidos a otras costumbres no saben nunca si su patrimonio es completamente propio. Las capacidades intelectuales no se aprovechan y los vicios quedan impunes en esta multitud de hombres, desconocidos unos de otros, que la organización administrativa suprema reúne en un mismo lugar. Los jefes, agotados por los negocios, no ven nada por sí mismos, y gobiernan al Estado sus delegados. Por último, las medidas que hay que tomar para mantener a la autoridad general, de la cual tantos empleados subalternos quieren sustraerse o imponerla, absorben todas las atenciones públicas; no queda nada para la felicidad del pueblo; apenas resta algo para su defensa en caso de necesidad, y así es como un cuerpo demasiado grande por su constitución se abate y perece aplastado bajo su propio peso.

Por otra parte, el Estado debe proporcionarse una cierta base para tener solidez, para resistir las sacudidas que no dejará de experimentar y los esfuerzos que se verá obligado a realizar para sostenerse; porque todos los pueblos tienen una especie de fuerza centrífuga, mediante la cual ellos obran unos sobre otros y tienden a agrandarse a expensas de sus vecinos, como los torbellinos de Descartes. Así, los débiles están expuestos a ser devorados en seguida, y apenas puede nadie conservarse sino poniéndose con todos en una especie de equilibrio, que hace el empuje aproximadamente igual en todos sentidos.

Se ve, pues, que hay razones así para extenderse como para reducirse. Y no es el menor talento del político encontrar entre unas y otras la solución más ventajosa para la conservación del Estado. Se puede decir, en general, que los primeros, no siendo sino exteriores y relativos, deben ser subordinados a los otros, que son internos y absolutos. Una sana y fuerte constitución es la primera cosa que es preciso buscar. Y se debe contar, más con el vigor que nace de un buen gobierno, que con los recursos que proporciona un gran territorio.

Por lo demás, se han visto Estados de tal modo establecidos que la necesidad de conquistar entraba en su misma constitución, y que para mantenerse se veían obligados a ensancharse sin cesar. Acaso se regocijasen demasiado por esta feliz necesidad, que les señalaba, sin embargo, con el término de su grandeza, el inevitable momento de su caída.

Capítulo X

Continuación

Se puede medir un cuerpo político de dos maneras, a saber: por la extensión del territorio y por el número de habitantes, y existe entre ambas medidas una relación conveniente para dar al Estado su verdadera extensión. Los hombres son los que hacen el Estado, y el territorio el que alimenta a los hombres. Esta relación consiste, pues, en que la tierra baste a la manutención de sus habitantes, y que haya tantos como la tierra pueda alimentar. En esta proporción es en la que se encuentra el máximun de fuerza de un número dado de pueblo; porque si hay terreno excesivo, su custodia es onerosa; su cultivo, insuficiente; su producto, superfluo; es la causa próxima de las guerras defensivas. Si no fuese el territorio bastante, el Estado se encuentra, con respecto al suplemento que necesita, a discreción de sus vecinos; es la causa próxima de las guerras ofensivas. Todo pueblo que, por su posición, no tiene otra alternativa que el comercio o la guerra, es débil en sí mismo; depende de sus vecinos; depende de los acontecimientos; no tiene nunca sino una existencia incierta y breve. Subyuga y cambia de situación o es subyugado y no es nada. No puede conservarse libre si no es a fuerza de insignificancia o de extensión.

No se puede dar en cálculo una relación fija entre la extensión de tierra y el número de hombres de modo que baste aquélla a éstos, tanto a causa de las diferencias que se encuentran en las cualidades del terreno, en sus grados de fertilidad, en la naturaleza de sus producciones, en la influencia de los climas, como por la que se observa en los temperamentos de los hombres que los habitan, de los cuales, unos consumen poco en un país fértil y otros mucho en un suelo ingrato. Es preciso, además, tener en cuenta la mayor o menor fecundidad de las mujeres: lo que puede haber en el país de más o menos favorable a la población; el número de habitantes que el legislador puede esperar llegue a alcanzar; de suerte que no debe fundar su juicio sobre lo que ve, sino lo que prevé, sin detenerse tanto en el estado actual de la población, cuanto en aquel a que, naturalmente, debe llegar. Finalmente, hay mil ocasiones en que los accidentes particulares del lugar exigen o permiten que se abarque más terreno del que parece necesario. Así, se extenderá uno mucho en un país montañoso, donde las producciones naturales, bosques y pastos, exigen menos trabajo; donde la experiencia enseña que las mujeres son más fecundas que en las llanuras, y donde un extenso suelo inclinado no da sino una pequeña base horizontal, la única con que es preciso contar la vegetación. Por el contrario, se puede uno ceñir a la orilla del mar aun en rocas y arenas casi estériles, porque la pesca puede suplir allí en gran parte las producciones de la tierra, porque los hombres deben estar más reunidos para rechazar a los piratas y porque se tiene más facilidad para librar al país, mediante las colonias, de los habitantes que le sobren.

A estas condiciones para instituir un pueblo es preciso añadir una que no puede sustituir a ninguna otra, pero sin la cual todas son inútiles: la de que se disfrute de abundancia y paz; porque la época en que se organiza un Estado es, como aquella en que se forma un batallón, el instante en que el cuerpo es menos capaz de resistencia y más fácil de destruir. Mejor se resistirá en un desorden absoluto que en un momento de fermentación, en que cada cual se ocupa de su puesto y no del peligro. Si tiene lugar en esta época de crisis una guerra, un estado de hambre, una sedición, el Estado será trastornado infaliblemente.

No es que no haya muchos gobiernos establecidos durante estas tempestades; pero estos mismos gobiernos son los que destruyen el Estado. Los usurpadores producen o eligen siempre estos tiempos de turbulencia para hacer pasar, a favor del terror público, leyes destructoras que el pueblo no adoptaría nunca a sangre fría. La elección del momento de la institución es uno de los caracteres más seguros mediante los cuales se puede distinguir la obra del legislador de la del tirano.

¿Qué pueblo es, pues, propio para la legislación? Aquel que, encontrándose ya ligado por alguna unión de origen, de interés o de convención, no ha llevado aún el verdadero yugo de las leyes; el que no tiene costumbres ni supersticiones muy arraigadas; el que no teme ser aniquilado por una invasión súbita; el que, sin mezclarse en las querellas de sus vecinos, puede resistir él solo a cada uno de ellos o servirse de uno para rechazar al otro; aquel en el cual cada miembro puede ser conocido por todos y en el que no se está obligado a cargar a un hombre con un fardo mayor de lo que es capaz de llevar, el que puede pasarse sin otros pueblos y del cual pueden, a su vez, éstos prescindir; el que no es rico ni pobre y puede bastarse a sí mismo; en fin, el que reúne la consistencia de un antiguo pueblo con la docilidad de un pueblo nuevo. Lo que hace penosa la obra de la legislación es menos lo que se precisa establecer que lo que es necesario destruir, y lo que hace el éxito tan raro es la imposibilidad de encontrar la sencillez de la Naturaleza junto a las necesidades de la sociedad. Ciertamente que todas estas condiciones se encuentran difícilmente reunidas, y por ello se ven pocos Estados bien constituidos.

Hay aún en Europa un país capaz de legislación: la isla de Córcega. El valor y la constancia con que ha sabido recobrar y defender su libertad este valiente pueblo merecerían que algún hombre sabio le enseñase a conservarla. Tengo el presentimiento de que algún día esta pequeña isla asombrará a Europa.

Capítulo XI

De los diversos sistemas de legislación

Si se indaga en qué consiste precisamente el mayor bien de todos, que debe ser el fin de todo sistema de legislación, se hallará que se reduce a dos objetos principales: la *libertad* y la *igualdad;* la libertad, porque toda dependencia particular es fuerza quitada al cuerpo del Estado; la igualdad, porque la libertad no puede subsistir sin ella.

Ya he dicho lo que es la libertad civil; respecto a la igualdad no hay que entender por esta palabra que los grados de poder y de riqueza sean absolutamente los mismos, sino que, en cuanto concierne al poder, que éste quede por encima de toda violencia y nunca se ejerza sino en virtud de la categoría y de las leyes, y en cuanto a la riqueza, que ningún ciudadano sea bastante opulento como para poder comprar a otro, y ninguno tan pobre como para verse obligado a venderse; lo que supone, del lado de los grandes, moderación de bienes y de crédito, y del lado de los pequeños, moderación de avaricia y de envidias.

Esta igualdad, dicen, es una quimera de especulación, que no puede existir en la práctica. Pero si el abuso es inevitable, ¿se sigue de aquí que no pueda al menos reglamentarse? Precisamente porque la fuerza de las cosas tiende siempre a destruir la igualdad es por lo que la fuerza de la legislación debe siempre pretender mantenerla.

Mas estos objetos generales de toda buena constitución deben ser modificados en cada país por las relaciones que nacen tanto de la situación local como del carácter de los habitantes, y en estos respectos es en lo que se debe asignar a cada pueblo un sistema particular de institución que sea el mejor, acaso no en sí mismo, sino para el Estado a que está destinado. Por ejemplo: si el suelo es ingrato y estéril o el país demasiado estrecho para sus habitantes, volveos del lado de la industria, de las artes, con las cuales cambiaréis las producciones con los géneros que os falten. Por el contrario, ocupad ricas llanuras y costas fértiles; en un buen terreno, careced de habitantes; prestad todos vuestros cuidados a la agricultura, que multiplica los hombres, y desterrad las artes, que no harían sino acabar de despoblar el país, agrupando en algún punto del territorio los pocos habitantes que haya. Ocupad costas extensas y cómodas, cubrir el mar de barcos, cultivad el comercio y la navegación y tendréis una existencia breve, pero brillante. El mar no baña en vuestras costas sino rocas casi inaccesibles; permaneced bárbaros e *ictiófagos;* entonces viviréis más tranquilos, mejor, quizá, y seguramente más felices. En una palabra: además de las máximas comunes a todos, cada pueblo encierra en sí alguna causa que le ordena de una manera particular y hace su legislación propia para sí solo. Así es como en otro tiempo los hebreos, y recientemente los árabes, han tenido como principal objeto la religión; los atenienses, las letras; Cartago y Tiro, el comercio; Rodas, la marina; Esparta, la guerra, y Roma, la virtud. El autor de *El espíritu de las leyes* ha mostrado, en multitud de ejemplos, de qué artes se vale el legislador para dirigir la institución respecto a cada uno de estos objetos.

Lo que hace la constitución de un Estado verdaderamente sólida y duradera es que la conveniencia sea totalmente observada, que las relaciones naturales y las leyes coincidan en los mismos puntos y que éstas no hagan, por decirlo así, sino asegurar, acompañar, rectificar a las otras. Mas si el legislador, equivocándose en un objeto, toma un principio diferente del que nace de la naturaleza de las cosas, si uno tiende a la servidumbre y otro a la libertad, uno a las riquezas y otro a la población, uno a la paz y otro a las conquistas, se verá que las leyes se debilitan insensiblemente, la constitución se altera y el Estado no dejará de verse agitado, hasta que sea destruido o cambiado y hasta que la invencible Naturaleza haya recobrado su imperio.

Capítulo XII

División de las leyes

Para ordenar el todo y para dar la mejor forma posible a la cosa pública hay que considerar diversas relaciones. Primeramente, la acción del cuerpo entero obrando sobre sí mismo, es decir, la relación del todo con el todo o del soberano con el Estado, y esta relación se compone de aquellos términos intermediarios que veremos a continuación.

Las leyes que regulan esta relación llevan el nombre de leyes políticas, y se llaman también leyes fundamentales, no sin alguna razón, si estas leyes son sabias; porque si no hay en cada Estado más que una buena manera de ordenar, el pueblo que la ha encontrado debe atenerse a ella; mas si el orden establecido es malo, ¿por qué se han de tomar como fundamentales leyes que nos impiden ser buenos? De otra parte, un pueblo es siempre, en todo momento, dueño de cambiar sus leyes, hasta las mejores. Porque si le gusta hacerse el mal a sí mismo, ¿quién tiene derecho a impedirlo?

La segunda relación es la de los miembros entre sí o con el cuerpo entero, y esta relación debe ser, en el primer respecto, todo lo pequeño posible, y, en el segundo, todo lo grande posible; de suerte que cada ciudadano se halla en una perfecta independencia de todos los demás y en una excesiva dependencia de la ciudad. Esto se hace siempre por los mismos medios; porque sólo la fuerza del Estado hace la libertad de sus miembros. De esta segunda relación nacen las leyes civiles.

Se puede considerar una tercera clase de relación entre el hombre y la ley, a saber: la de la desobediencia a la pena, y ésta da lugar al establecimiento de leyes criminales que, en el fondo, más bien que una clase particular de leyes, son la sanción de todas las demás.

A estas tres clases de leyes se añade una cuarta, la más importante de todas, y que no se graba ni sobre mármol ni sobre bronce, sino en los corazones de los ciudadanos, que es la verdadera constitución del Estado; que toma todos los días nuevas fuerzas; que, en tanto otras leyes envejecen o se apagan, ésta las reanima o las suple; que conserva a un pueblo en el espíritu de su institución; que sustituye insensiblemente con la fuerza del hábito a la autoridad. Me refiero a las costumbres, a los hábitos y, sobre todo, a la opinión; elemento desconocido para nuestros políticos, pero de la que depende el éxito de todas las demás y de la que se ocupa en secreto el gran legislador, mientras parece limitarse a reglamentos particulares, que no son sino la cintra de la bóveda, en la cual las costumbres, más lentas en nacer, forman, al fin, la inquebrantable clave.

De entre estas diversas clases de leyes, las políticas, que constituyen la forma de gobierno, son las únicas en que he de ocuparme.

Libro tercero

Antes de hablar de las diversas formas de gobierno procuremos fijar el sentido preciso de esta palabra, que aún no ha sido muy bien explicada.

Capítulo I

Del gobierno en general

Advierto al lector que este capítulo debe ser leído reposadamente y que desconozco el arte de ser claro para quien no quiere prestar atención.

Toda acción libre tiene dos causas que concurren a producirla; una moral, a saber: la voluntad, que determina el acto; otra física, a saber: el poder, que la ejecuta. Cuando marcho hacia un objeto es preciso primeramente que yo quiera ir; en segundo lugar, que mis piernas me lleven. Si un paralítico quiere correr o si un hombre ágil no lo quiere, ambos se quedarán en su sitio. El cuerpo político tiene los mismos móviles; se distinguen en él, del mismo modo, la fuerza y la voluntad; ésta, con el nombre de *poder legislativo;* la otra, con el de *poder ejecutivo*. No se hace, o no debe hacerse, nada sin el concurso de ambos.

Hemos visto cómo el poder legislativo pertenece al pueblo y no puede pertenecer sino a él. Por el contrario, es fácil advertir, por los principios antes establecidos, que el poder ejecutivo no

puede corresponder a la generalidad, como legisladora o soberana, ya que este poder ejecutivo consiste en actos particulares
que no corresponden a la ley ni, por consiguiente, al soberano,
todos cuyos actos no pueden ser sino leyes.

Necesita, pues, la fuerza pública un agente propio que la reú-
na y la ponga en acción según las direcciones de la voluntad general, que sirva para la comunicación del Estado y del soberano,
que haga de algún modo en la persona pública lo que hace en el
hombre la unión del alma con el cuerpo. He aquí cuál es en el Estado la razón del gobierno, equivocadamente confundida con el
soberano, del cual no es sino el ministro.

¿Qué es, pues, el gobierno? Un cuerpo intermediario establecido entre los súbditos y el soberano para su mutua correspon-
dencia, encargado de la ejecución de las leyes y del mantenimiento de la libertad, tanto civil como política.

Los miembros de este cuerpo se llaman magistrados o *reyes,*
es decir, *gobernantes,* y el cuerpo entero lleva el nombre de *príncipe.* Así, los que pretenden que el acto por el cual un pueblo se
somete a los jefes no es un contrato tiene mucha razón. Esto no
es absolutamente nada más que una comisión, un empleo, en el
cual, como simples oficiales del soberano, ejercen en su nombre
el poder, del cual les ha hecho depositarios, y que puede limitar,
modificar y volver a tomar cuando le plazca. La enajenación de
tal derecho, siendo incompatible con la naturaleza del cuerpo social, es contraria al fin de la asociación.

Llamo, pues, *gobierno,* o suprema administración, al ejercicio
legítimo del poder ejecutivo, y príncipe o magistrado, al hombre
o cuerpo encargado de esta administración.

En el gobierno es donde se encuentran las fuerzas intermedia-
rias, cuyas relaciones componen la del todo al todo o la del soberano al Estado. Se puede representar esta última relación por la
de los extremos de una proporción continua, cuya media proporcional es el gobierno. Éste recibe del soberano las órdenes que
da al pueblo; y para que el Estado se halle en equilibrio estable
es preciso que, una vez todo compensado, haya igualdad entre el
producto o el poder del gobierno, tomado en sí mismo, y el producto o el poder de los ciudadanos, que son soberanos, de una
parte, y súbditos, de otra.

Además, no es posible alterar ninguno de los tres términos sin romper en el mismo momento la proporción. Si el soberano quiere gobernar, o el magistrado dar leyes, o los súbditos se niegan a obedecer, el desorden sucede a la regla, la fuerza y la voluntad no obran ya de acuerdo y, disuelto el Estado, cae así en el despotismo o en la anarquía. En fin, así como no hay más que una media proporcional en cada relación, no hay tampoco más que un buen gobierno posible en un Estado; pero como hay mil acontecimientos capaces de alterar las relaciones de un pueblo, no solamente puede ser conveniente para diversos pueblos la diversidad de gobiernos, sino para el mismo pueblo en diferentes épocas.

Para procurar dar una idea de las múltiples relaciones que pueden existir entre estos dos extremos, tomaré, a modo de ejemplo, el número de habitantes de un pueblo como una relación más fácil de expresar.

Supongamos que se componga el Estado de 10.000 ciudadanos. El soberano no puede ser considerado sino colectivamente y en cuerpo; pero cada particular, en calidad de súbdito, es considerado como individuo; así, el soberano es el súbdito como diez mil es a uno: es decir, que cada miembro del Estado no tiene, por su parte, más que la diezmilésima parte de la autoridad soberana, aunque esté sometido a ella por completo. Si el pueblo se compone de 100.000 hombres, el estado de los súbditos no cambia y cada uno de ellos lleva igualmente el imperio de las leyes, mientras que su sufragio, reducido a una cienmilésima, tiene diez veces menos influencia en la forma concreta del acuerdo. Entonces, permaneciendo el súbdito siempre uno, aumenta la relación del soberano en razón del número de ciudadanos; de donde se sigue que mientras crece el Estado, más disminuye la libertad.

Al decir que la relación aumenta, entiendo que se aleja de la igualdad. Así, mientras mayor es la relación en la acepción de los geómetras, menos relación existe en la acepción común; en la primera, la relación, considerada desde el punto de vista de la cantidad, se mide por el exponente, y en la otra, considerada desde el de la identidad, se estima por la semejanza.

Ahora bien; mientras menos se relacionan las voluntades particulares con la voluntad general, es decir, las costumbres con las leyes, más debe aumentar la fuerza reprimente. Por tanto, el gobierno, para ser bueno, debe ser relativamente más fuerte a medida que el pueblo es más numeroso.

De otro lado, proporcionando el engrandecimiento del Estado a los depositarios de la autoridad pública más tentaciones y medios para abusar de su poder, debe tener el gobierno más fuerza para contener al pueblo, y, a su vez, más también el soberano para contener al gobierno. No hablo aquí de una fuerza absoluta, sino de la fuerza relativa de las diversas partes del Estado.

Se sigue de esta doble relación que la proporción continúa entre el soberano, el príncipe y el pueblo no es una idea arbitraria, sino una consecuencia necesaria de la naturaleza del cuerpo político y que, siendo permanente y estando representado por la unidad uno de los extremos, el pueblo, como súbdito, siempre que la razón doble, aumente o disminuya, la razón simple aumenta o disminuye de un modo semejante, y, por consiguiente, el término medio ha cambiado. Esto muestra que no hay una constitución de gobierno único y absoluto, sino que puede haber tantos gobiernos, diferentes en naturaleza, como hay Estados distintos en extensión.

Si, poniendo este sistema en ridículo, se dijera que para encontrar esta media proporcional y formar el cuerpo del gobierno no es preciso, según yo, más que sacar la raíz cuadrada del número de hombres, sino, en general, por la cantidad de acción, que se combina por múltiples causas; por lo demás, si para explicarme en menos palabras me sirvo un momento de términos de geometría, no es porque ignore que la precisión geométrica no tiene lugar en las cantidades morales.

El gobierno es, en pequeño, lo que el cuerpo político que lo encierra en grande. Es una persona moral dotada de ciertas facultades, activa como el soberano, pasiva como el Estado, y que se puede descomponer en otras relaciones semejantes; de donde nace, por consiguiente, una nueva proporción, y de ésta, otra, según el orden de los tribunales, hasta que se llegue a un término medio indivisible; es decir, a un solo jefe o magistrado supremo, que se puede representar, en medio de esta progresión, como la unidad entre la serie de las fracciones y la de los números.

Sin confundirnos en esta multitud de términos, contentémonos con considerar al gobierno como un nuevo cuerpo en el Estado del pueblo y del soberano, y como intermediario entre uno y otro.

Existe una diferencia esencial entre estos dos cuerpos: que el Estado existe por sí mismo, y el gobierno no existe sino por el soberano. Así, la voluntad dominante del príncipe no es, o no debe ser, sino la voluntad general, es decir, la ley; su fuerza, la fuerza pública concentrada en él; tan pronto como éste quiera sacar de sí mismo algún acto absoluto e independiente, la unión del todo comienza a relajarse. Si ocurriese, en fin, que el príncipe tuviese una voluntad particular más activa que la del soberano y que usase de ella para obedecer a esta voluntad particular de la fuerza pública que está en sus manos, de tal modo que hubiese, por decirlo así, dos soberanos, uno de derecho y otro de hecho, en el instante mismo la unión social se desvanecería y el cuerpo político sería disuelto.

Sin embargo, para que el cuerpo del gobierno tenga una existencia, una vida real, que lo distinga del cuerpo del Estado, para que todos sus miembros puedan obrar en armonía y responder al fin para qué fueron instituidos, necesita un yo particular, una sensibilidad común a sus miembros, una fuerza, una voluntad propias, que tiendan a su conservación. Esta existencia particular supone asambleas, consejos, sin poder de deliberar, de resolver; derechos, títulos, privilegios, que corresponden a un príncipe exclusivamente y que hacen la condición del magistrado más honrosa a medida que es más penosa. Las dificultades radican en la manera de ordenar dentro del todo este subalterno de modo que no altere la constitución general al afirmar la suya; que distinga siempre su fuerza particular, destinada a la conservación del Estado, y que, en una palabra, esté siempre pronta a sacrificar el gobierno al pueblo y no el pueblo al gobierno.

Por lo demás, aunque el cuerpo artificial del gobierno sea obra de otro cuerpo artificial y no tenga más que algo como una vida subordinada, esto no impide para que no pueda obrar con más o menos vigor o celeridad y gozar, por decirlo así, de una salud más o menos vigorosa. Por último, sin alejarse directamente del fin de su institución, puede apartarse en cierta medida de él, según el modo de estar constituidos.

De todas estas diferencias es de donde nacen las distintas relaciones que debe el gobierno mantener con el cuerpo del Estado, según las relaciones accidentales y particulares por las cuales este mismo Estado se halla modificado. Porque, con frecuencia, el mejor gobierno en sí llegará a ser el más vicioso, si sus relaciones se alteran conforme a los defectos del cuerpo político a que pertenece.

Capítulo II

Del principio que constituye
las diversas formas de gobierno

Para exponer la causa general de estas diferencias es preciso distinguir aquí el principio y el gobierno, como he distinguido antes el Estado y el soberano.

El cuerpo del magistrado puede hallarse compuesto de un mayor o menor número de miembros. Hemos dicho que la relación del soberano con los súbditos era tanto mayor cuanto más numeroso era el pueblo, y, por una evidente analogía, podemos decir otro tanto del gobierno en lo referente a los magistrados.

Ahora bien; la fuerza total del gobierno, siendo siempre la del Estado, no varía; de donde se sigue que mientras más usa de esta fuerza sobre sus propios miembros, le queda menos para obrar sobre todo el pueblo.

Por tanto, mientras más numerosos son los magistrados, más débil es el gobierno. Como esta máxima es fundamental, dediquémonos a aclararla mejor.

Podemos distinguir en la persona del magistrado tres voluntades esencialmente diferentes: primero, la voluntad propia del individuo, que no tiende sino a su ventaja particular; segundo, la voluntad común de los magistrados, que se refiere únicamente a la ventaja del príncipe, y que se puede llamar voluntad de cuerpo, que es general con relación al gobierno y particular con relación al Estado, del cual forma parte el gobierno; en tercer lugar, la voluntad del pueblo o la voluntad soberana, que es general, tanto en relación con el Estado, considerado como un todo, cuanto en relación con el gobierno, considerado como parte del todo.

En una legislación perfecta, la voluntad particular o individual debe ser nula; la voluntad del cuerpo, propia al gobierno, muy subordinada, y, por consiguiente, la voluntad general o soberana ha de ser siempre la dominante y la regla única de todas las demás.

Por el contrario, según el orden natural, estas diferentes voluntades devienen más activas a medida que se concentran. Así, la voluntad general es siempre la más débil; la voluntad de cuerpo ocupa el segundo grado, y la voluntad particular el primero de todos; de suerte que, en el gobierno, cada miembro es primeramente él mismo; luego, magistrado, y después, ciudadano; gradación directamente opuesta a aquella que exige el orden social.

Una vez esto sentado, si todo el gobierno está en manos de un solo hombre, aparecen la voluntad particular y la del cuerpo perfectamente unidas, y, por consiguiente, en el más alto grado de intensidad que pueden alcanzar. Ahora bien; como el uso de la fuerza depende del grado de la voluntad, y como la fuerza absoluta del gobierno no varía nunca, se sigue que el más activo de los gobiernos es el de uno solo.

Por el contrario, unamos el gobierno a la autoridad legislativa; hagamos príncipe al soberano, y de todos los ciudadanos, otros tantos magistrados; entonces, la voluntad de cuerpo, confundida con la voluntad general, no tendrá más actividad que ella y dejará la voluntad particular en todo su vigor. Así, el gobierno, siempre con la misma fuerza absoluta, se hallará con un mínimum de fuerza relativa o de actividad.

Esto es incontestable, y aun existen otras consideraciones que sirven para confirmarlas. Se ve, por ejemplo, que cada magistrado es más activo en su cuerpo que lo es cada ciudadano en el suyo, y que, por consiguiente, la voluntad particular tiene mucha más influencia en los actos del gobierno que en los del soberano, pues cada magistrado está siempre encargado de una función de gobierno, en tanto que cada ciudadano aislado no tiene ninguna función de soberanía. Además, mientras más se extiende el Estado, aumenta más su fuerza real, aunque no en razón de su extensión. Mas al seguir siendo el Estado el mismo, es inútil que los magistrados se multipliquen, pues el gobierno no adquiere una mayor fuerza real porque esta fuerza sea la del Estado, cuya medida es siempre igual. Así, la fuerza relativa o la actividad del gobierno disminuye, sin que su fuerza absoluta o real pueda aumentar.

Es seguro, además, que la resolución de los asuntos adviene más lenta a medida que se encarga de ellos mayor número de personas; concediendo demasiado a la prudencia, no se concede bastante a la fortuna, y se deja escapar la ocasión, ya que, a fuerza de deliberar, se pierde con frecuencia el fruto de la deliberación.

Acabo de demostrar que el gobierno se relaja a medida que los magistrados se multiplican, y he demostrado también, más arriba, que mientras más numeroso es el pueblo, más debe aumentar la fuerza coactiva. De donde se sigue que la relación de los magistrados con el gobierno debe ser inversa a la relación de los súbditos con el soberano; es decir, que mientras más aumenta el Estado, más debe reducirse el gobierno; de tal modo, que el número de los jefes disminuya en razón del aumento de la población.

Por lo demás, no hablo aquí sino de la fuerza relativa del gobierno y no de su rectitud; porque, por el contrario, mientras más numerosos son los magistrados, más se aproxima la voluntad de cuerpo a la voluntad general; en tanto que bajo un magistrado único esta voluntad de cuerpo no es, como he dicho, sino una voluntad particular. Así se pierde de un lado lo que se puede ganar de otro, y el arte del legislador consiste en saber fijar el punto en que la fuerza y la voluntad del gobierno, siempre en proporción recíproca, se combinan en la relación más ventajosa para el Estado.

Capítulo III

División de los gobiernos

Se ha visto en el capítulo precedente por qué se distinguen las diversas especies o formas de gobierno por el número de los miembros que los componen; queda por ver en éste cómo se hace esta división.

El soberano puede, en primer lugar, entregar las funciones del gobierno a todo el pueblo o a la mayor parte de él, de modo que haya más ciudadanos magistrados que ciudadanos simplemente particulares. Se da a esta forma de gobierno el nombre de democracia.

Puede también limitarse el gobierno a un pequeño número, de modo que sean más los ciudadanos que los magistrados, y esta forma lleva el nombre de aristocracia.

Puede, en fin, estar concentrado el gobierno en manos de un magistrado único, del cual reciben su poder todos los demás. Esta tercera forma es la más común, y se llama *monarquía,* o gobierno real.

Debe observarse que todas estas formas, o al menos las dos primeras, son susceptibles de más o de menos amplitud, alcanzándola bastante grande; porque la democracia puede abrazar a todo el pueblo o limitarse a la mitad. La aristocracia, a su vez, puede formarla un pequeño número indeterminado, que no llegue a la mitad. La realeza misma es susceptible de alguna división. Esparta tuvo constantemente dos reyes por su constitución; y se han visto en el Imperio romano hasta ocho emperadores a la vez, sin que se pudiese decir que el Imperio estuviese dividido.

Así, existe un punto en que cada forma de gobierno se confunde con la siguiente, y se ve que, bajo tres solas denominaciones, el gobierno es realmente susceptible de tantas formas diversas como ciudadanos tiene el Estado.

Hay más: pudiendo este mismo gobierno subdividirse, en ciertos respectos, en otras partes, una administrada de un modo y otra de otro, cabe el que estas tres formas combinadas den por resultado una multitud de formas mixtas, cada una de las cuales es multiplicable por todas las formas simples.

En todas las épocas se ha discutido mucho sobre la mejor forma de gobierno, sin considerar que cada una de ellas es la mejor en ciertos casos y la peor en otros.

Si en los diferentes Estados el número de los magistrados supremos debe estar en razón inversa del de ciudadanos, se sigue que, en general, el gobierno democrático conviene a los pequeños Estados; el aristocrático, a los medianos, y la monarquía, a los grandes. Esta regla está deducida de un modo inmediato del principio. Pero ¿cómo contar la multitud de circunstancias que pueden dar lugar a excepciones?

Capítulo IV

De la democracia

Quien hace la ley sabe mejor que nadie cómo debe ser ejecutada e interpretada. Parece, pues, que no puede tenerse mejor constitución que aquella en que el poder ejecutivo esté unido al legislativo; mas esto mismo es lo que hace a este gobierno insuficiente en ciertos respectos, porque las cosas que deben ser distinguidas no lo son, y siendo el príncipe y el soberano la misma persona, no forman, por decirlo así, sino un gobierno sin gobierno.

No es bueno que quien hace las leyes las ejecute, ni que el cuerpo del pueblo aparte su atención de los puntos de vista generales para fijarla en los objetos particulares. No hay nada más peligroso que la influencia de los intereses privados en los asuntos públicos; y el abuso de las leyes por el gobierno es un mal menor que la corrupción del legislador, consecuencia inevitable de que prevalezcan puntos de vista particulares. Cuando así acontece, alterado el Estado en su sustancia, se hace imposible toda reforma. Un pueblo que no abusase nunca del gobierno, no abusaría tampoco de la independencia; un pueblo que siempre gobernase bien, no tendría necesidad de ser gobernado.

De tomar el vocablo en todo el rigor de su acepción habría que decir que no ha existido nunca verdadera democracia, y que no existirá jamás, pues es contrario al orden natural que el mayor número gobierne y el pequeño sea gobernado. No se puede imaginar que el pueblo permanezca siempre reunido para ocuparse de los asuntos públicos, y se comprende fácilmente que no podría establecer para esto comisiones sin que cambiase la forma de la administración.

En efecto; yo creo poder afirmar, en principio, que cuando las funciones del gobierno están repartidas entre varios tribunales, los menos numerosos adquieren, pronto o tarde, la mayor autoridad, aunque no sea sino a causa de la facilidad misma para resolver los asuntos que naturalmente se les somete.

Por lo demás, ¡cuántas cosas difíciles de reunir no supone este gobierno! Primeramente, un Estado muy pequeño, en que el pueblo sea fácil de congregar y en que cada ciudadano pueda fácilmente conocer a los demás; en segundo lugar, una gran sencillez de costumbres, que evite multitud de cuestiones y de discusiones espinosas; además, mucha igualdad en las categorías y en la fortuna, sin lo cual la igualdad no podría subsistir por largo tiempo en los derechos y en la autoridad; en fin, poco o ningún lujo, porque éste, o es efecto de las riquezas, o las hace necesarias; corrompe a la vez al rico y al pobre: a uno, por su posesión, y al otro, por la envidia; entrega la patria a la molicie, a la vanidad; quita al Estado todos sus ciudadanos, para esclavizarlos unos a otros y todos a la opinión.

He aquí por qué un autor célebre ha considerado a la virtud como la base de la república, porque todas estas condiciones no podrían subsistir sin la virtud; pero por no haber hecho las distinciones necesarias, este gran genio ha carecido con frecuencia de exactitud; algunas veces, de claridad, y no ha visto que, siendo la autoridad soberana en todas las partes la misma, debe tener lugar en todo Estado bien constituido el mismo principio, más o menos ciertamente, según la forma de gobierno.

Agreguemos que no hay gobierno tan sujeto a las guerras civiles y agitaciones intestinas como el democrático o popular, porque tampoco hay ninguno que tienda tan fuerte y continuamente a cambiar la forma, ni que exija más vigilancia y valor para ser mantenido en ella. En esta constitución es, sobre todo, en la que el ciudadano debe armarse de fuerza y de constancia, y decir cada día de su vida, desde el fondo de su corazón, lo que decía un virtuoso palatino en la Dieta de Polonia: *Malo periculosam libertatem quam quietum servitium.*

Si hubiese un pueblo de dioses, se gobernaría democráticamente. Mas un gobierno tan perfecto no es propio para los hombres.

Capítulo V

De la aristocracia

Tenemos aquí dos personas morales muy distintas, a saber: el gobierno y el soberano; y, por consiguiente, dos voluntades generales, una con relación a todos los ciudadanos, y otra solamente con respecto a los miembros de la administración. Así, aunque el gobierno pueda reglamentar su política interior como le plazca, no puede nunca hablar al pueblo sino en nombre del soberano, es decir, en nombre del pueblo mismo; no hay que olvidar nunca esto.

Las primeras sociedades se gobernaron aristocráticamente. Los jefes de las familias deliberaban entre sí sobre los asuntos públicos. Los jóvenes cedían sin trabajo a la autoridad de la experiencia. De aquí, los nombres de *sacerdotes, senado, gerontes*. Los salvajes de América septentrional se gobiernan todavía así en nuestros días, y están muy bien gobernados.

Pero a medida que la desigualdad de la institución prevalece sobre la desigualdad natural, la riqueza o el poder fueron preferidos a la edad, y la aristocracia se convirtió en electiva. Finalmente, el poder transmitido con los bienes de padres a hijos formó las familias patricias, convirtió al gobierno en hereditario y se vieron senadores de veinte años.

Hay, pues, tres clases de aristocracia: natural, electiva y hereditaria. La primera no es apropiada sino para los pueblos sencillos; la tercera es el peor de todos los gobiernos. La segunda es la mejor: es la aristocracia propiamente dicha.

Además de la ventaja de la distinción de los dos poderes, tiene la de la elección de sus miembros, porque en el gobierno popular todos los ciudadanos nacen magistrados; pero éste los limita a un pequeño número y no llegan a serlo sino por elección, medio por el cual la probidad, las luces, la experiencia y todas las demás razones de preferencia y estimación pública son otras tantas nuevas garantías de que será gobernado con acierto.

Además, las asambleas se hacen más cómodamente; los negocios se discuten más a conciencia, solucionándose con más orden y diligencia; el crédito del Estado se mantiene mejor entre los extranjeros por venerables senadores que por una multitud desconocida o despreciada.

En una palabra: es el orden mejor y más natural aquel por el cual los más sabios gobiernan a la multitud, cuando se está seguro que la gobiernan en provecho de ella y no para el bien propio. No es necesario multiplicar en vano estos resortes, ni hacer con veinte mil hombres lo que ciento bien elegidos pueden hacer aún mejor. Pero es preciso reparar en que el interés de cuerpo comienza ya aquí a dirigir menos la fuerza pública sobre la regla de la voluntad general y que otra pendiente inevitable arrebata a las leyes una parte del poder ejecutivo.

Atendiendo a las conveniencias particulares, no se necesita ni un Estado tan pequeño ni un pueblo tan sencillo y recto que la ejecución de las leyes sea una secuela inmediata de la voluntad pública, como acontece en una buena democracia. Y no es conveniente tampoco una nación tan grande que los jefes dispersos con la misión de gobernarla puedan romper con el soberano cada uno en su provincia, y comenzar por hacerse independientes para terminar por ser los dueños.

Mas si la aristocracia exige algunas virtudes menos el gobierno popular, exige también otras que le son propias, como la moderación en los ricos y la conformidad en los pobres; porque parece que una igualdad rigurosa estaría fuera de lugar: ni en Esparta fue observada.

Por lo demás, si esta forma de gobierno lleva consigo una cierta desigualdad de fortuna es porque, en general, la administración de los asuntos públicos está confiada a los que mejor pueden dar todo su tiempo; pero no, como pretende Aristóteles, porque los ricos sean siempre preferidos. Por el contrario, importa que una elección opuesta enseñe algunas veces al pueblo que hay en el mérito de los hombres razones de preferencia más importantes que la riqueza.

Capítulo VI

De la monarquía

Hasta aquí hemos considerado al príncipe como una persona moral y colectiva, unida por la fuerza de las leyes y depositaria en el Estado del poder ejecutivo. Ahora tenemos que considerar este poder en manos de una persona natural, de un hombre real, que sólo tiene derecho a disponer de él según las leyes. Es lo que se llama un monarca o un rey.

Todo lo contrario de lo que ocurre en las demás administraciones, en las que el ser colectivo representa a un individuo; en ésta, un individuo representa un ser colectivo; de suerte que la unidad moral que constituye el príncipe es, al mismo tiempo, una unidad física, en la cual todas las facultades que la ley reúne en la otra con tantos esfuerzos se encuentran reunidas de un modo natural.

Así, la voluntad del pueblo y la voluntad del príncipe y la fuerza pública del Estado y la fuerza particular del gobierno, todo responde al mismo móvil, todos los resortes de la máquina están en la misma mano, todo marcha al mismo fin; no hay movimientos opuestos que se destruyan mutuamente. No se puede imaginar un tipo de constitución en el cual un mínimo de esfuerzo produzca una acción más considerable. Arquímedes, sentado tranquilamente en la playa y sacando sin trabajo un barco a flote, se me representa como un monarca hábil, gobernando desde su gabinete sus vastos Estados y haciendo moverse todo con actitud de inmovilidad.

Mas si no hay gobierno que tenga más vigor, no hay otro tampoco en que la voluntad particular tenga más imperio y domine más fácilmente a los demás; todo marcha al mismo fin, es cierto, pero este fin no es el de la felicidad pública, y la fuerza misma de la administración vuelve sin cesar al prejuicio del Estado.

Los reyes quieren ser absolutos, y desde lejos se les grita que el mejor medio de serlo es hacerse amar de sus pueblos. Esta máxima es muy bella y hasta muy verdadera en ciertos respectos; desgraciadamente, será objeto de burla en las cortes. El poder que viene del amor a los pueblos es, sin duda, el mayor; pero es precario, condicional, y nunca se conformarán con él los príncipes. Los mejores reyes quieren poder ser malos si les place, sin dejar de ser los amos. Será inútil que un sermoneador político les diga que, siendo la fuerza del pueblo la suya, su mayor interés es que el pueblo sea floreciente, numeroso, temible; ellos saben muy bien que no es cierto. Su interés personal es, en primer lugar, que el hombre sea débil, miserable y que no pueda nunca resistírsele. Confieso que, suponiendo a los súbditos siempre perfectamente sometidos, el interés del príncipe sería entonces que el pueblo fuese poderoso, a fin de que, siendo suyo este poder, le hiciese temible para sus vecinos; pero como este interés no es sino secundado y subordinado, y las dos suposiciones son incompatibles, es natural que los príncipes den siempre preferencia a la máxima que es más íntimamente útil. Esto es lo que Samuel representaba en grado sumo para los hebreos, y lo que Maquiavelo ha hecho ver con evidencia. Fingiendo dar lecciones a los reyes, se las ha dado muy grandes a los pueblos. *Del Príncipe,* de Maquiavelo, es el libro de los republicanos.

Hemos visto, examinando las cuestiones generales, que la monarquía no conviene sino a los grandes Estados, y lo veremos también al examinarla en sí misma. Mientras más numerosa es la administración pública, más débil es la relación del príncipe con los súbditos y más se aproxima a la igualdad; de suerte que esta relación es una o la igualdad en la propia democracia. Esta relación aumenta a medida que el régimen del gobierno no se restringe, y llega a su máximum cuando el gobierno se halla en manos de uno solo. Entonces la distancia entre el príncipe y el pueblo es mucho mayor y el Estado carece de unión. Para formarla, es preciso, pues, órdenes intermedias, y príncipes, grandes, nobleza. Ahora bien; nada de esto es conveniente para un pequeño Estado, al que arruinan todas estas jerarquías.

Pero si es difícil que un Estado grande sea bien gobernado, lo es mucho más que lo sea por un solo hombre, nadie ignora lo que sucede cuando el rey se nombra sustitutos.

Un defecto esencial e inevitable, que hará siempre inferior el gobierno monárquico al republicano, es que en éste la voz pública no eleva casi nunca a los primeros puestos sino a hombres notables y capaces, que los llenan de prestigio; en tanto que los que llegan a ellos en las monarquías no son las más de las veces sino enredadores, bribonzuelos e intrigantes, a quienes la mediocridad que facilita en las cortes el llegar a puestos preeminentes sólo les sirve para mostrar al público su inepcia, tan pronto como los han alcanzado. El pueblo se equivoca mucho menos en esta elección que el príncipe; el hombre de verdadero mérito es casi tan raro en un ministerio como lo es un tonto a la cabeza de un gobierno republicano. Así, cuando, por una feliz casualidad, uno de estos hombres nacidos para gobernar toma el timón de los asuntos en una monarquía casi arruinada por ese cúmulo de donosos gobernantes, nos sorprendemos de los recursos que encuentra y hace época en el país.

Para que un Estado monárquico pudiese estar bien gobernado, sería preciso que su extensión o su tamaño fuese adecuado a las facultades del que gobierna. Es más fácil conquistar que gobernar. Mediante una palanca suficiente, se puede conmover al mundo con un dedo; mas para sostenerlo hacen falta los hombros de Hércules. Por escasa que sea la extensión de un Estado, el príncipe, casi siempre, es demasiado pequeño para él. Cuando, por el contrario, sucede que el Estado es excesivamente diminuto para su jefe, lo cual es muy raro, también está mal gobernado; porque el jefe, atento siempre a su grandeza de miras, olvida los intereses de los pueblos y no los hace menos desgraciados por el abuso de su ingenuo que un jefe intelectualmente limitado por carecer de cualidades. Sería preciso que un reino se extendiese o se limitase, por decirlo así, en cada reinado según los alcances del príncipe; en cambio, tratándose de un Senado, con atribuciones más fijas, puede el Estado ofrecer límites constantes y la administración no marchar menos bien.

El inconveniente mayor del gobierno de uno solo es la falta de esta sucesión continua que forma en los otros dos una relación constante. Muerto un rey, hace falta otro; las elecciones dejan intervalos peligrosos; son tormentosas, y a menos que los ciudadanos no sean de un desinterés y de una integridad que este gobierno no suele llevar consigo, la intriga y la corrupción se introducen en ellas. Es difícil que aquel a quien se ha vendido el Estado no lo venda a su vez y no se resarza con el dinero que los poderes le han arrebatado. Pronto o tarde, todo se hace venal con semejante administración, y la paz de que se goza entonces bajo los reyes es peor que el desorden de los interregnos.

¿Qué se ha hecho para prevenir estos males? Se han instituido las coronas hereditarias en ciertas familias y se ha establecido un orden de sucesión que prevé toda disputa a la muerte de los reyes; es decir, que sustituyendo el inconveniente de las regencias al de las elecciones, se ha preferido una aparente tranquilidad a una administración prudente, y asimismo el exponerse a tener por jefes niños, monstruos o imbéciles, a tener que discutir sobre la elección de buenos reyes. No se ha reflexionado que, exponiéndose de este modo a los riesgos de la alternativa, casi todas las probabilidades están en contra. Era una respuesta muy sensata la del joven Denys, a quien su padre, reprochándose una acción vergonzosa, decía: «¿Te he dado yo ejemplo de ello?» «¡Ah —respondió el hijo—, vuestro padre no era un rey!»

Todo concurre a privar de justicia y de razón a un hombre educado para mandar a los demás. Se preocupan mucho, según se dice, por enseñar a los jóvenes príncipes el arte de reinar, mas no parece que esta educación les sea provechosa. Sería mejor comenzar por enseñarles el arte de obedecer. Los más grandes reyes que ha celebrado la Historia no han sido educados para reinar; es una ciencia que no se posee nunca, a menos de haberla aprendido demasiado, y se adquiere mejor obedeciendo que mandando. *«Nam utilissimus idem ac brevissimus bonarum malarumque rerum delectus, cogitare quid aut nolueris sub alio principe, aut volueris.»*

Una consecuencia de esta falta de coherencia es la inconstancia del gobierno real, que rigiéndose tan pronto por un plan como por otro, según el carácter del príncipe que reina o de las personas que reinan por él, no puede tener mucho tiempo un objetivo fijo ni una conducta consecuente; variación que hace al Estado oscilar constantemente de máxima en máxima, de proyecto en proyecto; cosa que no tiene lugar en los demás gobiernos, en que el príncipe siempre es el mismo. Se ve también que, en general, si hay más astucia en una corte, hay más sabiduría en un Senado, y que las repúblicas van a sus fines con miras más constantes y mejor atendidas, mientras que cada revolución en el ministerio produce otra en el Estado, siendo máxima común a todos los ministros, y casi a todos los reyes, el hacer en todo lo contrario que sus predecesores.

De esta misma incoherencia se deduce la solución de un sofisma muy familiar a los políticos reales; es, no solamente comparar el gobierno civil al gobierno doméstico y el príncipe al padre de familia, error ya refutado, sino además, el atribuir liberalmente a este magistrado todas las virtudes que debería tener y suponer que el príncipe es siempre lo que debería ser; suposición con ayuda de la cual el gobierno real es preferible a cualquier otro, porque es, indiscutiblemente, el más fuerte, y para ser también el mejor no le falta más que una voluntad corporativa más conforme con la voluntad general.

Pero si, según Platón, el rey, por naturaleza, es un personaje tan raro, ¿cuántas veces concurrirán la naturaleza y la fortuna a coronarlo? Y si la educación real corrompe necesariamente a los que la reciben, ¿qué debe esperarse de una serie de hombres educados para reinar? Es, pues, querer engañarse confundir el gobierno real con el de un buen rey. Para ver lo que es este gobierno en sí mismo es preciso considerarlo sometido a príncipes limitados o malos, porque, sin duda, llegarán tales al trono o el trono les hará tales.

Estas dificultades no han pasado inadvertidas a nuestros autores; pero no se han preocupado por ello. El remedio es, dicen, obedecer sin murmurar; Dios da los malos reyes en su cólera, y es preciso soportarlos, como los castigos del cielo. Este modo de discurrir es edificante, sin duda; pero no sé si sería más propio del púlpito que de un libro de política. ¿Qué se diría de un médico que prometiese milagros y cuyo arte consistiese en exhortar a su enfermo a la paciencia? Es evidente que si se tiene un mal gobierno habrá que sufrirlo; pero la cuestión está en encontrar uno bueno.

Capítulo VII

De los gobiernos mixtos

Propiamente hablando, no hay gobierno simple. Es preciso que un jefe único tenga magistrados subalternos y que un gobierno popular tenga un jefe. Así, en el reparto del poder ejecutivo hay siempre graduación, desde el mayor número al menor, con la diferencia de que unas veces depende el mayor número del pequeño y otras el pequeño del mayor.

En ocasiones hay una división igual, bien cuando las partes constitutivas están en una dependencia mutua, como en el gobierno de Inglaterra, ya cuando la autoridad de cada parte es independiente, pero imperfecta, como en Polonia. Esta última forma es mala, porque no hay ninguna unidad en el gobierno y el Estado carece de unión.

¿Qué es preferible: un gobierno simple o un gobierno mixto? Es cuestión muy debatida entre los políticos, y a la cual hay que dar la misma respuesta que la que he dado antes sobre toda forma de gobierno.

El gobierno simple es el mejor en sí mismo, sólo por el hecho de ser simple. Pero cuando el poder ejecutivo no depende suficientemente del legislativo, es decir, cuando hay más relación del príncipe al soberano, es preciso remediar esta falta de proporción dividiendo el gobierno; pues entonces cada una de sus partes no tiene menor autoridad sobre los súbditos, y su división las hace a todas juntas menos fuertes contra el soberano.

Existiría también el mismo inconveniente si se estableciesen magistrados intermedios que, dejando al gobierno en su plenitud, sirviesen solamente para armonizar los dos poderes y mantener sus derechos respectivos. En este caso el gobierno no es mixto, sino moderado.

Se puede remediar por procedimientos semejantes el inconveniente opuesto, y cuando el gobierno es demasiado débil es también posible erigir tribunales para concentrarlo. Esto se practica en todas las democracias. En el primer caso se divide el gobierno para debilitarlo, y en el segundo, para reforzarlo; porque tanto el máximum de fuerza como el de debilidad se encuentran en los gobiernos simples, mientras que las formas mixtas ofrecen una fuerza media.

Capítulo VIII

De cómo toda forma de gobierno no es propia para todos los países

No siendo la libertad un fruto de todos los climas, no se encuentra al alcance de todos los pueblos. Mientras más se medita este principio de Montesquieu, mejor se ve su verdad; mientras más se le discute, más ocasión se ofrece de hallar nuevas pruebas que le apoyen.

En todos los gobiernos del mundo, la persona pública consume y no produce nada. ¿De dónde le viene, pues, la sustancia consumida? Del trabajo de sus miembros. Lo superfluo de los particulares es lo que produce lo necesario para el público. De donde se sigue que el estado civil no puede subsistir sino en tanto que el trabajo de los hombres produce más de lo preciso para sus necesidades.

Ahora bien; este sobrante no es el mismo en todos los países del mundo. En muchos es considerable; en otros, mediano; en algunos, nulo, y no faltan otros en los que es negativo. Esta relación depende de la fertilidad del clima, de la clase de trabajo que la tierra exige, de la naturaleza de sus producciones, de la fuerza de sus habitantes, del mayor o menor consumo que les es necesario y de otras muchas relaciones semejantes, de las cuales se compone.

De otra parte, no todos los gobiernos son de la misma naturaleza; los hay más o menos devoradores, y las diferencias se fundan sobre el principio de que mientras más se alejan de su origen, las contribuciones públicas son más onerosas. No es por la cantidad de las imposiciones por lo que hay que medir esta carga, sino por el camino que han de recorrer para volver a las manos de donde han salido. Cuando esta circulación es rápida y está bien establecida, no importa pagar poco o mucho, pues el pueblo es siempre rico y los fondos van bien. Por el contrario, por poco que el pueblo dé, cuando este poco no se le devuelve, como está siempre dando, pronto se agota: el Estado nunca es rico y el pueblo siempre mendigo.

Se sigue de aquí que, a medida que aumenta la distancia entre el pueblo y el soberano, los tributos se hacen más onerosos; así, en la democracia, el pueblo es el menos gravado; en la aristocracia lo es más; en la monarquía lleva el mayor peso. La monarquía no conviene, pues, sino a las naciones opulentas; la aristocracia, a los Estados medios en riqueza como en extensión; la democracia, a los Estados pequeños y pobres.

En efecto: mientras más se reflexiona, más diferencias se hallan entre los Estados libres y las monarquías. En los primeros todo se emplea en la utilidad común; en los otros, las fuerzas públicas y particulares son recíprocas, y una aumenta por la debilitación de la otra; en fin, en lugar de gobernar a los súbditos para hacerlos felices, el despotismo los hace miserables para gobernarlos.

He aquí cómo en cada clima existen causas naturales, en vista de las cuales se puede determinar la forma de gobierno que le corresponde, dada la fuerza del clima, y hasta decir qué especie de habitantes debe haber.

Los lugares ingratos y estériles, donde los productos no valen el trabajo que exigen, deben quedar incultos o desiertos, o solamente poblados de salvajes; los lugares donde el trabajo de los hombres no dé exactamente más que lo preciso, deben ser habitados por pueblos bárbaros: toda *civilidad* sería imposible en ellos; los lugares en que el exceso del producto sobre el trabajo es mediano, convienen a los pueblos libres; aquellos en que el terreno, abundante y fértil, rinde muchos producto con poco trabajo, exigen ser gobernados monárquicamente, a fin de que el lujo del príncipe consuma el exceso de lo que es superfluo a los súbditos; porque más vale que este exceso sea absorbido por el gobierno que disipado por los particulares. Hay excepciones, ya lo sé; pero estas mismas excepciones confirman la regla, porque producen, antes o después, revoluciones, que llevan la cuestión otra vez al orden de la Naturaleza.

Distingamos siempre las leyes generales de las causas particulares que pueden modificar el efecto. Aun cuando todo el Mediodía se hubiese cubierto de repúblicas y todo el Norte de Estados despóticos, no sería menos cierto que, por el efecto del clima, el despotismo conviene a los países cálidos; la barbarie, a los fríos, y la perfecta vida civil a las regiones intermedias. Veo también que, aun concediendo el principio se podrá discutir sobre su aplicación y decir que hay países fríos muy fértiles y otros meridionales muy ingratos. Pero esta dificultad no existe sino para los que no examinan las cosas en todos sus aspectos. Es preciso, como ya he dicho, apreciar lo relativo a los trabajos, a las fuerzas, al consumo, etc.

Supongamos que de dos terrenos iguales, uno produce cinco y otro diez. Si los habitantes del primero consumen cuatro y los del segundo nueve, el exceso del primer producto será un quinto y el del segundo una décima. Siendo la relación de estos dos excesos inversa a la de los productos, el terreno que no produce más que cinco dará un exceso doble que el del terreno que produzca diez.

Pero no es cuestión de un producto doble, y no creo que nadie se atreva a igualar, en general, la fertilidad de los países fríos con la de los cálidos. Sin embargo, supongamos esta igualdad; establezcamos, si se quiere, un equilibrio entre Inglaterra y Sicilia, Polonia y Egipto: más al Sur tendremos África y la India; más al Norte, nada. Para esta igualdad de productos, ¡qué diferencia en el cultivo! En Sicilia no hace falta más que arañar la tierra; en Inglaterra, ¡qué de trabajos para labrarla! Ahora bien; allí donde hacen falta más brazos para dar el mismo producto lo superfluo debe se necesariamente menor.

Considerad, además, que la misma cantidad de hombres consumen mucho menos en los países cálidos. El clima exige que se sea sobrio para estar bien; los europeos que quieren vivir en estos países como en el suyo perecen todos de disentería o de indigestión. «Nosotros somos —dice Chardin— animales carniceros, lobos, en comparación de los asiáticos. Algunos atribuyen la sobriedad de los persas a que su país está menos cultivado, y yo creo lo contrario: que su país abunda menos en productos alimenticios porque les hace menos falta a sus habitantes. Si su frugalidad —continúa— fuese un efecto de la escasez del país, solamente los pobres serían los que comerían poco, siendo así que esto ocurre generalmente a todos, y se comería más o menos en cada región según su fertilidad, y no que se encuentra la misma sobriedad en todo el reino. Se vanaglorian mucho por su manera de vivir, diciendo que no hay más que mirar su color para reconocer cuánto mejor es que el de los cristianos. En efecto; el tinte de los persas es igual: tienen la piel hermosa, fina y lisa; mientras que el tinte de los armenios, sus súbditos, que viven a la europea, es basto y terroso, y sus cuerpos, gruesos y pesados.»

Cuanto más se aproxima uno a la línea del Ecuador, con menos, viven los pueblos; casi no se come carne: el arroz, el maíz, el cuzcuz, el mijo, el cazabe son sus alimentos ordinarios. Hay en la India millones de hombres cuyo alimento no cuesta cinco céntimos diario. Vemos, hasta en Europa, diferencias sensibles en el apetito entre los pueblos del Norte y los del Sur. Un español viviría ocho días con la comida de un alemán. En el país en que los hombres son más voraces, el lujo se inclina también hacia las cosas de consumo: en Inglaterra se manifiesta sobre una mesa cubierta de viandas, en Italia se os regala azúcar y flores.

El lujo en el vestir ofrece también análogas diferencias. En los climas en que los cambios de estación son rápidos y violentos se tienen trajes mejores y más sencillos; en aquellos en que no se viste la gente más que para el adorno se busca más apariencia que utilidad: los trajes mismos son un elemento de lujo. En Nápoles veréis todos los días pasearse en el Posilipo hombres con casaca dorada y sin medias. Lo mismo ocurre con las construcciones: se da todo a la magnificencia cuando no se tiene nada que temer de las injurias del aire. En París, en Londres, se busca un alojamiento abrigado y cómodo; en Madrid se tienen salones soberbios, pero no hay ninguna ventana que cierre y se acuesta uno en un nido de ratones.

Los alimentos son mucho más sustanciosos y suculentos en los países cálidos; es una tercera diferencia que no puede dejar de influir en la segunda. ¿Por qué se comen tantas legumbres en Italia? Porque son buenas, nutritivas, de excelente gusto. En Francia, donde no se las alimenta más que de agua, no nutren nada y casi no se cuenta con ellas para la mesa; sin embargo, no por eso ocupan menos terreno ni deja de costar tanto trabajo el cultivarlas. Es una cosa experimentada que los trigos de Berbería, por lo demás inferiores a los de Francia, rinden mucha más harina que los de Francia, y a su vez dan más que los trigos del Norte. De donde se puede inferir que se observa una gradación análoga, generalmente en la misma dirección, desde el Ecuàdor al Polo. Ahora bien; ¿no es una desventaja visible tener en un producto igual menor cantidad de alimento?

A todas estas diferentes consideraciones puedo agregar una que se deriva de ellas y las fortifica: es que los países cálidos tienen menos necesidad de habitantes que los fríos y podrían alimentar más; lo que produce un doble sobrante, siempre en ventaja del despotismo. Mientras mayor superficie ocupa el mismo número de habitantes, más difíciles se hacen los levantamientos, porque no se pueden poner de acuerdo con prontitud ni secretamente y porque es siempre fácil al gobierno descubrir los proyectos y cortar las comunicaciones. Pero cuanto más se apiña un pueblo numeroso, menos fácil es al gobierno usurpar al soberano: los jefes deliberan con tanta seguridad en sus cámaras como el príncipe en su Consejo, y la multitud se reúne tan pronto en las plazas como las tropas en sus cuarteles. La ventaja, pues, de un gobierno tiránico está en poder obrar a grandes distancias. Con la ayuda de los puntos de apoyo de que sirve, su fuerza aumenta con la distancia, como la de las palancas. La del pueblo, por el contrario, no obra sino concentrada, se evapora y se pierde al extenderse, como el efecto de la pólvora esparcido en la tierra y que no se inflama sino grano a grano. Los países menos poblados son también los más propios para la tiranía: los animales feroces no reinan sino en los desiertos.

Capítulo IX

De los rasgos de un buen gobierno

Cuando se pregunta de un modo absoluto cuál es el mejor gobierno, se hace una pregunta que no puede ser contestada, porque es indeterminada o, si se quiere, tiene tantas soluciones buenas como combinaciones posibles hay en las posiciones absolutas y relativas de los pueblos.

Pero si se preguntase por qué signo se puede conocer que un pueblo dado está bien o mal gobernado, sería otra cosa, y la cuestión, de hecho, podría resolverse.

Sin embargo, no se la resuelve, porque cada cual quiere hacerlo a su manera. Los súbditos alaban la tranquilidad pública; los ciudadanos, la libertad de los particulares; uno prefiere la seguridad de las posesiones y otro la de las personas; uno quiere que el mejor gobierno sea el más severo, otro sostiene que es el más dulce; éste desea que se castiguen los crímenes, y aquél que se les prevenga; uno encuentra bien que se sea temido por los pueblos vecinos, otro prefiere que se viva ignorado por ellos; uno está contento cuando el dinero circula, otro exige que el pueblo tenga pan. Aunque se estuviese de acuerdo sobre estos puntos y otros semejantes, ¿se habría adelantado algo? Careciendo de medida precisa las cualidades morales, aunque se estuviese de acuerdo respecto del signo, ¿cómo estarlo respecto a la estimación de ellas?

Por lo que a mí toca, siempre me admiro de que se desconozca un singo tan sencillo o que se tenga la mala fe de no convenir con él. ¿Cuál es el fin de la asociación política? La conservación y la prosperidad de sus miembros. ¿Y cuál es la señal más segura de que se conserva y prospera? Su número y su población. No vayáis, pues, a buscar más lejos este signo tan discutido. En igualdad de condiciones, es infaliblemente mejor el gobierno bajo el cual sin medios extraños, sin naturalización, sin colonias, los ciudadanos pueblan y se multiplican más. Aquel bajo el cual un pueblo disminuye y decae es el peor. ¡Calculadores, ahora es cosa vuestra: contad, medid, comparad!

Capítulo X

Del abuso del gobierno
y de su inclinación a degenerar

Así como la voluntad particular obra sin cesar contra la voluntad general, así el gobierno hace un esfuerzo continuo contra la soberanía. Mientras más aumenta ese esfuerzo, más se altera la constitución; y como no hay aquí otra voluntad de cuerpo que, resistiendo a la del príncipe, se equilibre con ella, debe suceder, antes o después, que el príncipe oprima al soberano y rompa el tratado social. Éste es el vicio inherente e inevitable que, desde el nacimiento del cuerpo político, tiende sin descanso a destruirlo, lo mismo que la vejez y la muerte destruyen al fin el cuerpo del hombre.

Dos caminos generales existen, siguiendo los cuales degenera un gobierno, a saber: cuando se hace más restringido o cuando se disuelve el Estado.

El gobierno se restringe cuando de ser ejercido por un gran número pasa a serlo por uno pequeño; es decir, cuando pasa de la democracia a la aristocracia y de la aristocracia a la realeza. Ésta es su inclinación natural. Si retrocediese de la minoría a la mayoría, se podría decir que tiene lugar un relajamiento; pero este progreso inverso es imposible.

En efecto, el gobierno jamás cambia de forma más que cuando, gastadas sus energías, queda ya debilitado para poder conservar la suya. Ahora bien; si se relajase, además, extendiéndose, su fuerza llegaría a ser completamente nula y más difícil le sería subsistir. Es preciso, pues, fortificar y apretar el resorte a medida que cede; de otra suerte, el Estado que sostiene sucumbirá.

El caso de la disolución del Estado puede sobrevenir de dos maneras.

En primer lugar, cuando el príncipe no administra el Estado según las leyes y usurpa el poder soberano. Entonces se realiza un cambio notable, y es que, no el gobierno, sino el Estado, se restringe; quiere decir que el gran Estado se disuelve y se forma otro en aquél, compuesto solamente por miembros del gobierno, el cual ya no es para el resto del pueblo, desde este instante, sino el amo y el tirano. De suerte que en el momento en que el gobierno usurpa la soberanía, el pacto social se rompe, y todos los ciudadanos, al recobrar de derecho su libertad natural, se ven forzados, pero no obligados, a obedecer.

Lo mismo acontece cuando los miembros del gobierno usurpan separadamente el poder que no deben ejercer sino corporativamente; cosa que no constituye una pequeña infracción de las leyes, pues produce un gran desorden. Una vez que se ha llegado a esta situación hay, por decirlo así, tantos príncipes como magistrados, y el Estado, no menos dividido que el gobierno, perece o cambia de forma.

Cuando el Estado se disuelve, el abuso del gobierno, cualquiera que sea, toma el nombre común de *anarquía*. Distinguiendo, la democracia degenera en *oclocracia;* la aristocracia, en *oligarquía.* Yo añadiría que la realeza degenera en *tiranía;* pero esta última palabra es equívoca y exige explicación.

En el sentido vulgar, un tirano es un rey que gobierna con violencia y sin tener en cuenta la justicia ni las leyes. En el sentido estricto, un tirano es un particular que se arroga la autoridad real sin tener derecho a ello. Así es como entendían los griegos la palabra tirano; la aplicaban indistintamente a los buenos y a los malos príncipes cuya autoridad no era legítima. Así, *tirano* y *usurpador* son dos voces perfectamente sinónimas.

Para dar diferentes nombres a diferentes cosas, llamo *tirano* al usurpador de la autoridad real, y *déspota* al usurpador del poder soberano. El tirano es aquel que se injiere contra las leyes para gobernar según las mismas; el déspota es aquel que se coloca por encima de las mismas leyes. Así, el tirano puede no ser déspota; pero el déspota es siempre tirano.

Capítulo XI

De la muerte del cuerpo político

Tal es la pendiente natural e inevitable de los gobiernos mejor constituidos. Si Esparta y Roma han perecido, ¿qué Estado puede tener la esperanza de durar siempre? Si queremos formar una institución duradera no pensemos en hacerla eterna. Para tener éxito no se debe intentar lo imposible ni pretender dar a las obras de los hombres una solidez que las cosas humanas no admiten.

El cuerpo político, lo mismo que el cuerpo del hombre, comienza a morir desde el nacimiento, y lleva en sí mismo las causas de su destrucción. Pero uno y otro pueden tener una constitución más o menos robusta y apropiada para conservarla más o menos tiempo. La constitución del hombre es la obra de la Naturaleza; la del Estado, la del Arte. No depende de los hombres el prolongar su propia vida; pero sí, en cambio, el prolongar la del Estado tanto como es posible, dándole la mejor constitución que pueda tener. El más perfectamente constituido morirá, pero siempre más tarde que otro, si ningún accidente imprevisto ocasiona su muerte antes de tiempo.

El principio de la vida política está en la autoridad soberana.

El poder legislativo es el corazón del Estado; el poder ejecutivo, el cerebro que da movimiento a todas las partes. El cerebro puede sufrir una parálisis y el individuo seguir viviendo, sin embargo. Un hombre se queda imbécil y vive; mas en cuanto el corazón cesa en sus funciones, el animal muere.

No es por las leyes por lo que subsiste en Estado, sino por el poder legislativo. La ley de ayer no obliga hoy; pero el consentimiento tácito se presume por el silencio, y el soberano está obligado a confirmar incesantemente las leyes que no deroga, pudiendo hacerlo. Todo lo que se ha declarado querer una vez lo quiere siempre, a menos que lo revoque.

¿Por qué, pues, se tiene tanto respeto a las leyes antiguas? Por esto mismo. Se debe creer que sólo la excelencia de las voluntades antiguas ha podido conservarlas tanto tiempo; si el soberano no las hubiese reconocido constantemente beneficiosas, las hubiese revocado mil veces. He aquí por qué, lejos de debilitarse las leyes, adquieren sin cesar una fuerza nueva en todo Estado bien constituido; el prejuicio de la antigüedad las hace cada día más venerables, mientras que dondequiera que las leyes se debilitan al envejecer es prueba de que no hay poder legislativo y de que el Estado no vive ya.

Capítulo XII

Cómo se mantiene la autoridad soberana

El soberano, no teniendo más fuerza que el poder legislativo, sólo obra por medio de leyes, y no siendo las leyes sino actos auténticos de la voluntad general, no podría obrar el soberano más que cuando el pueblo está reunido. Se dirá: el pueblo congregado, ¡qué quimera! Es una quimera hoy; pero no lo era hace dos mil años. ¿Han cambiado los hombres de naturaleza?

Los límites de lo posible en las cosas morales son menos estrechos de lo que pensamos; nuestras debilidades, nuestros vicios, nuestros prejuicios son lo que restringen. Las almas bajas no creen en los grandes hombres: viles esclavos, sonríen con un aire burlón a la palabra *libertad*.

Por lo que se ha hecho consideramos lo que se puede hacer. No hablaré de las antiguas repúblicas de Grecia; pero la república romana era, me parece, un gran Estado, y la ciudad de Roma, una gran ciudad. El último censo acusó en Roma cuatrocientos mil ciudadanos armados, y el último empadronamiento del Imperio, más de cuatro millones de ciudadanos, sin contar los súbditos, los extranjeros, las mujeres, los niños ni los esclavos.

¡Qué difícil es imaginarse, reunido frecuentemente, al pueblo inmenso de esta capital y de sus alrededores! Sin embargo, no transcurrían muchas semanas sin que se reuniese el pueblo romano, y en ocasiones hasta muchas veces en este espacio de tiempo. No solamente ejercía los derechos de la soberanía, sino una parte de los del gobierno. Trataba ciertos asuntos; juzgaba ciertas causas, y este pueblo era en la plaza pública casi con tanta frecuencia magistrado como soberano.

Remontándose a los primeros tiempos de las naciones, hallaríamos que la mayor parte de los antiguos gobiernos, aun monárquicos, como los de los macedonios y francos, tenían Consejos semejantes. De todos modos, este solo hecho indiscutible responde a todas las dificultades: de lo existente a lo posible me parece legítima la consecuencia.

Capítulo XIII

Continuación

No basta que el pueblo reunido haya fijado una vez la constitución del Estado dando la sanción a un cuerpo de leyes; no basta que haya establecido un gobierno perpetuo o que haya provisto de una vez para siempre la elección de los magistrados; además de las asambleas extraordinarias motivadas por casos imprevistos, es preciso que haya otras fijas y periódicas, a las cuales nada puede abolir ni prorrogar, de tal modo que, en el día señalado, el pueblo sea legítimamente convocado por la ley, sin que se haga necesario para ello ninguna otra convocatoria formal.

Por fuera de estas asambleas jurídicas, por su fecha determinada, toda asamblea del pueblo que no haya sido convocada por los magistrados previamente nombrados a este efecto, y según las formas prescriptas, debe ser considerada como ilegítima, y cuando se haga en ellas como nulo, porque la orden misma de reunión debe emanar de la ley.

En cuanto a la repetición más o menos frecuente de las asambleas legítimas, depende de tantas consideraciones que no se pueden dar reglas precisas sobre ello. Sólo puede afirmarse, en general, que mientras más fuerza tiene el gobierno, más frecuentemente debe actuar el soberano.

Se me dirá que esto puede ser conveniente para una sola ciudad; pero ¿qué hacer cuando el Estado comprende varias? ¿Se dividirá la autoridad soberana o se la debe concentrar en una sola ciudad y someter a ella las restantes?

JEAN-JACQUES ROUSSEAU

Yo contesto que no debe hacerse ni lo uno ni lo otro. En primer lugar, la autoridad soberana es simple y una, y no se la puede dividir sin destruirla. En segundo lugar, una ciudad, lo mismo que una nación, no puede ser legítimamente sometida a otra, porque la esencia del cuerpo político reside en el acuerdo de la obediencia y la libertad, y las palabras de *súbdito* y *soberano* son correlaciones idénticas, cuya idea queda comprendida en la sola palabra de ciudadano.

Contesto, además, que siempre es un mal unir varias ciudades en una sola y que, queriendo hacer esta unión, no debe uno alabarse de evitar sus inconvenientes naturales. No se debe argumentar con el abuso de los grandes Estados a quien sólo quiere los pequeños. Pero ¿cómo dar a los pequeños Estados bastante fuerza para resistir a los grandes? Como en otro tiempo las ciudades griegas resistieron el gran rey y como, más recientemente, Holanda y Suiza han resistido a la Casa de Austria.

Sin embargo, si no se puede reducir el Estado a justos límites, queda aún un recurso: no soportar una capital, dar asiento al gobierno alternativamente en cada ciudad y reunir también en ellas, sucesivamente, los estados del país.

Poblad igualmente el territorio, extended por todas sus partes los mismos derechos, llevad por todos lados la abundancia y la vida; así es como el Estado llegará a ser a la vez el más fuerte y el mejor gobernado posible. Acordaos de que los muros de las ciudades no se hacen sino del cascote de las casas de campo. Por cada palacio que veo edificar en la capital, me parece ver derrumbarse todo un país.

Capítulo XIV

Continuación

Desde el instante en que el pueblo está legítimamente reunido en cuerpo soberano cesa toda jurisdicción del gobierno, se suspende el poder ejecutivo y la persona del último ciudadano es tan sagrada e inviolable como la del primer magistrado, porque donde se encuentra el representado no hay representante. La mayor parte de los tumultos que se elevaron en Roma en los comicios provino de haber ignorado o descuidado en su aplicación esta regla. Los cónsules entonces no eran sino los presidentes del pueblo; los tribunos, simples oradores; el Senado no era absolutamente nada.

Estos intervalos de suspensión, en que el príncipe reconocía o debía reconocer un superior actual, los lamentó siempre, y estas asambleas del pueblo, que son la égida del cuerpo político y el freno del gobierno, han sido en todos los tiempos el horror de los jefes, por lo cual no perdonan cuidados, objeciones, dificultades ni promesas para desanimar a los ciudadanos. Cuando éstos son avaros, cobardes, pusilánimes, más amantes del reposo que de la libertad, no se mantienen mucho tiempo contra los esfuerzos redoblados del gobierno, y por ello, aumentando la fuerza de resistencia sin cesar, se desvanece al fin la autoridad soberana y la mayor parte de las ciudades caen y perecen antes de tiempo.

Mas entre la autoridad soberana y el gobierno arbitrario se introduce algunas veces un poder medio, del que es preciso hablar.

Capítulo XV

De los diputados o representantes

Tan pronto como el servicio público deja de ser el principal asunto de los ciudadanos y prefieren servir con su bolsillo a hacerlo con su persona, el Estado se halla próximo a su ruina. Entonces, si es preciso ir a la guerra, pagan tropas y se quedan en su casa; si es preciso ir al Consejo, nombran diputados y se quedan en su casa también. A fuerza de pereza y de dinero consiguen tener soldados para avasallar a la patria y representantes para venderla.

El movimiento del comercio y de las artes, el ávido interés de ganancia, la indolencia y el amor a las comodidades es lo que hace cambiar los servicios personales en dinero. Se cede una parte de su propio provecho para aumentarlo a su gusto. Dad dinero, y pronto tendréis cadenas. La palabra *hacienda* es una palabra de esclavo, desconocida en la ciudad. En un país verdaderamente libre, los ciudadanos todo lo hacen con sus brazos y nada con el dinero; lejos de pagar para eximirse de sus deberes, pagarán para llenarlos ellos mismos. Yo me hallo muy distante de las ideas comunes, pues creo las prestaciones personales menos contrarias a la libertad que los impuestos.

Cuanto mejor constituido se halla el Estado, más prevalecen los asuntos públicos sobre los privados en el espíritu de los ciudadanos. Hasta hay muchos menos asuntos privados, porque proporcionando la felicidad común una suma más considerable a la de cada individuo, quédale a cada cual menos que buscar en los asuntos particulares. En una ciudad bien conducida, todos van presurosos a las asambleas; pero con un mal gobierno, nadie quiere dar un paso para incorporarse a ellas, porque nadie pone interés en lo que allí se hace, ya que se prevé que la voluntad general no dominará y que a la postre los ciudadanos domésticos todo lo absorben. Las buenas leyes inducen a hacer otras mejores; las malas, otras peores. En cuanto alguien dice de los asuntos del Estado «¡qué me importa!», se debe contar con que el Estado está perdido.

El entibiamiento del amor a la patria, la actividad del interés privado, la gran extensión de los Estados, las conquistas, el abuso del gobierno, han dado lugar a la existencia de diputados o representantes del pueblo en las asambleas de la nación. A esto es a lo que en ciertos países se ha osado llamar el tercer estado. Así, el interés particular de dos órdenes ocupa el primero y el segundo rangos, en tanto que el interés público está colocado en el tercero.

La soberanía no puede ser representada, por la misma razón que no puede ser enajenada; consiste esencialmente en la voluntad general, y ésta no puede ser representada; es ella misma o es otra; no hay término medio. Los diputados del pueblo no son, pues, ni pueden ser, sus representantes; no son sino sus comisarios; no pueden acordar nada definitivamente. Toda ley no ratificada en persona por el pueblo es nula; no es una ley. El pueblo inglés cree ser libre: se equivoca mucho; no lo es sino durante la elección de los miembros del Parlamento; pero tan pronto como son elegidos es esclavo, no es nada. En los breves momentos de su libertad, el uso que hace de ella merece que la pierda.

La idea de los representantes es moderna: procede del gobierno feudal, de ese inicuo y absurdo gobierno en el cual la especie humana se ha degradado y en la cual el nombre de hombre ha sido deshonrado. En las antiguas repúblicas y en las monarquías, el pueblo no tuvo jamás representantes; no se conocía esta palabra. Es muy singular que en Roma, donde los tribunos eran tan sagrados, no se haya ni siquiera imaginado que pudiesen usurpar las funciones del pueblo, y que en medio de tan grande multitud no hayan intentado nunca sustraer a su jefe un solo plebiscito. Júzguese, sin embargo, de las dificultades que originaba algunas veces la multitud por lo que ocurrió en tiempo de los Gracos, en que una parte de los ciudadanos daban su sufragio desde los tejados.

Donde el derecho y la libertad es todo, los inconvenientes nada significan. En este pueblo sabio todo era colocado en su justa medida: dejaba hacer a sus lictores lo que sus tribunos no se hubieran atrevido a hacer; no temían que sus lictores quisiesen representarlos.

Para explicar, sin embargo, cómo los representaban los tribunos algunas veces, basta pensar cómo el gobierno representa al soberano. No siendo la ley sino la declaración de la voluntad general, es claro que en el poder legislativo no puede ser representado el pueblo; pero puede y debe serlo en el poder ejecutivo, que no es sino la fuerza aplicada a la ley. Esto hace comprender que, examinando bien las cosas, se hallarían muy pocas naciones que tuviesen leyes. De cualquier modo que sea, es seguro que los tribunos, no teniendo parte alguna en el poder ejecutivo, no pudieron representar jamás al pueblo romano por los derechos de sus cargos, sino solamente usurpando los del Senado.

Entre los griegos, cuanto tenía que hacer el pueblo, lo hacía por sí mismo: constantemente estaba reunido en la plaza. Disfrutaba de un clima suave, no era ansioso, los esclavos hacían sus trabajos, su gran preocupación era la libertad. No teniendo las mismas ventajas, ¿cómo conservar los mismos derechos? Vuestros climas, más duros, os crean más necesidades, durante seis meses del año la plaza pública no está habitable; vuestras lenguas sordas no se dejan oír al aire libre: concedéis más importancia a vuestra ganancia que a vuestra libertad, y teméis mucho menos la esclavitud que la miseria.

¿No se mantiene la libertad sino con el apoyo de la servidumbre? Puede ser. Los extremos se tocan. Todo lo que no está en la Naturaleza tiene sus inconvenientes, y la sociedad civil, más que todos los demás. Hay situaciones desgraciadas en que no puede conservarse la libertad más que a expensas de la de otro y en que el ciudadano no puede ser perfectamente libre si el esclavo no lo es en otro extremo. Tal era la posición de Esparta. Vosotros, pueblos modernos, no tenéis esclavos, pero lo sois; pagáis su libertad con la vuestra. Os gusta alabar esta preferencia: yo encuentro que hay en ello más cobardía que humanidad.

CONTRATO SOCIAL

No creo en modo alguno, por cuanto va dicho, que sea preciso tener esclavos ni que el derecho de esclavitud sea legítimo, puesto que he probado lo contrario; digo solamente las razones por las cuales los pueblos modernos, que se creen libres, tienen representantes y por qué los pueblos antiguos no los tenían. De cualquier modo que sea, en el instante en que un pueblo se da representantes ya no es libre, ya no existe.

Examinando todo bien, no veo que sea desde ahora posible al soberano el conservar entre nosotros el ejercicio de sus derechos si la ciudad no es muy pequeña. Pero si es muy pequeña, ¿será subyugada? No. Haré ver a continuación cómo se puede reunir el poder exterior de un gran pueblo con la civilidad *(police)* fácil y el buen orden de un pequeño Estado.

Capítulo XVI

La institución del gobierno no es un contrato

Una vez bien establecido el poder legislativo se trata de establecer del mismo modo el poder ejecutivo; porque éste, que sólo opera por actos particulares, no siendo de la misma esencia que el otro, se halla, naturalmente, separado de él. Si fuese posible que el soberano, considerado como tal, tuviese el poder ejecutivo, el derecho y el hecho estarían confundidos de tal modo que no se sabría decir lo que es ley y lo que no lo es, y el cuerpo político, así desnaturalizado, pronto sería presa de la violencia, contra la cual fue instituido.

Siendo todos los ciudadanos iguales por el contrato social, lo que todos deben hacer todos deben prescribirlo, así como nadie tiene derecho a exigir que haga otro lo que él mismo no hace. Ahora bien; es propiamente este derecho, indispensable para vivir y para mover el cuerpo político, el que el soberano da al príncipe al instituir el gobierno.

Muchos han pretendido que el acto de esta institución era un contrato entre el pueblo y los jefes que éste se da; contrato por el cual se estipulaba entre las dos partes condiciones bajo las cuales una se obligaba a mandar y la otra a obedecer. Estoy seguro de que se convendrá que ésta es una manera extraña de contratar. Pero veamos si es sostenible esta opinión.

En primer lugar, la autoridad suprema no puede ni modificarse ni enajenarse: limitarla es destruirla. Es absurdo y contradictorio que el soberano se dé a un superior; obligarse a obedecer a un señor es entregarse en plena libertad.

Además, es evidente que este contrato del pueblo con tales o cuales personas sería un acto particular; de donde se sigue que este contrato no podría ser una ley ni un acto de soberanía, y que, por consiguiente, sería ilegítimo.

Se ve, además, que las partes contratantes estarían entre sí sólo bajo la ley de naturaleza y sin ninguna garantía de sus compromisos recíprocos; lo que repugna de todos modos al estado civil. El hecho de tener alguien la fuerza en sus manos, siendo siempre el dueño de la ejecución, equivale a dar el título de contrato al acto de un hombre que dijese a otro: «Doy a usted todos mis bienes a condición de que usted me entregue lo que le plazca.»

No hay más que un contrato en el Estado: el de la asociación, y éste excluye cualquier otro. No se podría imaginar ningún contrato público que no fuese una violación del primero.

Capítulo XVII

De la institución del gobierno

¿Bajo qué idea es preciso, pues, concebir el acto por el cual se instituye el gobierno? Haré notar, primero, que este acto es complejo o compuesto de otros dos: a saber: el establecimiento de la ley y la ejecución de la ley.

Por el primero, el soberano estatuye que habrá un cuerpo de gobierno instituido en tal o cual forma, y es claro que este acto es una ley.

Por el segundo, el pueblo nombra jefes que serán encargados del gobierno establecido. Ahora bien; siendo este nombramiento un acto particular, no es una segunda ley, sino solamente una continuación de la primera y una función del gobierno.

La dificultad está en comprender cómo se puede tener un acto de gobierno antes de que el gobierno exista, y cómo el pueblo, que o es soberano o súbdito, puede llegar a ser príncipe o magistrado en ciertas circunstancias.

En esto se descubre, además, una de esas asombrosas propiedades del cuerpo político, por virtud de las cuales concilia éste operaciones contradictorias en apariencia; esto se hace por una conversión súbita de la soberanía en democracia, de suerte que, sin ningún cambio sensible, y solamente por una nueva relación de todos a todos, los ciudadanos, advenidos magistrados, pasan de los actos generales a los particulares y de la ley a la ejecución.

Este cambio de relación no es una sutileza de especulación sin ejemplo en la práctica: tiene lugar todos los días en el Parlamento inglés, donde la Cámara baja, en ciertas ocasiones, se transforma en gran Comité, para discutir mejor las cuestiones y se convierte así en simple Comisión, en vez de Corte soberana que era en el momento precedente. De este modo, presenta informe ante sí misma, como Cámara de los Comunes, de lo que acaba de reglamentar como gran Comité, y delibera de nuevo, con un especial título, sobre aquello que ha resuelto con otro.

Tal es la ventaja propia de un gobierno democrático: poder ser establecido de hecho por un simple acto de la voluntad general. Después de lo cual el gobierno provisional continúa en posesión, si tal es la forma adoptada, o establece, en nombre del soberano, el gobierno prescrito por la ley, y en todo se encuentra de este modo conforme a la regla. No es posible instituir el gobierno de ninguna otra manera legítima y sin renunciar a los principios que acabo de establecer.

Capítulo XVIII

Medios de prevenir las usurpaciones del gobierno

De estas aclaraciones resulta, en confirmación del capítulo XVI, que el acto que instituye el gobierno no es un contrato, sino una ley; que los depositarios del poder ejecutivo no son los dueños del pueblo, sino sus servidores; que puede nombrarlos o destituirlos cuando le plazca; que no es cuestión para ellos de contratar, sino de obedecer, y que, encargándose de las funciones que el Estado les impone, no hacen sino cumplir con su deber de ciudadanos, sin tener en modo alguno el derecho de discutir sobre las condiciones.

Por tanto, cuando sucede que el pueblo instituye un gobierno hereditario, sea monárquico en una familia, sea aristocrático en una clase de ciudadanos, no contrae un compromiso, sino que da una forma provisional a la administración, hasta que le place ordenarla de otra manera.

Es cierto que estos cambios son siempre peligrosos y que no conviene nunca tocar al gobierno establecido sino cuando adviene incompatible con el bien público; pero esta circunspección es una máxima política y no una regla de derecho, y el Estado no está más obligado a dejar la autoridad civil a sus jefes de lo que lo está de entregar la autoridad militar a sus generales.

También es cierto que no se sabría, en semejante caso, observar con rigor las formalidades que se requieren para distinguir un acto regular y legítimo de un tumulto sedicioso y la voluntad de un pueblo de los clamores de una facción. Es preciso, sobre todo, no dar al caso ocioso sino lo que no se le puede rehusar en todo el rigor del derecho, y de esta obligación es también de donde el príncipe saca una gran ventaja para conservar su poder, a pesar del pueblo, sin que se pueda decir que lo haya usurpado; porque, apareciendo no usar sino de sus derechos, le es muy fácil extenderlos e impedir, bajo el pretexto de la tranquilidad pública, las asambleas destinadas a restablecer el orden; de suerte que se prevale de un silencio que él impide se rompa, o de las irregularidades que hace cometer, para suponer en su favor la confesión de aquellos a quienes el temor hace callar y para castigar a los que se atreven a hablar. Así es como los decenviros, habiendo sido elegidos al principio por un año, después prorrogado su cargo por otro, intentaron retener perpetuamente su poder, no permitiendo que los comicios se reuniesen; y este fácil medio es el que han utilizado todos los gobiernos del mundo, una vez revestidos de la fuerza pública, para usurpar, antes o después, la autoridad soberana.

Las asambleas periódicas de que he hablado antes son adecuadas para prevenir o diferir esta desgracia, sobre todo cuando no tienen necesidad de convocatoria formal, porque entonces el príncipe no podría oponerse sin declararse abiertamente infractor de las leyes y enemigo del Estado.

La apertura de estas asambleas, que no tienen por objeto sino el mantenimiento del tratado social, debe siempre hacerse por dos proposiciones, que no se puedan nunca suprimir y que sean objeto del sufragio separadamente:

Primera. «Si place al soberano conservar la presente forma de gobierno.»

Segunda. «Si place al pueblo dejar la administración a los que actualmente están encargados de ella.»

Doy por supuesto lo que creo haber demostrado, a saber: que no hay en el Estado ninguna ley fundamental que no se pueda revocar, ni el mismo pacto social; porque si todos los ciudadanos se reuniesen para romper ese pacto, de común acuerdo, no se puede dudar de que estaría legítimamente roto. Grocio cree incluso que cada cual puede renunciar al Estado de que es miembro, y recobrar su libertad natural y sus bienes saliendo del país. Ahora bien; sería absurdo que todos los ciudadanos, reunidos, no pudiesen hacer lo que es factible a cada uno de ellos separadamente.

Libro cuarto

Capítulo I
La voluntad general es indestructible

En tanto que muchos hombres reunidos se consideran como un solo cuerpo, no tienen más que una voluntad, que se refiere a la común conservación y al bienestar general. Entonces todos los resortes del Estado son vigorosos y sencillos; sus máximas, claras y luminosas; no tienen intereses embrollados, contradictorios; el bien común se muestra por todas partes con evidencia, y no exige sino buen sentido para ser percibido. La paz, la unión, la igualdad son enemigas de las sutilezas políticas. Los hombres rectos y sencillos son difíciles de engañar, a causa de su sencillez: los ardides, los pretextos refinados no les imponen nada, no son ni siquiera bastante finos para ser engañados. Cuando se ve en los pueblos más felices del mundo ejércitos de campesinos que resuelven los asuntos del Estado bajo una encina y que se conducen siempre con acierto, ¿puede uno evitar el despreciar los refinamientos de las demás naciones que se hacen ilustres y miserables con tanto arte y misterio?

Un Estado gobernado de este modo necesita muy pocas leyes, y a medida que se hace preciso promulgar algunas, esta necesidad se siente universalmente. El primero que las propone no hace sino decir lo que todos han sentido, y no es cuestión, pues, ni de intrigas ni de elocuencia para dar carácter de ley a lo que cada cual ha resuelto hacer, tan pronto como esté seguro de que los demás lo harán como él.

Lo que engaña a los que piensan sobre esta cuestión es que, no viendo más que Estados mal constituidos desde su origen, les impresiona la imposibilidad de mantener en ellos una civilidad semejante; se ríen de imaginar todas las tonterías de que un pícaro sagaz, un charlatán insinuante, podrían persuadir al pueblo de París o de Londres. No saben que Cromwell hubiese sido castigado a ser martirizado por el pueblo de Berna, y al duque de Beauford le habrían sido aplicadas las disciplinas por los ginebrinos.

Pero cuando el nudo social comienza a aflojarse y el Estado a debilitarse; cuando los intereses particulares empiezan a hacerse sentir y las pequeñas sociedades a influir sobre la grande, el interés común se altera y encuentra oposición; ya no reina la unanimidad en las voces; la voluntad general ya no es la voluntad de todos; se elevan contradicciones, debates, y la mejor opinión no pasa sin discusión.

En fin: cuando el Estado, próximo a su ruina, no subsiste sino por una fórmula ilusoria y vana; cuando el vínculo social se ha roto en todos los corazones; cuando el más vil interés se ampara descaradamente en el nombre sagrado del bien público, entonces la voluntad general enmudece: todos, guiados por motivos secretos, no opinan ya como ciudadanos, como si el Estado no hubiese existido jamás, y se hacen pasar falsamente por leyes decretos inicuos, que no tienen por fin más que el interés particular.

¿Se sigue de aquí que la voluntad general esté aniquilada o corrompida? No. Ésta es siempre constante, inalterable, pura; pero está subordinada a otras que se hallan por encima de ella. Cada uno, separando su interés común, se ve muy bien que no puede separarlo por completo; pero su parte del mal público no le parece nada, en relación con el bien exclusivo que pretende apropiarse. Exceptuando este bien particular, quiere el bien general, por su propio interés, tan fuertemente como ningún otro. Aun vendiendo su sufragio por dinero, no extingue en sí la voluntad general; la elude. La falta que comete consiste en cambiar el estado de la cuestión y en contestar otra cosa a lo que se le pregunta; de modo que en vez de decir, respecto de un sufragio: «Es ventajoso para tal hombre o para tal partido que tal o cual opinión se acepte.» Así, la ley de orden público, en las asambleas, no consiste tanto en mantener la voluntad general como en hacer que sea en todos los casos interrogada y que responda siempre.

Tendría que hacer aquí muchas reflexiones sobre el simple derecho a votar en todo acto de soberanía, derecho que nadie puede quitar a los ciudadanos, y sobre el de opinar, proponer, dividir, discutir, que el gobierno tiene siempre gran cuidado en no dejar sino a sus miembros; pero este importante asunto exigiría un tratado aparte y no puedo decirlo todo en éste.

Capítulo II

De los sufragios

Se ve, por el capítulo precedente, que la manera de tratarse los asuntos generales puede dar un indicio, bastante seguro, del estado actual de las costumbres y de la salud del cuerpo político. Mientras más armonía revista en las asambleas, es decir, mientras más se acerca a la unanimidad en las opiniones, más domina la voluntad general; pero los debates largos, las discusiones, el tumulto, anuncian el ascendiente de los intereses particulares y la decadencia del Estado.

Esto parece menos evidente cuando entran en su constitución dos o más clases sociales, como en Roma los patricios y los plebeyos, cuyas querellas turbaron frecuentemente los comicios, aun en los más gloriosos tiempos de la República; pero esta excepción es más aparente que real, porque entonces, a causa del vicio inherente al cuerpo político, hay, por decirlo así, dos Estados en uno: lo que no es verdad de los dos juntos es verdad de cada uno separadamente. En efecto: hasta en los tiempos más tempestuosos, los plebiscitos del pueblo, cuando el Senado no intervenía en ellos, pasaban siempre tranquilamente y por una gran cantidad de sufragios; no teniendo los ciudadanos más que un interés, no tenía el pueblo más que una voluntad.

En el otro extremo del círculo resurge la unanimidad; cuando los ciudadanos, caídos en la servidumbre, no tenían ya ni libertad ni voluntad, entonces el terror y la adulación convierten en actos de aclamación el del sufragio: ya no se delibera, se adora o se maldice. Tal era la vil manera de opinar el Senado bajo los emperadores. Algunas veces se hacía esto con precauciones ridículas. Tácito observa que, bajo Otón, los senadores anonadaban a Vittelius de execraciones, afectando hacer al mismo tiempo un ruido espantoso, a fin de que, si por casualidad llegaba a ser el dominador, no pudiese saber lo que, cada uno de ellos había dicho.

De estas diversas consideraciones nacen las máximas sobre las cuales se debe reglamentar la manera de contar los votos y de comparar las opiniones, según que la voluntad general sea más o menos fácil de conocer y el Estado más o menos decadente.

No hay más que una sola ley que por su naturaleza exija un consentimiento unánime: el pacto social, porque la asociación civil es el acto más voluntario del mundo; habiendo nacido libre todo hombre y dueño de sí mismo, nadie puede, con ningún pretexto, sujetarlo sin su asentimiento. Decidir que el hijo de una esclava nazca esclavo es decidir que no nace hombre.

Por tanto, si respecto al pacto social se encuentra quienes se opongan, su oposición no invalida el contrato: impide solamente que sean comprendidos en él; éstos son extranjeros entre los ciudadanos. Una vez instituido el Estado, el consentimiento está en la residencia; habitar el territorio es someterse a la soberanía.

Fuera de este contrato primitivo, la voz del mayor número obliga siempre a todos los demás: es una consecuencia del contrato mismo. Pero se pregunta cómo un hombre puede ser libre y obligado a conformarse con las voluntades que no son las suyas. ¿Cómo los que se oponen son libres, aun sometidos a leyes a las cuales no han dado su consentimiento?

Respondo a esto que la cuestión está mal puesta. El ciudadano consiente en todas las leyes, aun en aquellas que han pasado a pesar suyo y hasta en aquellas que le castigan cuando se atreve a violar alguna. La voluntad constante de todos los miembros del Estado es la voluntad general; por ella son ciudadanos y libres. Cuando se propone una ley en una asamblea del pueblo, lo que se le pregunta no es precisamente si aprueban la proposición o si la rechazan, sino si está conforme o no con la voluntad general, que es la suya; cada uno, dando su sufragio, da su opinión sobre esto, y del cálculo de votos se saca la declaración de la voluntad general. Por tanto, cuando la opinión contraria vence a la mía, no se prueba otra cosa sino que yo me había equivocado, y que lo que yo consideraba como voluntad general no lo era. Si mi opinión particular hubiese vencido, habría hecho otra cosa de lo que había querido, y entonces es cuando no hubiese sido libre.

Esto supone que todos los caracteres de la voluntad general coinciden con los de la pluralidad, y si cesan de coincidir, cualquiera que sea el partido que se adopte, ya no hay libertad.

Al mostrar anteriormente cómo se sustituían las voluntades particulares de la voluntad general en las deliberaciones públicas, he indicado suficientemente los medios practicables para prevenir este abuso, y aún hablaré de ello después. Respecto al número proporcional de los sufragios para declarar esta voluntad, he dado también los principios sobre los cuales se les puede determinar. La diferencia de un solo voto rompe la igualdad: uno solo que se oponga rompe la unanimidad; pero entre la unanimidad y la igualdad hay muchos términos de desigualdad, en cada uno de los cuales se puede fijar este número según el estado y las necesidades del cuerpo político.

Dos máximas generales pueden servir para reglamentar estas relaciones: una, que cuanto más graves e importantes son las deliberaciones, más debe aproximarse a la unanimidad la opinión dominante; la otra, que cuanta más celebridad exige el asunto debatido, más estrechas deben ser las diferencias de las opiniones; en las deliberaciones que es preciso terminar inmediatamente, la mayoría de un solo voto debe bastar. La primera de estas máximas parece convenir más a las leyes y la segunda a los asuntos. De cualquier modo que sea, sobre su combinación es sobre lo que se establecen las mejores relaciones que se pueden conceder a la pluralidad para pronunciarse en uno u otro sentido.

Capítulo III

De las elecciones

Respecto a las elecciones del príncipe y de los magistrados, que son, como he dicho, actos complejos, se pueden seguir dos caminos, a saber: la elección y la suerte. Uno y otro han sido empleados en diversas repúblicas y se ve aún actualmente una mezcla muy complicada de los dos en la elección del dogo de Venecia.

«El sufragio por la suerte —dice Montesquieu— es de la naturaleza de la democracia.» Convengo en ello; pero ¿cómo es así? «La suerte —continúa— es una manera de elegir que no aflige a nadie, deja a cada ciudadano una razonable esperanza de servir a la patria.» Éstas no son razones.

Si se fija uno en que la elección de los jefes es una función del gobierno y no de la soberanía, se verá por qué el procedimiento de la suerte está más en la naturaleza de la democracia, en la cual la administración es tanto mejor cuanto menos se repiten los actos.

En toda verdadera democracia, la magistratura no es una ventaja, sino una carga onerosa, que no se puede imponer con justicia a un particular y no a otro. Sólo la ley puede imponer esta carga a aquel sobre quien recaiga la suerte. Porque entonces, siendo igual la condición para todos, y no dependiendo la elección de ninguna voluntad humana, no hay ninguna aplicación particular que altere la universalidad de la ley.

En la aristocracia, el príncipe elige al príncipe, el gobierno se conserva por sí mismo y, a causa de ello, los sufragios están bien colocados.

El ejemplo de la elección del dogo de Venecia confirma esta distinción, lejos de destruirla; esta forma mixta conviene a un gobierno mixto. Porque es un error tomar el gobierno de Venecia por una verdadera aristocracia. Si bien el pueblo no toma allí ninguna parte en el gobierno, la nobleza misma es pueblo. Una multitud de pobres Barnabotes no se aproximan jamás a ninguna magistratura, y sólo tienen de su nobleza el vano título de excelencia y el derecho de asistir al gran Consejo; siendo este gran Consejo tan numeroso como nuestro Consejo general en Ginebra, no tienen sus ilustres miembros más privilegios que nuestros simples ciudadanos. Es cierto que, quitando la extrema disparidad de las dos repúblicas, la burguesía de Ginebra representa exactamente el patriciado veneciano; nuestros naturales del país y habitantes representan a los ciudadanos y el pueblo de Venecia; nuestros campesinos representan los súbditos de tierras arrendadas; en fin, de cualquiera manera que se considere esta república, abstracción hecha de su extensión, su gobierno no es más aristocrático que el nuestro. La diferencia estriba en que, no teniendo ningún jefe vitalicio, no tenemos la misma necesidad de la suerte.

Las elecciones por la suerte tendrán pocos inconvenientes en una verdadera democracia, en que siendo todos iguales, así en las costumbres como en el talento y en los principios como en la fortuna, la elección llegaría a ser casi diferente. Pero ya he dicho que no existe ninguna democracia verdadera.

Cuando la elección y la suerte se encuentran mezcladas, la primera debe llenar los lugares que exigen capacidad propia, tales como los empleos militares; la otra conviene a aquellos en que bastan el buen sentido, la justicia, la integridad, tales como los cargos de la judicatura, porque en un Estado bien constituido estas cualidades son comunes a todos los ciudadanos.

Ni la suerte ni los sufragios ocupan lugar alguno en el gobierno monárquico. Siendo el monarca, por derecho, único príncipe y magistrado único, la elección de los lugartenientes no corresponde sino a él. Cuando el abate Saint-Pierre proponía multiplicar los Consejos del rey de Francia y elegir sus miembros por escrutinio, no veía que lo que proponía era cambiar la forma de gobierno.

Me falta hablar de la manera de dar y recoger los votos en la asamblea del pueblo; pero acaso la historia de la cultura romana en este respecto explicará más vivamente las máximas que yo pudiese establecer. No es indigno de un lector juicioso ver un poco en detalle cómo se trataban los asuntos públicos y particulares en un consejo de doscientos mil hombres.

Capítulo IV

De los comicios romanos

No tenemos documentos muy seguros de los primeros tiempos de Roma; es más, parece que la mayor parte de las cosas que se le atribuyen son fábulas, y, en general la parte más instructiva de los anales de los pueblos, que es la historia de su establecimiento, es la que más nos falta. La experiencia nos enseña todos los días de qué causas nacen las revoluciones de los Imperios; pero como no se forma ya ningún pueblo, apenas si tenemos más que conjeturas para explicar cómo se han constituido.

Los usos que se encuentran establecidos atestiguan, por lo menos, que tuvieron un origen. Las tradiciones que se remontan a estos orígenes, las que aprueban las más grandes autoridades y confirman las más fuertes razones, deben pasar por las más ciertas. He aquí las máximas que he procurado seguir al buscar cómo ejercía su poder supremo el más libre y poderoso pueblo de la Tierra.

Después de la fundación de Roma, la república naciente, es decir, el ejército del fundador, compuesto de albanos, de sabinos y de extranjeros, fue dividido en tres clases, que de esta división tomaron el nombre de *tribus*. Cada una de estas tribus fue subdividida en diez curias, y cada curia en decurias, a la cabeza de las cuales se puso a unos jefes, llamados *curiones* o *decuriones*.

Además de esto se sacó de cada tribu un cuerpo de cien caballeros, llamado centuria, por donde se ve que estas divisiones, poco necesarias en una aldea *(bourg),* no eran al principio sino militares. Pero parece que un instinto de grandeza llevaba a la pequeña ciudad de Roma a darse por adelantado una organización conveniente a la capital del mundo.

De esta primera división resultó en seguida un inconveniente: que la tribu de los albanos y la de los sabinos permanecían siempre en el mismo estado, mientras que la de los extranjeros crecía sin cesar por el concurso perpetuo de éstos, y no tardó en sobrepasar a las otras dos. El remedio que encontró Servio para este peligroso abuso fue cambiar la división, y a la de las razas que él abolió, sustituyó otra sacada de los lugares de la ciudad ocupados por cada tribu. En lugar de tres tribus, hizo cuatro, cada una de las cuales tenía su asiento en una de las colinas de Roma y llevaba el nombre de éstas. Así, remediando la desigualdad presente, la previno aun para el porvenir, y para que tal división no fuese solamente de los lugares, sino de los hombres, prohibió a los habitantes de un barrio pasar a otro; lo que impidió que se confundiesen las razas.

Dobló de este modo las tres antiguas centurias de caballería y añadió otras doce, pero siempre bajo los antiguos nombres; medio simple y juicioso por el cual acabó de distinguir el cuerpo de los caballeros del pueblo sin hacer que murmurase este último.

A estas cuatro tribus urbanas añadió Servio otras quince, llamadas tribus rústicas, porque estaban formadas de los habitantes del campo, repartidas en otros tantos cantones. A continuación se hicieron otras tantas nuevas, y el pueblo romano se encontró al fin dividido en treinta y cinco tribus, número a que quedaron reducidas hasta el final de la república.

De esta distinción de las tribus de la ciudad y de las tribus del campo resultó un efecto digno de ser observado, porque no hay ejemplo semejante y porque Roma le debió, a la vez, la conservación de sus costumbres y el crecimiento de su Imperio. Se podría creer que las tribus urbanas se arrogaron en seguida el poder y los honores y no tardaron en envilecer las tribus rústicas: fue todo lo contrario. Es sabido el gusto de los primeros romanos por la vida campestre. Esta afición provenía del sabio fundador, que unió a la libertad los trabajos rústicos y militares y relegó, por decirlo así, a la ciudad las artes, los oficios, las intrigas, la fortuna y la esclavitud.

Así, todo lo que Roma tenía de ilustre procedía de vivir en los campos y de cultivar las tierras, y se acostumbraron a no buscar sino allí el sostenimiento de la república. Este Estado, siendo el de los más dignos patricios, fue honrado por todo el mundo; la vida sencilla y laboriosa de los aldeanos fue preferida a la vida ociosa y cobarde de los burgueses de Roma, y aquel que no hubiese sido sino un desgraciado proletario en la ciudad, labrando los campos llegó a ser un ciudadano respetado. No sin razón —dice Varron— establecieron nuestros magnánimos antepasados en la ciudad un plantel en estos robustos y valientes hombres, que los defendían en tiempos de guerra y los alimentaban en los de paz. Plinio dice positivamente que las tribus de los campos eran honradas a causa de los hombres que las componían, mientras que se llevaban como signo de ignominia de la ciudad a los cobardes, a quienes se quería envilecer. El sabino Apio Claudio, habiendo ido a establecerse a Roma, fue colmado de honores e inscrito en una tribu rústica, que tomó desde entonces el nombre de su familia. En fin, los libertos entraban todos en las tribus urbanas, jamás en las rurales; y no hay durante toda la república un solo ejemplo de ninguno de estos libertos que llegase a ninguna magistratura, aunque hubiese llegado a ser ciudadano.

Esta máxima era excelente; pero fue llevada tan lejos, que resultó, al fin, un cambio y ciertamente un abuso en la vida pública.

En primer lugar, los censores, después de haberse arrogado mucho tiempo el derecho de transferir arbitrariamente a los ciudadanos de una tribu a otra, permitieron a la mayor parte hacerse inscribir en la que quisiesen; permiso que seguramente no convenía para nada y suprimía uno de los grandes resortes de la censura. Además, los grandes y los poderosos se hacían inscribir en las tribus del campo, y los libertos convertidos en ciudadanos quedaron con el populacho en la ciudad; las tribus, en general, llegaron a no tener territorio: todas se encontraron mezcladas de tal modo que ya no se podía discernir quiénes eran los miembros de cada una sino por los Registros; de suerte que la idea de la palabra *tribu* pasó así de lo real a lo personal, o más bien se convirtió casi en una quimera.

Ocurrió, además, que estando más al alcance de todos las tribus de la ciudad, llegaron con frecuencia a ser las más fuertes en los comicios y vendieron el Estado a los que compraban los sufragios de la canalla que las componían.

Respecto a las curias, habiendo hecho el fundador diez de cada tribu, se halló todo el pueblo romano encerrado en los muros de la ciudad y se encontró compuesto de treinta curias, cada una de las cuales tenía sus templos, sus dioses, sus oficiales, sus sacerdotes y sus fiestas, llamadas *compitalia,* análogas a la *paganalia* que tuvieron posteriormente las tribus rústicas.

No pudiendo repartirse por igual este número de treinta entre las cuatro tribus en el nuevo reparto de Servio, no quiso éste tocarlas y las curias independientes de las tribus llegaron a ser otra división de los habitantes de Roma; pero no se trató de curias, ni en las tribus rústicas ni en el pueblo que las componía, porque habiéndose convertido las tribus en instituciones puramente civiles, y habiendo sido introducida otra organización para el reclutamiento de las tropas, resultando superfluas las divisiones militares de Rómulo. Así, aunque todo ciudadano estuviese inscrito en una tribu, distaba mucho de estarlo en una curia.

Servio hizo una tercera división que no tenía ninguna relación con las dos precedentes, y esta tercera llegó a ser por sus efectos la más importante de todas. Distribuyó el pueblo romano en seis clases, que no distinguió ni por el lugar ni por los hombres, sino por los bienes; de modo que las primeras clases las nutrían los ricos; las últimas, los pobres, y las medias, los que disfrutaban una fortuna intermedia. Estas seis clases estaban subdivididas en ciento noventa y tres cuerpos, llamados centurias, y estos cuerpos distribuidos de tal modo que la primera clase comprendía ella sola más de la mitad de aquéllos, y la última exclusivamente uno. De esta suerte resulta que la clase menos numerosa en hombres era la más numerosa en centurias, y que la última clase no contaba más que una subdivisión, aunque contuviese más de la mitad de los habitantes de Roma.

Para que el pueblo no se diese cuenta de las consecuencias de esta última reforma, Servio afectó darle un aspecto militar; insertó en la segunda clase dos centurias de armeros, y dos de instrumentos de guerra en la cuarta; en cada clase, excepto en la última, distinguió los jóvenes de los viejos, es decir, los que estaban obligados a llevar armas de aquellos que por su edad estaban exentos, según las leyes; distinción que, más que la de los bienes, produjo la necesidad de rehacer con frecuencia el censo o empadronamiento; en fin, quiso que la asamblea tuviese lugar en el campo de Marte, y que todos aquellos que estuviesen en edad de servir acudiesen con sus armas.

La razón por la cual no siguió esta misma separación de jóvenes y viejos en la última clase es que no se concedía al populacho, del cual estaba compuesta, el honor de llevar las armas por la patria; era preciso tener hogares para alcanzar el derecho de defenderlos, y de estos innumerables rebaños de mendigos que lucen hoy los reyes en sus ejércitos, acaso no haya uno que hubiese dejado de ser arrojado con desdén de una cohorte romana cuando los soldados eran los defensores de la libertad.

Se distinguió, sin embargo, en la última clase a los *proletarios* de aquellos a quienes se llamaba *capite censi*.

Los primeros no estaban reducidos por completo a la nada y daban, al menos, ciudadanos al Estado; a veces, en momentos apremiantes, hasta soldados. Los que carecían absolutamente de todo y no se les podía empadronar más que por cabezas, eran considerados como nulos, y Mario fue el primero que se dignó alistarlos.

Sin decidir aquí si este último empadronamiento era bueno o malo en sí mismo, creo poder afirmar que sólo las costumbres sencillas de los primeros romanos, su desinterés, su gusto por la agricultura, su desprecio por el comercio y por la avidez de las ganancias, podían hacerlo practicable. ¿Dónde está el pueblo moderno en el cual el ansia devoradora, el espíritu inquieto, la intriga, los cambios continuos, las perpetuas revoluciones de las fortunas, puedan dejar subsistir veinte años una organización semejante sin transformar todo el Estado? Es preciso notar bien que las costumbres y la censura, más fuertes que esta misma institución, corrigieron los vicios de ella en Roma, y que hubo ricos que se vieron relegados a la clase de los pobres por haber ostentado demasiado su riqueza.

De todo esto se puede colegir fácilmente por qué no se ha hecho mención, casi nunca, más que de cinco clases, aunque realmente haya habido seis. La sexta, como no proveía ni de soldados al ejército ni de votantes al campo de Marte, y como además no era casi de ninguna utilidad en la república, rara vez se contaba con ella para nada.

Tales fueron las diferentes divisiones del pueblo romano. Veamos ahora el efecto que producían en las asambleas. Estas asambleas, legítimamente convocadas, se llamaban *comicios;* tenían lugar ordinariamente en la plaza de Roma o en el campo de Marte y se distinguían en comicios por curias, comicios por centurias y comicios por tribus, según cuál de estas tres formas le servía de base. Los comicios por curias habían sido instituidos por Rómulo; los por centurias, por Servio, y los por tribus, por los tribunos del pueblo. Ninguna ley recibía sanción, ningún magistrado era elegido sino en los comicios, y como no había ningún ciudadano que no fuese inscrito en una curia, en una centuria o en una tribu, se sigue que ningún ciudadano era excluido del derecho de sufragio y que el pueblo romano era verdaderamente soberano, de derecho y de hecho.

Para que los comicios fuesen legítimamente reunidos, y lo que en ellos se hiciese tuviese fuerza de ley, eran precisas tres condiciones: primera, que el cuerpo o magistrado que los convocase estuviese revestido para esto de la autoridad necesaria; segunda, que la asamblea se hiciese uno de los días permitidos por la ley, y la tercera, que los augurios fuesen favorables.

La razón de la primera regla no necesita ser explicada; la segunda es una cuestión de orden; así, por ejemplo, no estaba permitido celebrar comicios los días de feria y de mercado, en que la gente del campo, que venía a Roma para sus asuntos, no tenía tiempo de pasar el día en la plaza pública. En cuanto a la tercera, el Senado tenía sujeto a un pueblo orgulloso e inquieto y templaba el ardor de los tribunos sediciosos; pero éstos encontraron más de un medio de librarse de esta molestia.

Las leyes y la elección de los jefes no eran los únicos puntos sometidos al juicio de los comicios. Habiendo usurpado el pueblo romano las funciones más importantes del gobierno, se puede decir que la suerte de Europa estaba reglamentada por sus asambleas. Esta variedad de objetos daba lugar a las diversas formas que tomaban aquéllas según las materias sobre las cuales tenía que decidir.

Para juzgar de estas diversas formas, basta compararlas. Rómulo, al instituir las curias, se proponía contener al Senado por el pueblo y al pueblo por el Senado, dominando igualmente sobre todos. Dio, pues, al pueblo, de este modo, toda la autoridad del número, para contrarrestar la del poder y la de las riquezas que dejaba a los patricios. Pero, según el espíritu de la monarquía, dejó, sin embargo, más ventajas a los patricios por la influencia de sus clientes sobre la pluralidad de los sufragios. Esta admirable institución de los patronos y de los clientes fue una obra maestra de política y de humanidad, sin la cual el patriciado, tan contrario al espíritu de la república, no hubiese podido subsistir solo. Roma ha tenido el honor de dar al mundo este hermoso ejemplo, del cual nunca resultó abuso, y que, sin embargo, no ha sido seguido jamás.

El haber subsistido bajo los reyes hasta Servio esta misma forma de las curias, y el no ser considerado como legítimo el reinado del último Tarquino, fueron la causa de que se distinguiesen generalmente las leyes reales con el nombre de *leges cariatae*.

Bajo la república, las curias, siempre limitadas a cuatro tribus urbanas, y no conteniendo más que el populacho de Roma, no podían convenir, ni al Senado, que estaba a la cabeza de los patricios, ni a los tribunos, que, aunque plebeyos, se hallaban al frente de los ciudadanos acomodados. Cayeron, pues, en el descrédito; su envilecimiento fue tal, que sus treinta lictores reunidos hacían lo que los comicios por curias hubiesen debido hacer.

La división por centurias era tan favorable a la aristocracia que no se comprende, al principio, cómo el Senado no dominaba siempre en los comicios que llevaban este nombre, y por los cuales eran elegidos los cónsules, los censores y los demás magistrados curiales. En efecto; de ciento noventa y tres centurias que formaban las seis clases del pueblo romano, como la primera clase comprendía noventa y ocho, y como los votos no se contaban más que por centurias, sólo esta primera clase tenía mayor número de votos que las otras dos. Cuando todas estas centurias estaban de acuerdo, no se seguía siquiera recogiendo los sufragios: lo que había decidido el menor número pasaba por una decisión de la multitud, y se puede decir que en los comicios por centurias los asuntos se decidían más por la cantidad de escudos que por la de votos.

Pero esta extrema autoridad se modificaba por dos medios: primeramente, perteneciendo los tribunos, en general, a la clase de los ricos, y habiendo siempre un gran número de plebeyos entre éstos, equilibraban el crédito de los patricios en esta primera clase.

El segundo medio consistía en que, en vez de hacer primero votar las centurias según su orden, lo que habría obligado a comenzar siempre por la primera, se sacaba una a la suerte, y aquélla procedía sola a la elección; después de lo cual todas las centurias, llamadas otro día, según su rango, repetían la misma elección, y por lo común la confirmaban. Se quitó así la autoridad del ejemplo al rango para dársela a la suerte, según el principio de la democracia.

Resultaba de este uso otra ventaja aún: que los ciudadanos del campo tenían tiempo, entre dos elecciones, de informarse del mérito del candidato nombrado provisionalmente, a fin de dar su voto con conocimiento de causa. Más, con pretexto de celeridad, se acabó por abolir este uso, y las dos elecciones se hicieron el mismo día.

Los comicios por tribus eran propiamente el Consejo del pueblo romano. No se convocaba más que por los tribunos: los tribunos eran allí elegidos y llevaban a cabo sus plebiscitos. No solamente no tenía el Senado ninguna autoridad en estos comicios, sino ni siquiera el derecho de asistir; y obligados a obedecer leyes sobre las cuales no habían podido votar, los senadores eran, en este respecto, menos libres que los últimos ciudadanos. Esta injusticia estaba muy mal entendida, y bastaba ella sola para invalidar derechos de un cuerpo en que no todos sus miembros eran admitidos. Aun cuando todos los patricios hubiesen asistido a estos comicios, por el derecho que tenían a ello dada su calidad de ciudadanos, al advenir simples particulares, no hubiesen influido casi nada en una forma de sufragios que se recogían por cabeza y en el que el más insignificante proletario podía tanto como el príncipe del Senado.

Se ve, pues, que, además del orden que resultaba de estas diversas distribuciones para recoger los sufragios de un pueblo tan numeroso, estas distribuciones no se reducían a formas indiferentes en sí mismas, sino que cada una tenía efectos relativos a los aspectos que la hacían preferible.

Sin entrar en más detalles, resulta de las aclaraciones precedentes que los comicios por tribus eran los más favorables para el

gobierno popular, y los comicios por centurias, para la aristocracia. Respecto a los comicios por curias, en que sólo el populacho
de Roma formaba la mayoría, como no servían sino para favore-
cer la tiranía y los malos propósitos, cayeron en el descrédito,
absteniéndose los mismos sediciosos de utilizar un medio que ponía demasiado al descubierto sus proyectos. Es cierto que toda la
majestad del pueblo romano no se encontraba más que en los comicios por centurias, únicos completos: en tanto que en los comicios por curias faltaban las tribus rústicas, y en los comicios por
tribus, el Senado y los patricios.

En cuanto a la manera de recoger los sufragios, era entre los
primeros romanos tan sencilla como sus costumbres, aunque no
tanto como en Esparta. Cada uno daba su sufragio en voz alta, y
un escribano los iba escribiendo; la mayoría de votos en cada
tribu determinaba el sufragio de la tribu; la mayoría de votos en
todas las tribus determinaba el sufragio del pueblo, y lo mismo
de las curias y centurias. Este uso era bueno, en tanto reinaba la
honradez en los ciudadanos y cada uno sentía vergüenza de dar
públicamente su sufragio sobre una opinión injusta o asunto indigno; pero cuando el pueblo se corrompió y se compraron los
votos, fue conveniente que se diesen éstos en secreto para contener a los compradores mediante la desconfianza y proporcionar a
los pillos el medio de no ser traidores.

Sé que Cicerón censura este cambio y atribuye a él, en parte,
la ruina de la república. Pero aun cuando siento el peso de la autoridad de Cicerón, en este asunto no puedo ser de su opinión;
yo creo, por el contrario, que por no haber hecho bastantes cambios semejantes se aceleró la pérdida del Estado. Del mismo
modo que el régimen de las personas sanas no es propio para los
enfermos, no se puede querer gobernar a un pueblo corrompido
por las mismas leyes que son convenientes a un buen pueblo.
Nada prueba mejor esta máxima que la duración de la república
de Venecia, cuyo simulacro existe aún, únicamente porque sus leyes no convienen sino a hombres malos.

Se distribuyó, pues, a los ciudadanos unas tabletas, mediante
las cuales cada uno podía votar sin que se supiese cuál era su
opinión; se establecieron también nuevas formalidades para recoger las tabletas, el recuento de los votos, la comparación de los

números, etc.; lo cual no impidió que la fidelidad de los oficiales encargados de estas funciones fuese con frecuencia sospechosa. Se hicieron, en fin, para impedir las intrigas y el tráfico de los sufragios, edictos, cuya inutilidad demostró la multitud.

Hacia los últimos tiempos se estaba con frecuencia obligado a recurrir a expedientes extraordinarios para suplir la insuficiencia de las leyes, ya suponiendo prodigios que, si bien podían imponer al pueblo, no imponían a aquellos que lo gobernaban; otras veces se convocaba bruscamente una asamblea antes de que los candidatos hubiesen tenido tiempo de hacer sus intrigas, o bien se veía al pueblo ganado y dispuesto a tomar un mal partido. Pero, al fin, la ambición lo eludió todo, y lo que parece increíble es que, en medio de tanto abuso, este pueblo inmenso, a favor de sus antiguas reglas, no dejase de elegir magistrados, de aprobar las leyes, de juzgar las causas, de despachar los asuntos particulares y públicos, casi con tanta facilidad como lo hubiese podido hacer el mismo Senado.

Capítulo V

Del tribunado

Cuando no se puede establecer una exacta proporción entre las partes constitutivas del Estado, o causas indestructibles alteran sin cesar dichas relaciones, entonces se instituye una magistratura particular que no forma cuerpo con las demás, que vuelve a colocar cada término en su verdadera relación y que constituye un enlace o término medio, bien entre el príncipe y el pueblo, ya entre el príncipe y el soberano, bien a la vez entre ambas partes, si es necesario.

Este cuerpo, que llamaré *tribunado,* es el conservador de las leyes y del poder legislativo. Sirve, a veces, para proteger al soberano contra el gobierno, como hacían en Roma los tribunos del pueblo; otras, para sostener al gobierno contra el pueblo, como hace ahora en Venecia el Consejo de los Diez, y en otras ocasiones, para mantener el equilibrio de ambas partes, como los éforos en Esparta.

El tribunado no es una parte constitutiva de la ciudad, y no debe tener parte alguna del poder legislativo ni del ejecutivo; pero, por esto mismo, es mayor la suya, porque no pudiendo hacer nada, puede impedirlo todo. Es más sagrado y más reverenciado, como defensor de las leyes, que el príncipe que las ejecuta y que el soberano que las da. Esto se vio claramente en Roma cuando los soberbios patricios, que despreciaron siempre al pueblo entero, fueron obligados a doblegarse ante un simple funcionario del pueblo que no tenía ni auspicios ni jurisdicción.

El tribunado, sabiamente moderado, es el más firme apoyo de una buena constitución; pero, a poco que sea el exceso de fuerza que posea, lo trastorna todo: la debilidad no está en su naturaleza, y con tal que sea algo, nunca es menos de lo que es preciso que sea.

Degenera en tiranía cuando usurpa el poder ejecutivo, del cual no es sino el moderador, y cuando quiere dispensar de las leyes, a las que sólo debe proteger. El enorme poder de los éforos, que no constituyó peligro alguno en tanto que Esparta conservó sus costumbres, aceleró la corrupción comenzada. La sangre de Agis, ahorcado por estos tiranos, fue vengada por su sucesor: el crimen y el castigo de los éforos apresuraron igualmente la pérdida de la república, y después de Cleómenes, Esparta ya no fue nada. Roma perdió también por seguir el mismo camino; y el poder excesivo de los tribunos, usurpado por grados, sirvió, por fin, con la ayuda de leyes hechas para proteger la libertad, como salvaguardia a los emperadores que la destruyeron. En cuanto al Consejo de los Diez, de Venecia, es un tribunal de sangre, igualmente horrible para los patricios como para el pueblo, que lejos de proteger altamente las leyes, no sirve ya, después de su envilecimiento, sino para recibir en las tinieblas los golpes que no osa detener.

El tribunado se debilita, como el gobierno, por la multiplicación de sus miembros. Cuando los tribunales del pueblo romano, en sus comienzos, en número de dos, después de cinco, quisieron doblar este número, el Senado los dejó hacer seguro de contener a los unos por los otros; lo que, al fin, aconteció.

El mejor medio de prevenir las usurpaciones de tan temible cuerpo, medio del cual ningún gobierno se ha dado cuenta hasta ahora, sería no hacer este cuerpo permanente, sino reglamentar los intervalos durante los cuales permanecería suprimido. Estos intervalos, que no deberían ser tan grandes que dejasen tiempo de que se consolidasen los abusos, pueden ser fijados por la ley, de manera que resulte fácil reducirlos, en caso de necesidad, a comisiones extraordinarias.

Este medio me parece que no ofrece inconveniente alguno, porque como no forma parte el tribunado, según he dicho, de la constitución, puede ser quitado, sin que sufra ésta por ello; y me parece eficaz, porque un magistrado nuevamente restablecido no parte del poder que tenía su predecesor, sino del que la ley le da.

Capítulo VI

De la dictadura

La inflexibilidad de las leyes, que les impide plegarse a los acontecimientos, puede en ciertos casos, hacerlas perniciosas y causar la pérdida del Estado en sus crisis. El orden y la lentitud de las formas exigen un espacio de tiempo que las circunstancias niegan algunas veces. Pueden presentarse mil casos que no ha previsto el legislador, y es una previsión muy necesaria comprender que no se puede prever todo.

No es preciso, pues, querer afirmar las instituciones políticas hasta negar el poder de suspender su efecto. Esparta mismo ha dejado dormir sus leyes.

Mas exclusivamente los mayores peligros pueden hacer vacilar y alterar el orden público, y no se debe jamás detener el poder sagrado de las leyes sino cuando se trata de la salvación de la patria. En estos casos raros y manifiestos se provee a la seguridad pública por un acto particular que confía la carga al más digno. Esta comisión puede darse de dos maneras, según la índole del peligro.

Si para remediarlo basta con aumentar la actividad del gobierno, se le concentra en uno o dos de sus miembros; así no es la autoridad de las leyes lo que se altera, sino solamente la forma de su administración; porque si el peligro es tal que el aparato de las leyes es un obstáculo para garantizarlo, entonces se nombra un jefe supremo, que haga callar todas las leyes y suspenda un momento la autoridad soberana. En semejante caso, la voluntad general no es dudosa, y es evidente que la primera intención del pueblo consiste en que el Estado no perezca. De este modo la suspensión de la autoridad legislativa no la abole; el magistrado que la hace callar no puede hacerla hablar: la domina sin poder representarla. Puede hacerlo todo, excepto leyes.

El primer medio se empleaba por el Senado romano cuando encargaba a los cónsules, por una fórmula consagrada, de proveer a la salvación de la república. El segundo tenía lugar cuando uno de los dos cónsules nombraba un dictador, uso del cual Alba había dado el ejemplo a Roma.

En los comienzos de la república se recurrió con mucha frecuencia a la dictadura, porque el Estado no tenía aún base bastante fija como para poder sostenerse por la sola fuerza de su constitución.

La costumbre, al hacer superfluas muchas precauciones que hubiesen sido necesarias en otro tiempo, no temía ni que un dictador abusase de su autoridad ni que intentase conservarla pasado el plazo. Parecía, por el contrario, que un poder tan grande era una carga para aquel que la ostentaba, a juzgar por la prisa con que trataba de deshacerse de ella, como si fuese un puesto demasiado penoso y demasiado peligroso el ocupar el de las leyes.

Así, no es el peligro del abuso, sino el del envilecimiento, lo que me hace censurar el uso indiscreto de esta suprema magistratura en los primeros tiempos; porque mientras se prolongaba en elecciones, en dedicatorias, en cosas de pura formalidad, era de temer que adviniese menos temible en caso necesario, y que se acostumbrasen a mirar como un título vano lo que no se empleaba más que en vanas ceremonias.

Hacia el final de la república, los romanos, que habían llegado a ser más circunspectos, limitaron el uso de la dictadura con la misma falta de razón que la habían prodigado otras veces. Era fácil ver que su temor no estaba fundado; que la debilidad de la capital constituía entonces su seguridad contra los magistrados que abrigaban en su seno; que un dictador podía, en ciertos casos, suspender las libertades públicas, sin poder nunca atentar contra ellas, y que los hierros de Roma no se forjarían en la misma Roma, sino en sus ejércitos. La pequeña resistencia que hicieron Mario a Sila y Pompeyo a César muestra bien lo que se puede esperar de la autoridad del interior contra la fuerza de fuera.

Este error les hizo cometer grandes faltas; por ejemplo, el de no haber nombrado un dictador en el asunto de Catilina, pues como se trataba de una cuestión del interior de la ciudad y, a lo más, de alguna provincia de Italia, dada la autoridad sin límites que las leyes concedían al dictador, hubiese disipado fácilmente la conjura, que sólo fue ahogada por un concurso feliz de azares que nunca debe esperar la prudencia humana.

En lugar de esto, el Senado se contentó con entregar todo su poder a los cónsules; por lo cual ocurrió que Cicerón, por obrar eficazmente, se vio obligado a pasar por cima de este poder en un punto capital, y si bien los primeros transportes de júbilo hicieron aprobar su conducta, a continuación se le exigió, con justicia, dar cuenta de la sangre de los ciudadanos vertida contra las leyes; reproche que no se le hubiese podido hacer a un dictador. Pero la elocuencia del cónsul lo arrastró todo, y él mismo, aunque romano, amando más su gloria que su patria, no buscaba tanto el medio más legítimo y seguro de salvar al Estado cuanto el de alcanzar el honor en este asunto. Así, fue honrado en justicia como liberador de Roma y castigado, también en justicia, como infractor de las leyes. Por muy brillante que haya sido su retirada, es evidente que fue un acto de gracia.

Por lo demás, de cualquier modo que sea conferida esta importante comisión, es preciso limitar su duración a un término muy corto, a fin de que no pueda nunca ser prolongado. En las crisis que dan lugar a su implantación, el Estado es inmediatamente destruido o salvado y, pasada la necesidad apremiante, la dictadura, o es tiránica, o vana. En Roma, los dictadores no lo eran más que por seis meses; pero la mayor parte de ellos abdicaron antes de este plazo. Si éste hubiese sido más largo, acaso habrían tenido la tentación de prolongarlo, como lo hicieron los decenviros con el de un año. El dictador no disponía de más tiempo que el que necesitaba para proveer a la necesidad que había motivado su elección; mas no lo tenía para pensar en otros proyectos.

Capítulo VII

De la censura

Del mismo modo que la declaración de la voluntad general se hace por la ley, la del juicio público se hace por la censura. La opinión pública es una especie de ley, cuyo censor es el ministro, que no hace más que aplicarla a los casos particulares, a ejemplo del príncipe.

Lejos, pues, de que el tribunal censorial sea el árbitro de la opinión del pueblo, no es sino su declarador, y tan pronto como se aparte de él sus decisiones son vanas y no surten efecto.

Es inútil distinguir las costumbres de una nación de los objetos de su estimación, porque todo ello se refiere al mismo principio y se confunde necesariamente. Entre todos los pueblos del mundo no es la Naturaleza, sino la opinión, la que decide de la elección de sus placeres. Corregid las opiniones de los hombres, y sus costumbres se depurarán por sí mismas; se ama siempre lo que es hermoso y lo que se considera como tal; pero en este juicio es en el que se equivoca uno; por tanto, este juicio es el que se trata de corregir. Quien juzga de las costumbres, juzga del honor, y quien juzga del honor toma su ley de la opinión.

Las opiniones de un pueblo nacen de su constitución. Aunque la ley no corrige las costumbres, la legislación las hace nacer; cuando la legislación se debilita, las costumbres degeneran; pero entonces el juicio de los censores no hará lo que la fuerza de las leyes no haya hecho.

Se sigue de aquí que la censura puede ser útil para conservar las costumbres, jamás para restablecerlas. Estableced censores durante el vigor de las leyes; mas tan pronto como éstas lo hayan perdido, todo está perdido: nada legítimo tendrá fuerza cuando carezcan de ella las leyes.

La censura mantiene las costumbres, impidiendo que se corrompan las opiniones, conservando su rectitud mediante sabias aplicaciones y, a veces, hasta fijándolas cuando son inciertas. El uso de los suplentes en los duelos, llevado hasta el extremo en el reino de Francia, fue abolido por estas solas palabras de un edicto del rey: «En cuanto a los que tienen la cobardía de llevar consigo suplentes.» Este juicio, previniendo al del público, lo resolvió de pronto en un sentido dado. Pero cuando los mismos edictos quisieron declarar que era también una cobardía batirse en duelo —cosa muy cierta, pero contraria a la opinión común—, el público se burló de esta decisión, sobre la cual su juicio estaba ya formado.

He dicho en otra parte que, no estando sometida la opinión pública a la coacción, no ha menester de vestigio alguno en el tribunal establecido para representarla. Nunca se admirará demasiado con qué arte ponían en práctica los romanos este resorte, completamente perdido para los modernos, y aun mejor que los romanos, los lacedemonios.

Habiendo emitido una opinión buena un hombre de malas costumbres en el Consejo de Esparta, los éforos, sin tenerlo en cuenta, hicieron proponer la misma opinión a un ciudadano virtuoso. ¡Qué honor para el uno, qué nota para el otro, sin haber recibido palabra alguna de alabanza, ni censura ninguno de los dos! Ciertos borrachos de Samos mancillaron el tribunal de los éforos; al día siguiente, por edicto público, fue permitido a los de Samos ser indignos. Un verdadero castigo hubiese sido menos severo que semejante impunidad. Cuando Esparta se pronunció sobre lo que es o no honrado, Grecia no apeló de sus resoluciones.

Capítulo VIII

De la religión civil

Los hombres no tuvieron al principio más reyes que los dioses ni más gobierno que el teocrático. Hicieron el razonamiento de Calígula, y entonces razonaron con justicia. Se necesita una larga alteración de sentimientos e ideas para poder resolverse a tomar a un semejante por señor y a alabarse de que de este modo se vive a gusto.

Del solo hecho de que a la cabeza de esta sociedad política se pusiese a Dios resultó que hubo tantos dioses como pueblos. Dos pueblos extraños uno a otro, y casi siempre enemigos, no pudieron reconocer durante mucho tiempo un mismo señor; dos ejércitos que se combaten, no pueden obedecer al mismo jefe. Así, de las divisiones nacionales resultó el politeísmo, y de aquí la intolerancia teológica y civil, que, naturalmente, es la misma, como se dirá a continuación.

La fantasía que tuvieron los griegos para recobrar sus dioses entre los pueblos bárbaros provino de que se consideraban también soberanos naturales de estos pueblos. Pero existe en nuestros días una erudición muy ridícula, como es la que corre sobre la identidad de los dioses de las diversas naciones. ¡Como si Moloch, Saturno y Cronos pudiesen ser el mismo dios! ¡Como si el Baal de los fenicios, el Zeus de los griegos y el Júpiter de los latinos pudiesen ser el mismo! ¡Como si pudiese quedar algo de común a seres quiméricos que llevan diferentes nombres!

Si se pregunta cómo no había guerras de religión en el paganismo, en el cual cada Estado tenía su culto y sus dioses, contestaré que por lo mismo que cada Estado, al tener un culto y un gobierno propios, no distinguía en nada sus dioses de sus leyes. La guerra política era también teológica; los departamentos de los dioses estaban, por decirlo así, determinados por los límites de las naciones. El dios de un pueblo no tenía ningún derecho sobre los demás pueblos. Los dioses de los paganos no eran celosos: se repartían entre ellos el imperio del mundo; el mismo Moisés y el pueblo hebreo se prestaban algunas veces a esta idea al hablar del Dios de Israel. Consideraban, ciertamente, como nulos los dioses de los cananeos, pueblos proscritos consagrados a la destrucción y cuyo lugar debían ellos ocupar. Mas ved cómo hablaban de las divinidades de los pueblos vecinos, a los cuales les estaba prohibido atacar: «La posesión de lo que pertenece a Chamos, vuestro dios —decía Jefté a los ammonitas—, ¿no os es legítimamente debida? Nosotros poseemos, con el mismo título, las tierras que nuestro dios vencedor ha adquirido.» Esto era, creo, una reconocida paridad entre los derechos de Chamos y los del Dios de Israel.

Pero cuando los judíos, sometidos a los reyes de Babilonia y más tarde a los reyes de Siria, quisieron obstinarse en no reconocer más dios que el suyo, esta negativa, considerada como una rebelión contra el vencedor, les atrajo las persecuciones que se leen en su historia, y de las cuales no se ve ningún otro ejemplo antes del cristianismo.

Estando, pues, unida cada religión únicamente a las leyes del Estado que las prescribe, no había otra manera de convertir a un pueblo que la de someterlo, ni existían más misioneros que los conquistadores; y siendo ley de los vencidos la obligación de cambiar de culto, era necesario comenzar por vencer antes de hablar de ello. Lejos de que los hombres combatiesen por los dioses, eran, como en Homero, los dioses los que combatían por los hombres; cada cual pedía al suyo la victoria y le pagaba con nuevos altares. Los romanos, antes de tomar una plaza, intimaban a sus dioses a abandonarla, y cuando dejaban a los tarentinos con sus dioses irritados es que consideraban a estos dioses como sometidos a los suyos u obligados a rendirles homenaje. Dejaban a los vencidos sus dioses, como les dejaban sus leyes. Una corona al Júpiter del Capitolio era con frecuencia el único tributo que les imponían.

En fin: habiendo extendido los romanos su culto y sus dioses al par que su Imperio, y habiendo adoptado con frecuencia ellos mismos los de los vencidos, concediendo a unos y a otros el derecho de ciudad, halláronse insensiblemente los pueblos de este vasto Imperio con multitud de dioses y de cultos, los mismos próximamente, en todas partes; y he aquí cómo el paganismo no fue al fin en el mundo conocido sino una sola y misma religión.

En estas circunstancias fue cuando Jesús vino a establecer sobre la tierra su reino espiritual; el cual, separando el sistema teológico del político, hizo que el Estado dejase de ser uno y originó divisiones intestinas, que jamás han dejado de agitar a los pueblos cristianos. Ahora bien; no habiendo podido entrar nunca esta idea nueva de un reino del otro mundo en la cabeza de los paganos, miraron siempre a los cristianos como verdaderos rebeldes, que bajo una hipócrita sumisión no buscaban más que el momento de hacerse independientes y dueños y usurpar diestramente la autoridad que fingían respetar en su debilidad. Tal fue la causa de las persecuciones.

Lo que los paganos habían temido, ocurrió. Entonces todo cambió de aspecto: los humildes cristianos cambiaron de lenguaje, y en seguida se ha visto a tal pretendido reino del otro mundo advenir en éste, bajo un jefe visible, el más violento despotismo.

Sin embargo, como siempre ha habido un príncipe y leyes civiles, ha resultado de este doble poder un perpetuo conflicto de jurisdicción, que ha hecho imposible toda buena organización en los Estados cristianos y jamás se ha llegado a saber cuál de los dos, si el señor o el sacerdote, era el que estaba obligado a obedecer.

Muchos pueblos, sin embargo, en Europa o en su vecindad, han querido conservar o restablecer el antiguo sistema, pero sin éxito; el espíritu del cristianismo lo ha ganado todo. El culto sagrado ha permanecido siempre, o se ha convertido de nuevo en independiente del soberano y sin unión necesaria con el cuerpo del Estado. Mahoma tuvo aspiraciones muy sanas; trabó bien su sistema político, y en tanto que subsistió la forma de su gobierno bajo los califas, sus sucesores, este gobierno fue exactamente uno y bueno en esto. Pero habiendo llegado al florecimiento los árabes y convertidos en cultos, corteses, blandos y cobardes, fueron sojuzgados por los bárbaros, y entonces la división entre los dos poderes volvió a comenzar. Aunque esta dualidad sea menos aparente entre los mahometanos que entre los cristianos, se encuentra en todas partes, sobre todo en la secta de Alí y hay Estados, como Persia, donde no deja de hacerse sentir.

Entre nosotros, los reyes de Inglaterra se han constituido como jefes de la Iglesia; otro tanto han hecho los *zares,* pero aun con este título son menos señores en ella que ministros; no han adquirido tanto el derecho de cambiarla cuanto el poder de mantenerla; no son allí legisladores, sino que sólo son principes. Dondequiera que el clero constituye un cuerpo es señor y legislador en su patria. Hay, pues, dos poderes, dos soberanos, en Inglaterra y en Rusia, lo mismo que antes.

De todos los autores cristianos, el filósofo Hobbes es el único que ha visto bien el mal y el remedio; que se ha atrevido a proponer reunir las dos cabezas del águila y reducir todo a unidad política, sin lo cual jamás estará bien constituido ningún Estado ni gobierno. Pero ha debido ver que el espíritu dominador del cristianismo era incompatible con su sistema, y que el interés del sacerdote sería siempre más fuerte que el del Estado. Lo que ha hecho odiosa su política no es tanto lo que hay de horrible y falso en ella cuanto lo que encierra de justo y cierto.

Yo creo que desarrollando desde este punto de vista los hechos históricos se refutarían fácilmente los sentimientos opuestos de Bayle y de Warburton, uno de los cuales pretende que ninguna religión es útil al cuerpo político, en tanto sostiene el otro, por el contrario, que el cristianismo es el más firme apoyo de él. Se podría probar al primero que jamás fue fundado un Estado sin que la religión le sirviese de base, y al segundo, que la ley cristiana es en el fondo más perjudicial que útil a la fuerte constitución de Estado. Para terminar de hacerme entender, sólo hace falta dar un poco más de precisión a las ideas demasiado vagas de religión relativas a mi asunto.

La religión, considerada en relación con la sociedad, que es o general o particular, puede también dividirse en dos clases, a saber: la religión del hombre y la del ciudadano. La primera, sin templos, sin altares, sin ritos, limitada al culto puramente interior del Dios supremo y a los deberes eternos de la Moral, es la pura y simple religión del Evangelio, el verdadero teísmo y lo que se puede llamar el derecho divino natural. La otra, inscrita en un solo país, le da sus dioses, sus patronos propios y tutelares; tiene sus dogmas, sus ritos y su culto exterior, prescrito por leyes. Fuera de la nación que la sigue, todo es para ella infiel, extraño, bárbaro; no entiende los deberes y los derechos del hombre sino hasta donde llegan sus altares. Tales fueron las religiones de los primeros pueblos, a las cuales se puede dar el nombre de derecho divino, civil o positivo.

Existe una tercera clase de religión, más rara, que dando a los hombres dos legislaciones, dos jefes, dos patrias, los somete a deberes contradictorios y les impide poder ser a la vez devotos y ciudadanos. Tal es la religión de los lamas, la de los japoneses y el cristianismo romano. Se puede llamar a esto la religión del sacerdote, y resulta de ella una clase de derecho mixto e insociable que no tiene nombre.

Considerando políticamente estas tres clases de religiones, se encuentran en ellas todos los defectos de éstas. La tercera es tan evidentemente mala, que es perder el tiempo distraerse en demostrarlo; todo lo que rompe la unidad social no tiene valor ninguno; todas las instituciones que ponen al hombre en contradicción consigo mismo, tampoco tiene valor alguno.

La segunda es buena en cuanto reúne el culto divino y el amor de las leyes, y, haciendo a la patria objeto de la adoración de los ciudadanos, les enseña que servir al Estado es servir al dios tutelar. Es una especie de teocracia, en la cual no se debe tener otro pontífice que el príncipe ni otros sacerdotes más que los magistrados. Entonces, morir por la patria es ir al martirio; violar las leyes es ser impío, y someter a un culpable a la execración pública es dedicarlo a la cólera de los dioses: *Sacer esto*. Pero es mala porque, estando fundada sobre el error y la mentira, engaña a los hombres, los hace crédulos, supersticiosos y ahoga el verdadero culto de la Divinidad en un vano ceremonial.

Pero es mala, además porque al ser exclusiva y tiránica hace a un pueblo sanguinario e intolerante, de modo que no respira sino ambiente de asesinatos y matanzas, y cree hacer una acción santa matando a cualquiera que no admite sus dioses. Esto coloca a un pueblo semejante en un estado natural de guerra con todos los demás, muy perjudicial para su propia seguridad.

Queda, pues, la religión del Hombre, o el cristianismo, no el de hoy, sino el del Evangelio, que es completamente diferente. Por esta religión santa, sublime, verdadera, los hombres, hijos del mismo dios, se reconocen todos hermanos, y la sociedad que los une no se disuelve ni siquiera con la muerte.

Mas no teniendo esta religión ninguna relación con el cuerpo político, deja que las leyes saquen la fuerza de sí mismas, sin añadirle ninguna otra, y de aquí que uno de los grandes lazos de la sociedad particular quede sin efecto. Más aún; lejos de unir los corazones de los ciudadanos al Estado, los separa de él como de todas las cosas de la tierra. No conozco nada más contrario al espíritu social.

Se nos dice que un pueblo de verdaderos cristianos formaría la más perfecta sociedad que se puede imaginar. No veo en esta suposición más que una dificultad: que una sociedad de verdaderos cristianos no sería una sociedad de hombres.

Digo más: que esta supuesta sociedad no sería, con toda esta perfección, ni la más fuerte ni la más durable; a fuerza de ser perfecta, carecería de unión, y su vicio destructor radicaría en su perfección misma.

Cada cual cumpliría su deber: el pueblo estaría sometido a las leyes; los jefes serían justos y moderados; los magistrados, íntegros, incorruptibles; los soldados despreciarían la muerte; no habría ni vanidad ni lujo. Todo esto está muy bien; pero miremos más lejos.

El cristianismo es una religión completamente espiritual, que se ocupa únicamente de las cosas del cielo; la patria del cristianismo no es de este mundo. Cumple con su deber, es cierto; pero lo cumple con una profunda indiferencia sobre el buen o mal éxito. Con tal que no haya nada que reprocharle, nada le importa que vaya bien o mal aquí abajo. Si el Estado es floreciente, apenas si se atreve a gozar de la felicidad pública; teme enorgullecerse de la gloria de su país; si el Estado decae, bendice la mano de Dios, que se deja sentir sobre su pueblo.

Para que la sociedad fuese pacífica y la armonía se mantuviese, sería preciso que todos los ciudadanos, sin excepción, fuesen igualmente buenos cristianos; pero si, desgraciadamente, surge un solo ambicioso, un solo hipócrita, un Catilina o, por ejemplo, un Cromwell, seguramente daría al traste con sus piadosos compatriotas. La caridad cristiana no permite fácilmente pensar mal en el prójimo. Así pues, desde el momento en que encuentre, mediante alguna astucia, el arte de imponerse y apoderarse de una parte de la autoridad pública, nos hallaremos ante un hombre constituido en dignidad. Dios quiere que se le respete: en seguida se convierte, por tanto, en un poder; Dios quiere que se le obedezca. Si el depositario de este poder abusa de él, es la vara con que Dios castiga a sus hijos. Si se conviniesen de que había que echar al usurpador, sería preciso turbar el reposo público, usar de violencia, verter la sangre; pero todo ello concuerda mal con la dulzura del cristianismo, y, después de todo, ¿qué importa que sea libre o esclavo en este valle de miserias? Lo esencial es ir al paraíso, y la resignación no es sino un medio más para conseguirlo.

Si sobreviene alguna guerra extranjera, los ciudadanos marchan sin trabajo al combate; ninguno de ellos piensa huir; cumplen con su deber, pero sin pasión por la victoria; saben morir mejor que vencer. Que sean vencedores o vencidos, ¿qué importa? ¿No sabe la Providencia mejor que ellos lo que les conviene? Imagínese qué partido puede sacar de su estoicismo un enemigo soberbio, impetuoso, apasionado. Poned frente a ellos estos pueblos generosos, a quienes devora el ardiente amor de la gloria y de la patria; suponed vuestra república cristiana frente a Esparta o a Roma: los piadosos cristianos serán derrotados, aplastados, destruidos, antes de haber tenido tiempo de reconocerse, o no deberán su salvación sino al desprecio que su enemigo conciba por ellos. Era un buen juramento, a mi juicio, el de los soldados de Fabio: no juraron morir o vencer; juraron volver vencedores, y mantuvieron su juramento. Nunca hubiesen hecho los cristianos nada semejante; hubiesen creído tentar a Dios.

Pero me equivoco al hablar de una república cristiana; cada una de estas palabras excluye a la otra. El cristianismo no predica sino sumisión y dependencia. Su espíritu es harto favorable a la tiranía para que ella no se aproveche de ello siempre. Los verdaderos cristianos están hechos para ser esclavos; lo saben, y no se conmueven demasiado: esta corta vida ofrece poco valor a sus ojos.

Se nos dice que las tropas cristianas son excelentes; yo lo niego: que se me muestre alguna. Por lo que a mí toca, no conozco tropas cristianas. Se me citarán las Cruzadas. Sin discutir el valor de las Cruzadas, haré notar que, lejos de ser cristianos, eran soldados del sacerdote, eran ciudadanos de la Iglesia, se batían por su país espiritual, que él había convertido en temporal no se sabe cómo. Interpretándolo como es debido, esto cae dentro del paganismo; puesto que el Evangelio no establece en parte alguna una religión nacional, toda guerra sagrada se hace imposible entre los cristianos.

Bajo los emperadores paganos, los soldados cristianos eran valientes; todos los autores cristianos lo afirman, y yo lo creo; se trataba de una emulación de honor contra las tropas paganas. Desde que los emperadores fueron cristianos, esta emulación desapareció, y cuando la cruz hubo desterrado al águila, todo el valor romano dejó de existir.

Pues poniendo a un lado las consideraciones políticas, volvamos al derecho y fijemos los principios sobre este punto importante. El derecho que el pacto social da al soberano sobre los súbditos no traspasa, como he dicho, los límites de la utilidad pública. Los súbditos no tienen, pues, que dar cuenta al soberano de sus opiniones sino en tanto que estas opiniones importan a la comunidad. Ahora bien; importa al Estado que cada ciudadano tenga una religión que le haga amar sus deberes; pero los dogmas de esta religión no le interesan ni al Estado ni a sus miembros sino en tanto que estos dogmas se refieren a la moral y a los deberes que aquel que la profesa está obligado a cumplir respecto de los demás. Cada cual puede tener, por lo demás, las opiniones que le plazca, sin que necesite enterarse de ello el soberano; porque como no tiene ninguna competencia en el otro mundo, cualquiera que sea la suerte de los súbditos en una vida postrera, no es asunto que a él competa, con tal que sean buenos ciudadanos en ésta.

Hay, pues, una profesión de fe puramente civil, cuyos artículos corresponde fijar al soberano, no precisamente como dogmas de religión, sino como sentimientos de sociabilidad, sin los cuales es imposible ser buen ciudadano ni súbdito fiel. No puede obligar a nadie a creerles, pero puede desterrar del Estado a cualquiera que no los crea; puede desterrarlos, no por impíos, sino por insociables, por incapaces de amar sinceramente a las leyes, la justicia, e inmolar la vida, en caso de necesidad, ante el deber. Si alguien, después de haber reconocido públicamente estos mismos dogmas, se conduce como si no los creyese, sea condenado a muerte; ha cometido el mayor de los crímenes: ha mentido ante las leyes.

Los dogmas de la religión civil deben ser sencillos, en pequeño número, enunciados con precisión, sin explicación ni comentarios. La existencia de la Divinidad poderosa, inteligente, bienhechora, previsora y providente; la vida, por venir, la felicidad de los justos, el castigo de los malos, la santidad del contrato social y de las leyes; he aquí los dogmas positivos. En cuanto a los negativos, los reduzco a uno solo: la intolerancia; ésta entra en los cultos que hemos excluido.

Los que distinguen la intolerancia civil de la teológica, se equivocan en mi opinión. Estas dos intolerancias son inseparables. Es imposible vivir en paz con gentes a quienes se cree condenadas; amarlas, sería odiar a Dios, que las castiga; es absolutamente preciso rechazarlas o atormentarlas. Dondequiera que la intolerancia teológica está admitida, es imposible que no tenga algún efecto civil, y tan pronto como lo tiene, el soberano deja de serlo, hasta en lo temporal; desde entonces los sacerdotes son los verdaderos amos; los reyes, sus subordinados.

Ahora que no existe ni puede existir religión nacional exclusiva, se deben tolerar todas aquellas que toleran a las otras, mientras sus dogmas no tengan nada contrario a los deberes del ciudadano. Pero cualquiera que se atreva a decir *fuera de la Iglesia no hay salvación,* deje ser echado del Estado, a menos que el Estado no sea la Iglesia y que el príncipe no sea el pontífice. Tal dogma no conviene sino a un gobierno teocrático; en cualquier otro es pernicioso. La razón por la cual se dice que Enrique IV abrazó la religión romana debería ser un motivo para que la dejase todo hombre honrado y, sobre todo, príncipe que supiese razonar.

Capítulo IX

Conclusión

Después de haber sentado los verdaderos principios del derecho político y procurado fundar el Estado sobre su base, sería preciso fundarlo atendiendo a sus relaciones externas; lo cual comprendería el derecho de gentes, el comercio, el derecho de las guerras y conquistas, el derecho público, las ligas, las negociaciones, los trabajos, etc. Pero todo esto constituye un nuevo objeto, demasiado amplio para mis cortas miras; debería haber fijado siempre éstas en algo más próximo de mí.

Discurso sobre el origen de la desigualdad entre los hombres

Non in depravatis, sed in his quae bene secundum naturam se habent, considerandum est quid sid naturale*.

Aristóteles, *Política,* lib. I, cap. II.

Advertencia del autor
sobre las notas

Siguiendo mi perezosa costumbre de trabajar a ratos perdidos, he añadido algunas notas a esta obra. Estas notas se apartan bastante del asunto algunas veces, por lo cual no son a propósito para ser leídas al mismo tiempo que el texto. Por esta razón las he relegado al final del *Discurso,* en el cual he procurado seguir del mejor modo posible el camino más recto. Quienes tengan el valor de empezar por segunda vez la lectura pueden entretenerse en distraer su atención hacia las notas, intentando una ojeada sobre ellas. En cuanto a los demás, poco se perderían si no las leyesen.

Dedicatoria

A la República de Ginebra

Magníficos, muy honorables y soberanos señores:

Convencido de que sólo al ciudadano virtuoso le es dado ofrecer a su patria aquellos honores que ésta pueda aceptar, trabajo hace treinta años para ser digno de ofreceros un homenaje público; y supliendo en parte esta feliz ocasión lo que mis esfuerzos no han podido hacer, he creído que me sería permitido atender aquí más al celo que me anima que al derecho que debiera autorizarme.

Habiendo tenido la dicha de nacer entre vosotros, ¿cómo podría meditar acerca de la igualdad que la naturaleza ha establecido entre los hombres y sobre la desigualdad creada por ellos, sin pensar al mismo tiempo en la profunda sabiduría con que una y otra, felizmente combinadas en este Estado, concurren, del modo más aproximado a la ley natural y más favorable para la sociedad, al mantenimiento del orden público y a la felicidad de los particulares? Buscando las mejores máximas que pueda dictar el buen sentido sobre la constitución de un gobierno, he quedado tan asombrado al verlas todas puestas en ejecución en el vuestro, que, aun cuando no hubiera nacido dentro de vuestros muros, hubiese creído no poder dispensarme de ofrecer este cuadro de la sociedad humana a aquel de entre todos los pueblos que paréceme poseer las mayores ventajas y haber prevenido mejor los abusos.

Si hubiera tenido que escoger el lugar de mi nacimiento, habría elegido una sociedad de una grandeza limitada por la extensión de las facultades humanas, es decir, por la posibilidad de ser bien gobernada, y en la cual, bastándose cada cual a sí mismo, nadie hubiera sido obligado a confiar a los demás las funciones de que hubiese sido encargado; un Estado en que, conociéndose entre sí todos los particulares, ni las oscuras maniobras del vicio ni la modestia de la virtud hubieran podido escapar a las miradas y al juicio del público, y donde el dulce hábito de verse y de tratarse hiciera del amor a la patria, más bien que el amor a la tierra, el amor a los ciudadanos.

Hubiera querido nacer en un país en el cual el soberano y el pueblo no tuviesen mas que un solo y único interés, a fin de que los movimientos de la máquina se encaminaran siempre al bien común, y como esto no podría suceder sino en el caso de que el pueblo y el soberano fuesen una misma persona, dedúcese que yo habría querido nacer bajo un gobierno democrático sabiamente moderado.

Hubiera querido vivir y morir libre, es decir, de tal manera sometido a las leyes, que ni yo ni nadie hubiese podido sacudir el honroso yugo, ese yugo suave y benéfico que las más altivas cabezas llevan tanto más dócilmente cuanto que están hechas para no soportar otro alguno.

Hubiera, pues, querido que nadie en el Estado pudiese pretender hallarse por encima de la ley, y que nadie desde fuera pudiera imponer al Estado su reconocimiento; porque, cualquiera que sea la constitución de un gobierno, si se encuentra un solo hombre que no esté sometido a la ley, todos los demás hállanse necesariamente a su merced [1]; y si hay un jefe nacional y otro extranjero, cualquiera que sea la división que hagan de su autoridad, es imposible que uno y otro sean obedecidos y que el Estado esté bien gobernado.

Yo no hubiera querido vivir en un república de reciente institución, por buenas que fuesen sus leyes, temiendo que, no conviniendo a los ciudadanos el gobierno, tal vez constituido de modo distinto al necesario por el momento, o no conviniendo los ciudadanos al nuevo gobierno, el Estado quedase sujeto a quebranto y destrucción casi desde su nacimiento; pues sucede con la libertad como con los alimentos sólidos y suculentos o los vinos generosos, que son propios para nutrir y fortificar los temperamentos

robustos a ellos habituados, pero que abruman, dañan y embria-
gan a los débiles y delicados que no están acostumbrados a ellos.
Los pueblos, una vez habituados a los amos, no pueden ya pasarse sin ellos. Si intentan sacudir el yugo, se alejan tanto más de
la libertad cuanto que, confundiendo con ella una licencia completamente opuesta, sus revoluciones los entregan casi siempre a
seductores que no hacen sino recargar sus cadenas. El mismo
pueblo romano, modelo de todos los pueblos libres, no se halló
en situación de gobernarse a sí mismo al sacudir la opresión de
los Tarquinos *. Envilecido por la esclavitud y los ignominiosos
trabajos que éstos le habían impuesto, el pueblo romano no fue
al principio sino un populacho estúpido, que fue necesario conducir y gobernar con muchísima prudencia a fin de que, acostumbrándose poco a poco a respirar el aire saludable de la libertad, aquellas
almas enervadas, o mejor dicho embrutecidas bajo la tiranía, fuesen
adquiriendo gradualmente aquella severidad de costumbres y aquella firmeza de carácter que hicieron del pueblo romano el más respetable de todos los pueblos.

Hubiera, pues, buscado para patria mía una feliz y tranquila
república cuya antigüedad se perdiera, en cierto modo, en la noche de los tiempos; que no hubiese sufrido otras alteraciones que
aquéllas a propósito para revelar y arraigar en sus habitantes el
valor y el amor a la patria, y donde los ciudadanos, desde largo
tiempo acostumbrados a una sabia independencia, no solamente
fuesen libres, mas también dignos de serlo.

Hubiera querido una patria disuadida, por una feliz impoten-
cia, del feroz espíritu de conquista, y a cubierto, por una posición
todavía más afortunada, del temor de poder ser ella misma la conquista de otro Estado; una ciudad libre colocada entre varios pueblos que no tuvieran interés en invadirla, sino, al contrario, que
cada uno lo tuviese en impedir a los demás que la invadieran;

---

* Tarquino *el Soberbio* (Lucius Tarquinius Superbus), séptimo y último rey
de Roma. Según la tradición, Tarquino consiguió ser nombrado rey por la violencia y el asesinato, y su reinado fue una oprobiosa tiranía. Su hijo Sexto violó a Lu-
crecia, mujer de Colatino, sobrino de Tarquino *el Soberbio*. Colatino y su amigo
Bruto juraron vengar el ultraje, y consiguieron que Tarquino fuera destronado y su
familia desterrada. Tarquino huyó de Roma y fue proclamada la República hacia el
año 509 a. de J. C.—*(N. del T.)*

una república, en fin, que no despertara la ambición de sus vecinos y que pudiese fundadamente contar con su ayuda en caso
necesario. Síguese de esto que, en tan feliz situación, nada habría
de temer sino de sí misma, y que si sus ciudadanos se hubieran
ejercitado en el uso de las armas, hubiese sido más bien para
mantener en ellos ese ardor guerrero y ese firme valor que tan
bien sientan a la libertad y que alimentan su gusto, por la necesidad de proveer a su propia defensa.

Hubiera buscado un país donde el derecho de legislar fuese
común a todos los ciudadanos, porque ¿quién puede saber mejor
que ellos mismos en qué condiciones les conviene vivir juntos en
una misma sociedad? Pero no hubiera aprobado plebiscitos semejantes a los usados por el pueblo romano, en el cual los jefes del
Estado y los más interesados en su conservación estaban exclui-
dos de las deliberaciones, de las que frecuentemente dependía la
salud pública, y donde, por una absurda inconsecuencia, los magistrados hallábanse privados de los derechos de que disfrutaban
los simples ciudadanos.

Hubiera deseado, al contrario, que, para impedir los proyectos interesados y mal concebidos y las innovaciones peligrosas
que perdieron por fin a los atenienses, no tuviera cualquiera el
derecho de proponer caprichosamente nuevas leyes; que este derecho perteneciera solamente a los magistrados; que éstos usasen
de él con tanta circunspección, que el pueblo, por su parte, no
fuera menos reservado para otorgar su consentimiento; y que la
promulgación se hiciera con tanta solemnidad, que antes de que
la constitución fuese alterada hubiera tiempo para convencerse
de que es sobre todo la gran antigüedad de las leyes lo que las
hace santas y venerables; que el pueblo menosprecia rápidamente las leyes que ve cambiar a diario, y que, acostumbrándose
a descuidar las antiguas costumbres so pretexto de mejores usos,
se introducen frecuentemente grandes males queriendo corregir
otros menores.

Hubiera huido, sobre todo, por estar necesariamente mal gobernada, de una república donde el pueblo, creyendo poder prescindir de sus magistrados, o concediéndoles sólo una autoridad
precaria, hubiese guardado para sí, con notoria imprudencia, la
administración de sus asuntos civiles y la ejecución de sus pro-

pias leyes. Tal debió de ser la grosera constitución de los primeros gobiernos al salir inmediatamente del estado de naturaleza; y
ése fue uno de los vicios que perdieron a la república de Atenas.

Pero hubiera elegido la república en donde los particulares,
contentándose con otorgar la sanción de las leyes y con decidir,
constituidos en cuerpo y previo informe de los jefes, los asuntos
públicos más importantes, estableciesen Tribunales respetados,
distinguiesen con cuidado las diferentes jurisdicciones y eligiesen
anualmente para administrar la justicia y gobernar el Estado a los
más capaces y a los más íntegros de sus conciudadanos; aquella
donde, sirviendo de testimonio de la sabiduría del pueblo la virtud de los magistrados, unos y otros se honrasen mutuamente, de
suerte que si alguna vez viniesen a turbar la concordia pública funestas desavenencias, aun esos tiempos de ceguedad y de error
quedasen señalados con testimonios de moderación, de estima
recíproca, de un común respeto hacia las leyes, presagios y garantías de una reconciliación sincera y perpetua.

Tales son, magníficos, muy honorables y soberanos señores,
las ventajas que hubiera deseado en la patria de mi elección. Y si
la Providencia hubiese añadido además una posición encantadora, un clima moderado, una tierra fértil y el paisaje más deli-
cioso que existiera bajo el cielo, sólo habría deseado ya, para colmar mi ventura, poder gozar de todos estos bienes en el seno de
esa patria afortunada, viviendo apaciblemente en dulce sociedad
con mis conciudadanos y ejerciendo con ellos, a su ejemplo, la
humanidad, la amistad y todas las demás virtudes, para dejar tras
mí el honroso recuerdo de un hombre de bien y de un honesto y
virtuoso patriota.

Si, menos afortunado o tardíamente discreto, me hubiera visto
reducido a terminar en otros climas una carrera lánguida y enfer-
miza, lamentando vanamente el reposo y la paz de que me había
privado una imprudente juventud, hubiese al menos alimentado en
mi alma esos mismos sentimientos de los cuales no hubiera podido
hacer uso en mi país, y, poseído de un afecto tierno y desintere-
sado hacia mis lejanos conciudadanos, les habría dirigido desde el
fondo de mi corazón, poco más o menos, el siguiente discurso:

«Queridos conciudadanos, o mejor, hermanos míos, puesto
que así los lazos de la sangre como las leyes nos unen a casi to-

dos: Dulce es para mí no poder pensar en vosotros sin pensar al mismo tiempo en todos los bienes de que disfrutáis, y cuyo valor acaso ninguno de vosotros estima tanto como yo que los he perdido. Cuanto más reflexiono sobre vuestro estado político y civil, más difícil me parece que la naturaleza de las cosas humanas pueda permitir la existencia de otro mejor. En todos los demás gobiernos, cuando se trata de asegurar el mayor bien del Estado, todo se limita siempre a proyectos abstractos o, cuando más, a meras posibilidades; para vosotros, en cambio, vuestra felicidad ya está hecha: no tenéis mas que disfrutarla, y para ser perfectamente felices no necesitáis sino conformaros con serlo. Vuestra soberanía, conquistada o recobrada con la punta de la espada y conservada durante dos siglos a fuerza de valor y de prudencia, es por fin plena y universalmente reconocida. Honrosos tratados fijan vuestros límites, aseguran vuestros derechos y fortalecen vuestra tranquilidad. Vuestra Constitución es excelente, dictada por la razón más sublime y garantizada por potencias amigas y respetables; vuestro Estado es tranquilo; no tenéis guerras ni conquistadores que temer; no tenéis otros amos que las sabias leyes que vosotros mismos habéis hecho, administradas por íntegros magistrados por vosotros elegidos; no sois ni demasiado ricos para enervaros en la molicie y perder en vanos deleites el gusto de la verdadera felicidad y de las sólidas virtudes, ni demasiado pobres para que tengáis necesidad de más socorros extraños de los que os procura vuestra industria; y esa preciosa libertad, que no se mantiene en las grandes naciones sino a costa de exorbitantes impuestos, casi nada os cuesta conservarla.

»¡Que pueda durar siempre, para dicha de sus conciudadanos y ejemplo de los pueblos, una república tan sabia y afortunadamente constituida! He aquí el único voto que tenéis que hacer, el único cuidado que os queda. En adelante, a vosotros incumbe, no el hacer vuestra felicidad —vuestros antepasados os han evitado ese trabajo—, sino el conservarla duraderamente mediante un sabio uso. De vuestra unión perpetua, de vuestra obediencia a las leyes y de vuestro respeto a sus ministros depende vuestra conservación. Si queda entre vosotros el menor germen de acritud o desconfianza, apresuraos a destruirlo como levadura funesta de donde resultarían tarde o temprano vuestras desgracias y la ruina del Estado. Os conjuro a todos vosotros a replegaros en el fondo de vuestro corazón y a consultar la voz secreta de vuestra conciencia. ¿Conoce alguno de vosotros en el mundo un cuerpo más íntegro, más esclarecido, más respetable que vuestra magistratura? ¿No os dan todos sus miembros ejemplo de moderación, de sencillez de costumbres, de respeto a las leyes y de la más sincera armonía? Otorgad, pues, sin reservas a tan discretos jefes esa saludable confianza que la razón debe a la virtud; pensad que vosotros los habéis elegido, que justifican vuestra elección y que los honores debidos a aquellos que habéis investido de dignidad recaen necesariamente sobre vosotros mismos. Ninguno de vosotros es tan poco ilustrado que pueda ignorar que donde se extingue el vigor de las leyes y la autoridad de sus defensores no puede haber ni seguridad ni libertad para nadie.

»¿De qué se trata, pues, entre vosotros sino de hacer de buen grado y con justa confianza lo que estaríais siempre obligados a hacer por verdadera conveniencia, por deber y por razón? Que una culpable y funesta indiferencia por el mantenimiento de la Constitución no os haga descuidar nunca en caso necesario las sabias advertencias de los más esclarecidos y de los más discretos, sino que la equidad, la moderación, la firmeza más respetuosa sigan regulando vuestros pasos y muestren en vosotros al mundo entero el ejemplo de un pueblo altivo y modesto, tan celoso de su gloria como de su libertad. Guardaos sobre todo, y éste será mi último consejo, de escuchar perniciosas interpretaciones y discursos envenenados, cuyos móviles secretos son frecuentemente más peligrosos que las acciones mismas. Una casa entera despiértase y se sobresalta a los primeros ladridos de un buen y fiel guardián que sólo ladra cuando se aproximan los ladrones; pero todos odian la impertinencia de esos ruidosos animales que turban sin cesar el reposo público y cuyas advertencias continuas y fuera de lugar no se dejan oír precisamente cuando son necesarias.»

Y vosotros, magníficos y honorabilísimos señores; vosotros, dignos y respetables magistrados de un pueblo libre, permitidme que os ofrezca en particular mis respetos y atenciones. Si existe en el mundo un rango que pueda enaltecer a quienes lo ocupen, es, sin duda, el que dan el talento y la virtud, aquel de que os habéis hecho dignos y al cual os han elevado vuestros conciudadanos. Su propio mérito añade al vuestro un nuevo brillo, y, elegido por hombres capaces de gobernar a otros para que los gobernéis a ellos mismos, os considero tan por encima de los demás magistrados, como un pueblo libre, y sobre todo el que vosotros tenéis el honor de dirigir, se halla, por sus luces y su razón, por encima del populacho de los otros Estados.

Séame permitido citar un ejemplo del que debieran quedar más firmes huellas y que siempre vivirá en mi corazón. No recuerdo nunca sin sentir la más dulce emoción al virtuoso ciudadano que me dio el ser y que aleccionó a menudo mi infancia con el respeto que os era debido. Aún le veo, viviendo del trabajo de sus manos y alimentando su alma con las verdades más sublimes. Delante de él, mezclados con las herramientas de su oficio, veo a Tácito, a Plutarco y a Grocio. Veo a su lado a un hijo amado recibiendo con poco fruto las tiernas enseñanzas del mejor de los padres. Pero si los extravíos de una loca juventud me hicieron olvidar un tiempo sus sabias lecciones, al fin tengo la dicha de experimentar que, por grande que sea la inclinación hacia el vicio, es difícil que una educación en la cual interviene el corazón se pierda para siempre.

Tales son, magníficos y honorabilísimos señores, los ciudadanos y aún los simples habitantes nacidos en el Estado que gobernáis; tales son esos hombres instruidos y sensatos sobre los cuales, bajo el nombre de obreros y de pueblo, se tienen en las otras naciones ideas tan bajas y tan falsas. Mi padre, lo confieso con alegría, no ocupaba entre sus conciudadanos un lugar distinguido; era lo que todos son, y tal como era, no hay país en que no hubiese sido solicitado y cultivado su trato, y aun con fruto, por las personas más honorables. No me incumbe, y gracias al cielo no es necesario, hablaros de las atenciones que de vosotros pueden esperar hombres de semejante excelencia, vuestros iguales así por la educación como por los derechos de su nacimiento y de la naturaleza; vuestros inferiores por su voluntad, por la preferencia que deben a vuestros merecimientos y que ellos han reconocido, por la cual, a vuestra vez, les debéis una especie de reconocimiento. Veo con viva satisfacción con cuánta moderación y condescendencia usáis con ellos de la gravedad propia de los ministros de las leyes, cómo les devolvéis en estima y consideración la obediencia y el respeto que ellos os deben; conducta llena de justicia y sabiduría, a propósito para alejar cada vez más el recuerdo de dolorosos acontecimientos que es preciso olvidar para no volverlos a ver nunca; conducta tanto más discreta cuanto que ese pueblo justo y generoso se complace en su deber y ama naturalmente honraros, y que los más fogosos en sostener sus derechos son los más inclinados a respetar los vuestros.

No debe sorprender que los jefes de una sociedad civil amen la gloria y la felicidad; mas ya es bastante para la tranquilidad de los hombres que aquellos que se consideran como magistrados o, más bien, como señores de una patria más santa y sublime, den pruebas de algún amor a la patria terrenal que los alimenta. ¡Qué dulce es para mí señalar en nuestro favor una excepción tan rara y colocar en el rango de nuestros ciudadanos más excelentes a esos celosos depositarios de los dogmas sagrados autorizados por las leyes, a esos venerables pastores de almas, cuya viva y suave elocuencia hace penetrar tanto mejor en los corazones las máximas del Evangelio, cuanto que ellos mismos empiezan por ponerlas en práctica! Todo el mundo sabe con cuánto éxito se cultiva en Ginebra el gran arte de la elocuencia sagrada. Pero harto habituados a oír predicar de un modo y ver practicar de otro, pocas gentes saben hasta qué punto reinan en nuestro cuerpo sacerdotal el espíritu del cristianismo, la santidad de las costumbres, la severidad consigo mismo y la dulzura con los demás. Tal vez le esté reservado a la ciudad de Ginebra presentar el ejemplo edificante de una unión tan perfecta en una sociedad de teólogos y de gentes de letras. Sobre su sabiduría y su moderación, sobre su celoso cuidado por la prosperidad del Estado, fundamento en gran parte de la esperanza de su eterna tranquilidad, y, sintiendo un placer mezclado de asombro y de respeto, observo cuánto horror manifiestan ante las máximas espantosas de esos hombres sagrados y bárbaros —de los cuales la Historia ofrece más de un ejemplo— que, para sostener los pretendidos derechos de Dios, es decir, sus propios intereses, eran tanto menos avaros de sangre humana cuanto más se envanecían de que la suya sería siempre respetada.

¿Podría olvidarme de esa encantadora mitad de la República que hace la felicidad de la otra y cuya dulzura y prudencia mantienen la paz y las buenas costumbres? Amables y virtuosas ciudadanas: el sino de vuestro sexo será siempre gobernar el nuestro. ¡Felices cuando vuestro casto poder, ejercido solamente en la unión conyugal, no se hace sentir mas que para gloria del Estado y a favor del bienestar público! Así es como gobernaban las mujeres de Esparta, y así merecéis vosotras gobernar en Ginebra. ¿Qué hombre bárbaro podría resistir a la voz del honor y de la razón en boca de una tierna esposa? ¿Y quién no despreciaría un vano lujo viendo la sencillez y modestia de vuestra compostura, que parece ser, por el brillo que recibe de vosotras, la más favorable a la hermosura? A vosotras corresponde mantener vivo siempre, por vuestro amable e inocente imperio y vuestro espíritu insinuante, el amor de las leyes en el Estado y la concordia entre los ciudadanos; unir por medio de afortunados matrimonios las familias divididas, y, sobre todo, corregir con la persuasiva dulzura de vuestras lecciones y la gracia sencilla de vuestro trato las extravagancias que nuestros jóvenes aprenden en el extranjero, de donde, en lugar de tantas cosas que podrían aprovecharles, sólo traen consigo, con un tono pueril y ridículos aires aprendidos entre mujeres perdidas, la admiración de no sé qué grandezas, frívolo desquite de la servidumbre que no valdrá nunca tanto como la augusta libertad. Permaneced, pues, siempre las mismas: castas guardadoras de las costumbres y de los dulces vínculos de la paz, y continuad haciendo valer en toda ocasión los derechos del corazón y de la naturaleza en beneficio del deber y de la virtud.

Me envanezco de no ser desmentido por los resultados fundando en tales garantías la esperanza de la felicidad común de los ciudadanos y la gloria de la república. Confieso que, con todas esas ventajas, no brillará con ese resplandor con que se alucinan la mayor parte de los ojos, y cuya predilección pueril y funesta es el mayor y mortal enemigo de la felicidad y de la libertad. Que la juventud disoluta vaya a buscar en otras partes los placeres fáciles y los largos arrepentimientos; que las pretendidas personas de buen gusto admiren en otros lugares la grandeza de los palacios, la ostentación de los trenes, los soberbios ajuares, la pompa de los espectáculos y todos los refinamientos de la molicie y del lujo. En Ginebra sólo se hallarán hombres; sin embargo, este espectáculo también tiene su precio, y aquellos que lo busquen bien podrán parangonarse con los admiradores de esas otras cosas.

Dignaos, magníficos, muy honorables y soberanos señores, recibir todos con igual bondad el respetuoso testimonio del ciudadano que me tomo por vuestra común prosperidad. Si fuese tan desgraciado que apareciera culpable de algún arrebato indiscreto en esta viva efusión de mi corazón, yo os suplico que lo disculpéis en gracia al tierno afecto de un verdadero patriota y al celo ardoroso y legítimo de un hombre que no aspira a mayor felicidad para sí que la de veros a todos dichosos.

Soy con el más profundo respeto, magníficos, muy honorables y soberanos señores, vuestro muy humilde y muy obediente servidor y conciudadano,

J. J. ROUSSEAU

Chamberí, 12 de junio de 1754.

Prefacio

El conocimiento del hombre me parece el más útil y el menos adelantado de todos los conocimientos humanos [2], y me atrevo a decir que la inscripción del templo de Delfos contenía por sí sola un precepto más importante y más difícil que todos los gruesos volúmenes de los moralistas. Así, considero el asunto de este Discurso* como una de las cuestiones más interesantes que la Filosofía pueda proponer a la meditación, y, desgraciadamente para nosotros, como uno de los problemas más espinosos que hayan de resolver los filósofos; porque ¿cómo conocer el origen de la desigualdad entre los hombres si no se empieza por conocer a los hombres mismos? ¿Y cómo podrá llegar el hombre a verse tal como lo ha formado la naturaleza, a través de todos los cambios que la sucesión de los tiempos y de las cosas ha debido producir en su constitución original, y a distinguir lo que tiene de su propio fondo de lo que las circunstancias y sus progresos han cambiado o añadido a su estado primitivo? Semejante a la estatua de Glaucos, que el tiempo, el mar y las tempestades habían desfigurado de tal modo que menos se parecía a un dios que a una bestia salvaje, el alma humana, modificada en el seno de la sociedad por mil causas que renacen sin cesar, por la adquisición de una multitud de conocimientos y de errores, por las transformaciones ocu-

---

* He aquí en qué términos estaba concebida la cuestión propuesta por la Academia de Dijon: *Cuál es el origen de la desigualdad entre los hombres y si está autorizada por la ley natural.*

El Discurso de Rousseau no obtuvo el premio, que fue concedido al abate Talbert.

rridas en la constitución de los cuerpos y por el continuo choque de las pasiones, ha cambiado, por así decir, de apariencia, hasta el punto de que apenas puede ser reconocida, y no se encuentra ya, en lugar de un ser obrando siempre conforme a principios ciertos e invariables, en lugar de la celestial y majestuosa simplicidad de que su Autor la había dotado, sino el disforme contraste de la pasión que cree razonar y del entendimiento del delirio.

Pero lo más cruel aún es que todos los progresos de la especie humana le alejan sin cesar del estado primitivo; cuantos más conocimientos nuevos acumulamos, más nos privamos de los medios de adquirir el más importante de todos, y es, en cierto sentido, a causa de estudiar al hombre por lo que nos hemos colocado en la imposibilidad de conocerlo.

Échase de ver fácilmente que es en estos cambios de la constitución humana donde precisa buscar el primer origen de las diferencias que separan a los hombres, los cuales, por común testimonio, son naturalmente tan iguales entre sí como lo eran los animales de cada especie antes de que diferentes causas físicas introdujeran en algunas las variaciones que en ellas observamos. No es concebible, en efecto, que esos primeros cambios, de cualquier modo que hayan ocurrido, hayan mudado a la vez y de semejante manera a todos los individuos de la especie, sino que, habiéndose perfeccionado o degenerado unos, y habiendo adquirido cualidades diversas, buenas o malas, que no eran inherentes a su naturaleza, los otros permanecieron más tiempo en su estado original; y tal fue entre los hombres la fuente primera de la desigualdad, que es mucho más fácil demostrarlo así, en general, que señalar con precisión las verdaderas causas.

No piensen por esto mis lectores que me envanezco de haber visto lo que me parece tan difícil de ver. Yo he comenzado algunos razonamientos, he aventurado algunas conjeturas, pero menos con la esperanza de resolver la cuestión que con la intención de aclararla y reducirla a su verdadero estado. Otros podrán fácilmente ir más lejos por el mismo camino, sin que a nadie le sea fácil llegar a su término; pues no es ligera empresa distinguir lo que hay de originario y lo que hay de artificial en la naturaleza actual del hombre, y conocer bien su estado, que no existe ya, que acaso no ha existido, que probablemente no existirá nunca, mas del cual es necesario sin embargo tener justas nociones para juzgar acertadamente nuestro estado presente. Haría falta más filosofía de lo que se piensa a quien emprendiera la tarea de determinar exactamente las precauciones necesarias para hacer sólidas observaciones sobre este asunto; y no me parecería indigna de los Aristóteles y Plinios de nuestro siglo una buena solución del problema siguiente: *¿Qué experiencias serían necesarias para llegar a conocer al hombre natural, y cuáles son los medios de hacer estas experiencias en el seno de la sociedad?* Lejos de emprender la solución de este problema, me atrevo a responder por anticipado, después de haber meditado bastante sobre esta cuestión, que lo más grandes filósofos no serán bastante capaces para dirigir esas experiencias, ni los más poderosos soberanos para ponerlas en práctica, concurso que, por otra parte, no es razonable esperar, sobre todo con la perseverancia o más bien con la continuidad de inteligencia y de buena voluntad necesaria de una y otra parte para asegurar el éxito.

Estas investigaciones tan difíciles de hacer y en las cuales tan poco se ha pensado hasta ahora son, sin embargo, los únicos medios que nos quedan para resolver una multitud de dificultades que nos impiden el conocimiento de los fundamentos reales de la sociedad humana. Es esta ignorancia de la naturaleza del hombre lo que produce tanta incertidumbre y oscuridad sobre la verdadera definición del derecho natural, pues la idea del derecho, dice Burlamaqui, y más aún la del derecho natural, son manifiestamente ideas relativas a la naturaleza del hombre. Por consiguiente, continúa, de esta misma naturaleza del hombre, de su constitución y de su estado es necesario deducir los principios de esa ciencia.

No sin sorpresa y escándalo se observa el desacuerdo que reina sobre esta importante materia entre los diversos autores que de ella han tratado. Entre los escritores más serios, apenas si se encuentran dos que manifiesten la misma opinión sobre este punto. Sin hablar de los filósofos antiguos, que parece se empeñaron en la tarea de contradecirse unos a otros sobre los principios más fundamentales, los jurisconsultos romanos someten indistintamente el hombre y los demás animales a la misma ley natural, porque consideran más bien bajo ese nombre la ley que la naturaleza se impone a sí misma que la prescrita por ella, o más bien a causa de la particular acepción con que interpretan esos jurisconsultos la palabra *ley,* que parece ser la han tomado en este punto como expresión de las relaciones generales establecidas por la naturaleza entre todos los seres animados para su conservación. Los modernos, reconociendo solamente bajo el nombre de ley una regla prescrita a un ser moral, es decir, inteligente, libre y considerado en sus relaciones con otros seres semejantes, limitan consiguientemente la competencia de la ley natural tan sólo al animal dotado de razón, es decir, al hombre. Pero como cada uno define esta ley a su modo y la fundamenta sobe principios en extremo metafísicos, ocurre que, aun entre nosotros, bien pocos se hallan en disposición de comprender esos principios, faltos de poder encontrarlos por sí mismos. De suerte que todas las definiciones de esos hombres sabios, por otra parte en perenne contradicción recíproca convienen solamente en una cosa: que es imposible comprender la ley natural, y por consiguiente obedecerla, sin ser un grandísimo razonador y un profundo metafísico; lo cual significa precisamente que los hombres han debido emplear para la constitución de la sociedad conocimientos que se desarrollan trabajosamente, y entre pocas personas, en el seno de la sociedad misma.

Conociendo tan poco la naturaleza y discrepando de tal modo sobre el sentido de la palabra *ley,* difícil sería convenir en una buena definición de la ley natural. He aquí por qué las definiciones que se hallan en los libros, además del defecto de no ser uniformes, tienen el de ser deducidas de diversos conocimientos que los hombres no poseen naturalmente y de una superioridad que no han podido concebir sino después de haber salido del estado natural. Comiénzase por buscar aquellas reglas que, por la utilidad común, serían buenas para que los hombres las reconociesen, y al conjunto de estas reglas se le da el nombre de ley natural, sin otra prueba que el bien que se supone resultaría de su aplicación universal. He aquí un sistema sumamente cómodo de componer definiciones y de explicar la naturaleza de las cosas por conveniencias casi arbitrarias.

Pero en tanto no conozcamos al hombre natural, es vano que pretendamos determinar la ley que ha recibido o la que mejor conviene a su estado. Lo único que podemos ver muy claramente a propósito de esta ley es que no sólo es necesario, para que sea ley, que la voluntad de aquel a quien obliga pueda someterse con conocimiento, sino que además es preciso, para que sea ley natural, que hable inmediatamente por la voz de la naturaleza.

Dejando, pues, todos los libros científicos, que sólo nos enseñan a ver a los hombres tal como ellos se han ido formando, y meditando sobre las primeras y las más simples operaciones del alma humana, creo advertir dos principios anteriores a la razón, uno de los cuales nos interesa vivamente para nuestro bienestar y el otro nos inspira una repugnancia natural si vemos sufrir o perecer a cualquier ser sensible, principalmente a nuestros semejantes. Del concurso y de la combinación que nuestro espíritu sepa hacer de esos dos principios, sin que sea necesario añadir el de la sociabilidad, me parece que se derivan todas las reglas del derecho natural, reglas que la razón se ve precisada a establecer sobre otros fundamentos cuando ha llegado, por sucesivos desenvolvimientos, a sofocar la naturaleza.

De este modo, no es necesario hacer del hombre un filósofo antes de hacer de él un hombre. Sus deberes hacia sus semejantes no le son dictados únicamente por las tardías lecciones de la sabiduría, y mientras no resista a los íntimos impulsos de la conmiseración, nunca hará mal alguno a otro hombre, ni aun a cualquier ser sensible, salvo el legítimo caso en que, hallándose comprometida su propia conservación, se vea forzado a darse a sí mismo la preferencia. De esta manera se acaban las antiguas controversias sobre la participación de los animales en la ley natural; pues es claro que, hallándose privados de entendimiento y de libertad, no pueden reconocer esta ley; mas participando en cierto modo de nuestra naturaleza por la sensibilidad de que se hallan dotados, hay que pensar que también deben participar del derecho natural y que el hombre tiene hacia ellos alguna especie de obligaciones. Parece ser, en efecto, que si estoy obligado a no hacer ningún mal a mis semejantes, es menos por su condición de ser razonable que por su cualidad de ser sensible, cualidad que, siendo común al animal y al hombre, debe al menos darle a aquél el derecho de no ser maltratado inútilmente por éste.

Este mismo estudio del hombre original, de sus necesidades verdaderas y de los principios fundamentales de sus deberes, es el único medio adecuado que pueda emplearse para resolver esa muchedumbre de dificultades que se presentan sobre el origen de la desigualdad moral, sobre los verdaderos fundamentos del cuerpo político, sobre los derechos recíprocos de sus miembros y sobre otras mil cuestiones parecidas, tan importantes como mal aclaradas.

Considerando la sociedad humana con una mirada tranquila y desinteresada, parece al principio presentar solamente la violencia de los fuertes y la opresión de los débiles. El espíritu se subleva contra la dureza de los unos o deplora la ceguedad de los otros; y como nada hay de tan poca estabilidad entre los hombres como esas relaciones exteriores llamadas debilidad o poderío, riqueza o pobreza, producidas más frecuentemente por el azar que por la sabiduría, parecen las instituciones humanas, a primera vista, fundadas sobre montones de arena movediza; sólo examinándolas de cerca, después de haber apartado el polvo y la arena que rodean el edificio, se advierte la base indestructible sobre que se alza y apréndese a respetar sus fundamentos. Ahora bien; sin un serio estudio del hombre, de sus facultades naturales y de sus desenvolvimientos sucesivos, no se llegará nunca a hacer esa diferenciación y a distinguir en el actual estado de las cosas lo que ha hecho la voluntad divina y lo que el arte humano ha pretendido hacer.

Las investigaciones políticas y morales a que da ocasión la importante cuestión que yo examino son útiles de cualquier modo, y la historia hipotética de los gobiernos es para el hombre una lección instructiva bajo todos los conceptos. Considerando lo que hubiéramos llegado a ser abandonados a nosotros mismos, debemos aprender a bendecir a aquel cuya mano bienhechora, corrigiendo nuestras instituciones y dándoles un fundamento indestructible, ha prevenido los desórdenes que habrían de resultar y hecho nacer nuestra felicidad de aquellos medios que parecían iban a colmar nuestra miseria.

Quem te Deus esse
Jussit, et humana qua parte locatus es in re, Disce*.

Persio, sát. III, v. 71.

---

* «Aprende lo que Dios quiso que fueses y en qué puesto te ha colocado dentro de la sociedad.»

Discurso

Voy a hablar del hombre, y el asunto que examino me indica que voy a hablar a los hombres; mas no se proponen cuestiones semejantes cuando se teme honrar la verdad. Defenderé, pues, confiadamente la causa de la humanidad ante los sabios que me invitan, y no quedaré descontento de mí mismo si consigo ser digno de mi objeto y de mis jueces.

Considero en la especie humana dos clases de desigualdades: una, que yo llamo natural o física porque ha sido instituida por la naturaleza, y que consiste en las diferencias de edad, de salud, de las fuerzas del cuerpo y de las cualidades del espíritu o del alma; otra, que puede llamarse desigualdad moral o política porque depende de una especie de convención y porque ha sido establecida, o al menos autorizada, con el consentimiento de los hombres. Ésta consiste en los diferentes privilegios de que algunos disfrutan en perjuicio de otros, como el ser más ricos, más respetados, más poderosos, y hasta el hacerse obedecer.

No puede preguntarse cuál es la fuente de la desigualdad natural porque la respuesta se encontraría enunciada ya en la simple definición de la palabra. Menos aún puede buscarse si no habría algún enlace esencial entre una y otra desigualdad, pues esto equivaldría a preguntar en otros términos si los que mandan son necesariamente mejores que los que obedecen, y si la fuerza del cuerpo o del espíritu, la sabiduría o la virtud, se hallan siempre en los mismos individuos en proporción con su poder o su riqueza; cuestión a propósito quizá para ser discutida entre esclavos en presencia de sus amos, pero que no conviene a hombres razonables y libres que buscan la verdad.

¿De qué se trata, pues, exactamente en este DISCURSO? De señalar en el progreso de las cosas el momento en que, sucediendo el derecho a la violencia, la naturaleza quedó sometida a la ley; de explicar por qué encadenamiento de prodigios pudo el fuerte decidirse a servir al débil y el pueblo a comprar un reposo quimérico al precio de una felicidad real.

Todos los filósofos que han examinado los fundamentos de la sociedad han comprendido la necesidad de retrotraer la investigación al estado de naturaleza; pero ninguno de ellos ha llegado hasta ahí. Unos no han titubeado en suponer en el hombre en tal estado la noción de justo e injusto, sin cuidarse de probar que pudiera haber existido esa noción, ni aún que le fuera útil. Otros han hablado del derecho natural que tiene cada cual de conservar lo que le pertenece, sin explicar qué entendían por pertenecer. Otros, atribuyendo primero al más fuerte la autoridad sobre el más débil, han hecho nacer en seguida el gobierno, sin pensar en el tiempo que debió transcurrir antes de que el sentido de las palabras autoridad y gobierno pudiera existir entre los hombres. Todos, en fin, hablando sin cesar de necesidad, de codicia, de opresión, de deseo y de orgullo, han transferido al estado de naturaleza ideas tomadas de la sociedad: hablaban del hombre salvaje, y describían al hombre civil. No ha despuntado siquiera en el espíritu de la mayor parte de nuestros filósofos la duda de que hubiera existido el estado natural, cuando es evidente, por la lectura de los libros sagrados, que el primer hombre, habiendo recibido directamente de Dios reglas y entendimiento, no se hallaba por consiguiente en ese estado, y que, concediéndose a las escrituras de Moisés la fe que les debe todo filósofo cristiano, debe negarse que, aun antes del diluvio, se hayan encontrado nunca los hombres en el puro estado natural, a menos que no hubiesen recaído en él, paradoja muy difícil de defender y completamente imposible de probar.

Empecemos, pues, por rechazar todos los hechos, dado que no se relacionan con la cuestión. No hay que tomar por verdades históricas las investigaciones que puedan emprenderse sobre este asunto, sino solamente por razonamientos hipotéticos y condicionales, más adecuados para esclarecer la naturaleza de las cosas que para demostrar su verdadero origen y parecidos a los que hacen a diario nuestros físicos sobre la formación del mundo. La religión nos ordena creer que, habiendo Dios mismo sacado a los hombres del estado natural inmediatamente después de la creación, son desiguales porque Él ha querido que lo fuesen; pero no nos prohíbe hacer conjeturas derivadas únicamente de la naturaleza del hombre y de los animales que le rodean acerca de lo que habría sido del género humano si hubiera quedado abandonado a sí mismo. He aquí lo que se me pide y lo que yo me propongo examinar en este Discurso. Como esta materia abarca al hombre en general, intentaré emplear un lenguaje adecuado para todas las naciones, o mejor, olvidando los tiempos y los lugares, para pensar tan sólo en los hombres a quienes hablo, supondré hallarme en el Liceo * de Atenas repitiendo las lecciones de mis maestros, teniendo por jueces a los Platones y Jenócrates, y al género humano por auditorio.

¡Oh tú, hombre, de cualquier país que seas, cualesquiera que sean tus opiniones, escucha! He aquí tu historia tal como he creído leerla, no en los libros de tus semejantes, que son mendaces, sino en la naturaleza, que jamás miente. Todo lo que provenga de ella será verdadero; sólo será falso lo que yo haya puesto de mi parte inadvertidamente. Los tiempos de que voy a hablar están muy lejos ya. ¡Cuánto has cambiado! Por así decir, es la vida de tu especie la que voy a describirte, según las cualidades que has recibido, que tu educación y tus costumbres han podido viciar pero no han podido destruir. Hay, yo lo comprendo, una edad en la cual quisiera detenerse el hombre individual; tú buscarás la edad en que desearías se hubiese detenido tu especie. Disgustado de tu estado presente por razones que anuncian a tu posteridad desdichada desazones mayores todavía; tal vez desearías poder retroceder; este sentimiento debe servir de elogio a tus primeros antepasados, de crítica a tus contemporáneos, de espanto para aquellos que tengan la desgracia de vivir después que tú.

---

* Nombre de un paseo de Atenas donde, paseándose, daba Aristóteles sus lecciones. Por eso se los llamó a él y a sus discípulos «peripatéticos», palabra originaria del verbo griego περιπατέω, pasear.—*(N. del T.)*

Primera parte

Por importante que sea, para bien juzgar del estado natural del hombre, considerarle desde su origen y examinarle, por así decir, en el primer embrión de la especie, yo no seguiré su organización a través de sus desenvolvimientos sucesivos ni me detendré tampoco a buscar en el sistema animal lo que haya podido ser al principio para llegar por último a lo que es. No examinaré si, como piensa Aristóteles, sus prolongadas uñas fueron al principio garras ganchudas; si era velludo como un oso, y si, caminando a cuatro pies[3], su mirada, dirigida hacia la tierra y limitada a un horizonte de algunos pasos, no indicaba al mismo tiempo el carácter y los límites de sus ideas. No podría hacer sobre esta materia sino conjeturas vagas y casi imaginarias. La anatomía comparada no ha hecho todavía suficientes progresos y las observaciones de los naturalistas son aún demasiado inciertas para que pueda establecerse sobre fundamentos semejantes la base de un razonamiento sólido; de modo que, sin recurrir a los conocimientos naturales que poseemos sobre este punto y sin parar atención en los cambios que han debido tener lugar tanto en la conformación interior como en la exterior del hombre a medida que aplicaba sus miembros a nuevos usos y se nutría con nuevos alimentos, le supondré constituido de todo tiempo como le veo hoy día, andando en dos pies, sirviéndose de sus manos como nosotros de las nuestras y midiendo con la mirada la infinita extensión del cielo.

Despojando a este ser así constituido de todos los dones sobrenaturales que haya podido recibir y de todas las facultades artificiales que no ha podido adquirir sino mediando largos progresos; considerándole, en una palabra, tal como ha debido salir de manos de la naturaleza, veo un animal menos fuerte que unos, menos ágil que otros, pero, en conjunto, el más ventajosamente organizado de todos; le veo saciándose bajo una encina, aplacando su sed en el primer arroyo y hallando su lecho al pie del mismo árbol que le ha proporcionado el alimento; he ahí sus necesidades satisfechas.

La tierra, abandonada a su fertilidad natural [4] y cubierta de bosques inmensos, que nunca mutiló el hacha, ofrece a cada paso almacenes y retiros a los animales de toda especie. Dispersos entre ellos, los hombres observan, imitan su industria, elevándose así hasta el instinto de las bestias, con la ventaja de que, si cada especie sólo posee el suyo propio, el hombre, no teniendo acaso ninguno que le pertenezca, se los apropia todos, se nutre igualmente con la mayor parte de los alimentos [5] que los otros animales se disputan, y encuentra, por consiguiente, su subsistencia con mayor facilidad que ninguno de ellos.

Acostumbrados desde la infancia a la intemperie del tiempo y al rigor de las estaciones, ejercitados en la fatiga y forzados a defender desnudos y sin armas su vida y su presa contra las bestias feroces, o a escapar de ellas corriendo, fórmanse los hombres un temperamento robusto y casi inalterable; los hijos, viniendo al mundo con la excelente constitución de sus padres y fortificándola con los mismos ejercicios que la han producido, adquieren de ese modo todo el vigor de que es capaz la especie humana. La naturaleza procede con ellos precisamente como la ley de Esparta con los hijos de los ciudadanos *: hace fuertes y robustos a los bien constituidos y deja perecer a todos los demás, a diferencia de nuestras sociedades, donde el Estado, haciendo que los hijos sean onerosos a los padres, los mata indistintamente antes de su nacimiento.

---

* Pueblo de guerreros dominando sobre una masa de 200.000 ilotas y rodeado de otros pueblos fuertes y agresivos, los ciudadanos de Esparta querían que sus hijos fueran como ellos aguerridos y valerosos. Cuando nacía un niño, los ancianos le examinaban inmediatamente, y si le hallaban débil o mal constituido, se le conducía al monte Taigeto, donde era abandonado.—(N. del T.)

Siendo el cuerpo del hombre salvaje el único instrumento de él conocido, lo emplea en usos diversos, de que son incapaces los nuestros por falta de ejercicio, y en nuestra industria la que nos arrebata la agilidad y la fuerza que la necesidad le obliga a adquirir. Si hubiera tenido hacha, ¿habría roto con el puño tan fuertes ramas? Si hubiese tenido honda, ¿lanzaría a brazo con tanta fuerza las piedras? Si hubiera tenido escalera, ¿treparía con tanta ligereza por los árboles? Si hubiese tenido caballos, ¿sería tan rápido en la carrera? Dad al hombre civilizado el tiempo preciso para reunir todas esas máquinas a su derredor: no cabe duda que superará fácilmente al hombre salvaje. Mas si queréis ver un combate aún más desigual, ponedlos desnudos y desarmados frente a frente, y bien pronto reconoceréis cuáles son las ventajas de tener continuamente a su disposición todas sus fuerzas, de estar siempre preparado para cualquier contingencia y de conducirse siempre consigo, por así decir, todo entero [6].

Hobbes pretende que el hombre es naturalmente intrépido y ama sólo el ataque y el combate. Un filósofo ilustre piensa, al contrario, y Cumberland y Puffendorf así lo aseguran, que nada hay tan tímido como el hombre en el estado natural, y que se halla siempre atemorizado y presto a huir al menor ruido que oiga, al menor movimiento que perciba. Acaso suceda así por lo que se refiere a los objetos que no conoce, y no dudo que no quede aterrado ante los nuevos espectáculos que se ofrecen a su vista cuando no puede discernir el bien y el mal físicos que de ellos debe esperar, ni comparar sus fuerzas con los peligros que tiene que correr; circunstancias raras en el estado de naturaleza, en el cual todas las cosas marchan de modo tan uniforme y en el que la faz de la tierra no se halla sujeta a esos cambios bruscos y continuos que en ella causan las pasiones y la inconstancia de los pueblos reunidos. Peo el hombre salvaje, viviendo disperso entre los animales y encontrándose desde temprano en situaciones de medirse con ellos, hace en seguida la comparación, y viendo que si ellos le exceden en fuerza él los supera en destreza, deja de temerlos ya. Poner a un oso o a un lobo en lucha con un salvaje robusto, ágil e intrépido como lo son todos, armado de piedras y de un buen palo, y veréis que el peligro será cuando menos recíproco, y que después de muchas experiencias parecidas, las bestias feroces, que no aman atacarse unas a otras, atacarán con pocas ganas al hombre, que habrán hallado tan feroz como ellas. Con respecto a los animales que tienen realmente más fuerza que él destreza, encuéntrase frente a ellos en el caso de otras especies más débiles, que no por esto dejan de subsistir; con la ventaja para el hombre de que, no menos ágil que aquéllos para correr y hallando en los árboles refugio casi seguro, puede en todas partes afrontarlos o no, teniendo la elección de la huida o de la lucha. Añadamos que parece ser que ningún animal hace espontáneamente la guerra al hombre, salvo en caso de propia defensa o de un hambre extrema, ni manifiesta contra él esas violentas antipatías que parecen anunciar que una especie ha sido destinada por la naturaleza a servir de pasto a las otras.

He aquí, sin duda, la razón por la cual los negros y los salvajes se preocupan tan poco de los animales feroces que pueden encontrar en los bosques. Los caribes de Venezuela, entre otros, viven a este respecto en la más completa seguridad y sin el menor contratiempo. Aunque anden casi desnudos, dice Francisco Correal, no dejan de exponerse atrevidamente en los bosques, armados solamente de la flecha y el arco, sin que se haya oído decir nunca que alguno fuera devorado por las fieras.

Otros enemigos más temibles, contra los cuales no tiene el hombre los mismos medios de defensa, son los achaques naturales, la infancia, la vejez y las enfermedades de toda suerte, tristes signos de nuestra debilidad, cuyos dos primeros son comunes a todos los animales, mientras que el último es propio principalmente del hombre que vive en sociedad. Hasta observo, a propósito de la infancia, que la madre, llevando consigo a todas partes a su hijo, tiene mucha más facilidad para alimentarlos que las hembras de diversos animales, forzadas a ir y venir continua y fatigosamente, de un lado, para buscar su alimento; de otro, para amamantar o alimentar a sus crías. Es verdad que si la mujer perece, el niño corre bastante el riesgo de perecer con ella; pero este mismo peligro es común a otras cien especies, cuyos pequeñuelos no se hallan por largo tiempo en situación de buscar por sí mismos su alimento; y si la infancia es entre nosotros más larga, siendo la vida más larga también, todo viene a ser poco más o menos igual en este punto [7], aunque haya sobre la duración de la primera edad y el número de pequeñuelos [8] otras reglas que no entran en mi objeto. Entre los viejos, que accionan y transpiran poco, la necesidad de alimentos disminuye con la facultad de adquirirlos, y como la vida salvaje aleja de ellos la gota y los reumatismos, y como la vejez es de todos los males el que menos alivio puede esperar de la ayuda humana, se extinguen en fin sin que se advierta que dejan de existir y casi sin darse cuenta ellos mismos.

Respecto de las enfermedades, no repetiré las vanas y falsas declamaciones de las personas de buena salud contra la medicina; pero preguntaré si se puede probar con alguna observación sólida que la vida media del hombre es más corta en aquel país donde ese arte se halla descuidado que donde es cultivado con más atención. ¿Cómo podría suceder así si nosotros nos procuramos más enfermedades que la medicina nos proporciona remedios? La extrema desigualdad en el modo de vivir, el exceso de ociosidad en unos y de trabajo en otros, la facilidad de excitar y de satisfacer nuestros apetitos y nuestra sensualidad, los alimentos tan apreciados de los ricos, que los nutren de sustancias excitantes y los colman de indigestiones; la pésima alimentación de los pobres, de la cual hasta carecen frecuentemente, carencia que los impulsa, si la ocasión se presenta, a atracarse ávidamente; las vigilias, los excesos de toda especie, los transportes inmoderados de todas las pasiones, las fatigas y el agotamiento espiritual, los pesares y contrariedades que se sienten en todas las situaciones, los cuales corroen perpetuamente el alma: he ahí las pruebas funestas de que la mayor parte de nuestros males son obra nuestra, casi todos los cuales hubiéramos evitado conservando la manera de vivir simple, uniforme y solitaria que nos fue prescrita por la naturaleza. Si ella nos ha destinado a ser sanos, me atrevo casi a asegurar que el estado de reflexión es un estado contra la naturaleza, y que el hombre que medita es un animal degenerado. Cuando se piensa en la excelente constitución de los salvajes, de aquellos al menos que no hemos echado a perder con nuestras bebidas fuertes; cuando se sabe que apenas conocen otras enfermedades que las heridas y la vejez, vese uno muy inclinado a creer que podría hacerse fácilmente la historia de las enfermedades humanas siguiendo la de las sociedades civiles. Tal es por lo menos la opinión de Platón, quien juzga, a propósito de ciertos remedios empleados o aprobados por Podaliro y Macaón en el sitio de Troya, que diversas enfermedades que estos remedios hubieron de provocar no eran conocidas entonces entre los hombres, y Celso refiere que la dieta, tan necesaria hoy día, fue inventada por Hipócrates.

Con tan contadas causas de males, el hombre, en el estado natural, apenas tiene necesidad de remedio y menos de medicina. La especie humana no es a este respecto de peor condición que todas las demás, y fácil es saber por los cazadores si encuentran en sus correrías muchos animales mal conformados. Algunos encuentran animales con grandes heridas perfectamente cicatrizadas, con huesos y aun miembros rotos curados sin más cirujano que la acción del tiempo, sin otro régimen que su vida ordinaria, y que no por no haber sido atormentados con incisiones, envenenados con drogas y extenuados con ayunos han dejado de quedar perfectamente curados. En fin; por muy útil que sea entre nosotros la medicina bien administrada, no es menos cierto que si el salvaje enfermo, abandonado a sí mismo, nada tiene que esperar sino de la naturaleza, nada tiene que temer, en cambio, sino de su mal, lo cual hace con frecuencia que su situación sea preferible a la nuestra.

Guardémonos, pues, de confundir al hombre salvaje con los que tenemos ante los ojos. La naturaleza trata a los animales abandonados a sus cuidados con una predilección que parece mostrar cuán celosa es de este derecho. El caballo, el gato, el toro y aun el asno mismo tienen la mayor parte una talla más alta y todos una constitución más robusta, más vigor, más fuerza y más valor en los bosques que en nuestras casas; pierden la mitad de estas cualidades siendo domésticos, y podría decirse que los cuidados que ponemos en tratarlos bien y alimentarlos no dan otro resultado que el de hacerlos degenerar. Así ocurre con el hombre mismo: al convertirse en sociable y esclavo, vuélvese débil, temeroso, rastrero, y su vida blanda y afeminada acaba de enervar a la vez su valor y su fuerza. Añadamos que entre la condición salvaje y la doméstica, la diferencia de hombre a hombre debe ser mucho mayor que de bestia a bestia, pues habiendo sido el animal y el hombre igualmente tratados por la naturaleza, todas las comodidades que el hombre se proporcione de más sobre los animales que domestica son otras tantas causas particulares que le hacen degenerar más sensiblemente.

La desnudez, la falta de habitación y la carencia de todas esas cosas inútiles que tan necesarias creemos no constituyen, por consiguiente, una gran desdicha para esos primeros hombres ni un gran obstáculo para su conservación. Si no tienen la piel velluda, para nada la necesitan en los países cálidos; y en los climas fríos bien pronto saben apropiarse las de las fieras vencidas; si sólo tienen dos pies para correr, poseen dos brazos para atender a su defensa y a sus necesidades. Sus hijos tal vez andan tarde y penosamente, pero las madres los llevan con facilidad, ventaja de que carecen las demás especies, en las cuales la madre, cuando es perseguida, se ve obligada a dejar abandonados a sus pequeñuelos o a seguir a su paso*. En fin, a menos de suponer el concurso singular y fortuito de circunstancias de que hablaré más adelante, y que podrían muy bien no haber ocurrido nunca, es claro, en todo caso, que el primero que se hizo vestidos o construyó un alojamiento diose con ello cosas poco necesarias, puesto que hasta entonces se había pasado sin ellas, y no se comprende por qué no hubiera podido soportar siendo hombre el género de vida que llevaba desde su infancia.

Solo, ocioso y cerca siempre del peligro, el hombre salvaje debe gustar de dormir y tener el sueño ligero como los animales, los cuales, como piensan poco, duermen, por así decir, todo el tiempo

---

* Puede haber algunas excepciones, como, por ejemplo, ese animal de la provincia de Nicaragua, parecido a un zorro, que tiene los pies como las manos de un hombre y que, según Correal, tiene en el viente una bolsa donde la madre mete a sus pequeñuelos cuando se ve en la necesidad de huir. Es, sin duda, el mismo animal que llaman en México *tlacuatzin,* a cuya hembra atribuye Laet una bolsa parecida y para el mismo uso.—*(N. de J.-J. R.)*

Estos datos imprecisos deben de referirse indudablemente al canguro, mamífero marsupial de Australia, que llega a alcanzar, erguido sobre sus patas traseras, hasta dos metros de altura; sus miembros anteriores son muy cortos, mientras que los posteriores, mucho más robustos, tienen más del doble de longitud, por lo que corre a brincos. Las hembras de estos animales tienen, en efecto, una especie de bolsa sobre el vientre, en la cual recogen a los pequeñuelos en caso de peligro.—Nicaragua estaba todavía en tiempo de Rousseau bajo la dominación española, formando una provincia de la capitanía general de Guatemala. En 1821 conquistó su independencia.—*(N. del T.)*

que no piensan. Siendo su propia conservación casi su único cuidado, las facultades que más debe ejercitar son las que tienen por principal objeto el ataque y la defensa, bien sea para dominar su presa, bien para guardarse de ser la presa de otro animal; y, por el contrario, aquellos órganos que sólo se perfeccionan por la pereza y la sensualidad deben permanecer en un estado rudimentario que excluya toda suerte de delicadeza. Hallándose divididos en este punto sus sentidos, el gusto y el tacto serán de una extrema rudeza; la vista, el olfato y el oído, de una extraordinaria agudeza. Tal es el estado animal en general, y también, según el testimonio de los viajeros, el de los pueblos salvajes. No es, por tanto, de extrañar que los hotentotes del Cabo de Buena Esperanza descubran a simple vista los barcos en alta mar desde tanta distancia como los holandeses con sus anteojos; ni que los salvajes de América descubrieran a los españoles olfateando sus huellas, como hubiesen podido hacer los mejores perros; ni que todas esas naciones bárbaras soporten sin molestia su desnudez, afinen su gusto a fuerza de pimienta y beban como agua los licores europeos.

Hasta aquí sólo he hablado del hombre físico; tratemos ahora de considerarlo en su aspecto metafísico y moral.

No veo en cada animal más que una máquina ingeniosa dotada de sentidos por la naturaleza para elevarse ella misma y asegurarse hasta cierto punto contra todo aquello que tiende a destruirla o desordenarla. La misma cosa observo precisamente en la máquina humana, con la diferencia de que sólo la naturaleza lo ejecuta todo en las operaciones del animal, mientras que el hombre atiende las suyas en calidad de agente libre. Aquél escoge o rechaza por instinto; éste, por un acto de libertad; lo que da por resultado que el animal no puede apartarse de la regla que le ha sido prescrita, aun en el caso de que fuese ventajoso para él hacerlo, mientras que el hombre se aparta con frecuencia y en su perjuicio. Así sucede que un pichón perecerá de hambre cerca de una fuente colmada de las mejores carnes y un gato sobre montones de frutas o de granos, aunque uno y otro podrían muy bien nutrirse con los alimentos que desdeñan, de intentar ensayarlo; así ocurre que los hombres disolutos se entregan a excesos que les producen la fiebre o la muerte porque el espíritu corrompe los sentidos y la voluntad habla cuando calla la naturaleza.

Todos los animales tienen ideas, puesto que tienen sentidos, y aun combinan sus ideas hasta cierto punto; el hombre no se distingue a este respecto del animal mas que del más al menos; incluso ciertos filósofos han aventurado que hay algunas veces más diferencia entre dos hombres que entre un hombre y una bestia. No es, pues, tanto el entendimiento como su cualidad de agente libre lo que constituye la distinción específica del hombre entre los animales. La naturaleza manda a todos los animales, y la bestia obedece. El hombre experimenta la misma sensación, pero se reconoce libre de someterse o de resistir, y es sobre todo en la conciencia de esta libertad donde se manifiesta la espiritualidad de su alma. La física explica en cierto modo el mecanismo de los sentidos y la formación de las ideas; pero en la facultad de querer o, mejor, de elegir, y en el sentimiento de este poder, sólo se encuentran actos puramente espirituales, de los cuales nada se explica por las leyes de la mecánica.

Pero, aun cuando las dificultades que rodean estas cuestiones dieran lugar para discutir sobre esa diferencia entre el hombre y el animal, hay una cualidad muy específica que los distingue y sobre la cual no puede haber discusión: es la facultad de perfeccionarse, facultad que, ayudada por las circunstancias, desarrolla sucesivamente todas las demás, facultad que posee tanto nuestra especie como el individuo; mientras que el animal es al cabo de algunos meses lo que será toda su vida, y su especie es al cabo de mil años lo mismo que era el primero de esos mil años. ¿Por qué sólo el hombre es susceptible de convertirse en imbécil? ¿No es porque vuelve así a su estado primitivo y porque, en tanto la bestia, que nada ha adquirido y que nada tiene que perder, permanece siempre con su instinto, el hombre, perdiendo por la vejez o por otros accidentes todo lo que su *perfectibilidad* le ha proporcionado, cae más bajo que el animal mismo? Triste sería para nosotros vernos obligados a reconocer que esta facultad distintiva y casi ilimitada es la fuente de todas las desdichas del hombre; que ella es quien le saca a fuerza de tiempo de su condición original, en la cual pasaría tranquilos e inocentes sus días; que ella, produciendo con los siglos sus luces y sus errores, sus vicios y virtudes, le hace al cabo tirano de sí mismo y de la naturaleza [9]. Sería horrible verse obligado a alabar como bienhechor al primero que enseñó a los habitantes de las orillas del Orinoco el uso de esas tablillas de madera que aplican a las sienes de sus hijos y que les aseguran al menos una parte de su imbecilidad y de su felicidad original.

El hombre salvaje, entregado por la naturaleza al solo instinto, o más bien compensado del que acaso le falta con facultades capaces de suplir primero a ese instinto y elevarle después a él mismo muy por encima de la propia naturaleza, comenzará, pues, por las funciones puramente animales [10]. Percibir y sentir será su primer estado, que le será común con todos los animales; querer y no querer, desear y tener, serán las primeras y casi las únicas operaciones de su alma, hasta que nuevas circunstancias ocasionen en ella nuevos desenvolvimientos.

Digan lo que quieran los moralistas, el entendimiento humano debe mucho a las pasiones, las cuales, según el común sentir, le deben mucho también. Por su actividad se perfecciona nuestra razón; no queremos saber sino porque deseamos gozar, y no puede concebirse por qué un hombre que careciera de deseos y temores habría de tomarse la molestia de pensar. A su vez, las pasiones se originan de nuestras necesidades, y su progreso, de nuestros conocimientos, pues no se puede desear o tener las cosas sino por las ideas que sobre ellas se tenga o por el nuevo impulso de la naturaleza. El hombre salvaje, privado de toda suerte de conocimiento, sólo experimenta las pasiones de esta última especie; sus deseos no pasan de sus necesidades físicas [11]; los únicos bienes que conoce en el mundo son el alimento, una hembra y el reposo; los únicos males que teme son el dolor y el hambre. Digo el dolor y no la muerte, pues el animal nunca sabrá qué cosa es morir; el conocimiento de la muerte y de sus terrores es una de las primeras adquisiciones hechas por el hombre al apartarse de su condición animal.

Si fuera necesario, fácil me sería apoyar con hechos este sentimiento y demostrar que en todas las naciones del mundo los progresos del espíritu han sido precisamente proporcionados a las necesidades que los pueblos habían recibido de la naturaleza o a las cuales les habían sometido las circunstancias, y, por consiguiente, a las pasiones que los llevaban a satisfacer esas necesidades. Mostraría las artes naciendo en Egipto y extendiéndose con el desbordamiento del Nilo; seguiría su progreso entre los griegos, donde se las vio brotar, crecer y elevarse hasta el cielo entre las arenas y las rocas del Ática, sin que pudieran echar raíces en las fértiles orillas del Eurotas *. Señalaría que, en general, los pueblos del Norte son más industriosos que los del Mediodía, porque no pueden por menos de serlo, como si la naturaleza quisiera de este modo igualar las cosas, dando a los espíritus la fertilidad que niega a la tierra.

Pero, sin recurrir al testimonio de la Historia, ¿quién no ve que todo parece alejar del hombre salvaje la tentación y los medios de dejar de serlo? Su imaginación nada le pinta; su corazón nada le pide. Sus escasas necesidades se encuentran tan fácilmente a su alcance, y se halla tan lejos del grado de conocimientos necesario para desear adquirir otras mayores, que no puede tener ni previsión ni curiosidad. El espectáculo de la naturaleza llega a serle indiferente a fuerza de serle familiar; es siempre el mismo orden, siempre son las mismas revoluciones. Carece de aptitud de espíritu para admirar las mayores maravillas, y no es en él donde puede buscarse la filosofía que el hombre necesita para saber observar una vez lo que ha visto todos los días. Su alma, que nada agita, se entrega al sentimiento único de su existencia actual, sin idea alguna sobre el porvenir, por cercano que pueda estar, y sus proyectos, limitados como sus miras, apenas se extienden hasta el fin de la jornada. Tal es aún el grado de previsión del caribe: vende por la mañana su lecho de algodón, y vuelve llorando al atardecer para recuperarlo, por no haber previsto que lo necesitaría para la noche cercana.

Cuanto más se medita sobre este asunto, más se ensancha a nuestros ojos la distancia entre las puras sensaciones y los simples conocimientos; se hace imposible concebir cómo un hombre habría podido franquear tan gran intervalo con sus solas fuerzas,

---

* Célebre río de la península del Peloponeso, a cuya orilla se asentaba Esparta. Los espartanos, después de hacer el ejercicio, corrían llenos de sudor y de polvo a bañarse en sus aguas. Las alusiones al Eurotas son muy frecuentes en las tradiciones de Esparta. Cuéntase en una, como ejemplo del carácter de las mujeres espartanas, que una de ellas, viendo a su hijo huir de un combate, le mató con sus propias manos, exclamando: «¡Las aguas de Eurotas no corren para los ciervos!»—(N. del T.)

sin el concurso de la comunicación y sin el aguijón de la necesidad. ¡Cuántos siglos quizá habrán transcurrido antes de que los hombres hayan podido ver otro fuego que el del cielo! ¡Cuántos azares diversos habrán necesitado para aprender los usos más comunes de ese elemento! ¡Cuántas veces le habrán dejado extinguir antes de haber adquirido el arte de reproducirlo! ¡Y cuántas acaso habrá perecido con su descubridor cada uno de esos secretos! ¿Qué diremos de la agricultura, arte que tanto trabajo y tanta previsión exige, que tanto tiene de otras artes, que evidentemente no es practicable sino en una sociedad al menos empezada, y que no nos sirve tanto a sacar de la tierra alimentos que ella produciría muy bien sin esto como a forzarla a satisfacer las preferencias de nuestro gusto?

Pero supongamos que los hombres se hubieran multiplicado de tal modo que los productos naturales no hubiesen bastado para alimentarlos, suposición que, por decirlo de paso, demostraría una gran ventaja para la especie humana en esta manera de vivir; supongamos que, sin fraguas y sin talleres, los instrumentos de labor hubiesen caído del cielo en manos de los salvajes; que estos hombres hubiesen vencido el odio mortal que todos sienten contra el trabajo continuo; que hubiesen aprendido a prever tan anticipadamente sus necesidades; que hubieran adivinado cómo es necesario cultivar la tierra, sembrar los granos y plantar los árboles; que hubiesen descubierto el arte de moler el trigo y de hacer fermentar la uva, cosas todas que les ha sido preciso fueran enseñadas por los dioses, a falta de concebir cómo las habrían aprendido por sí mismos; ¿quién sería después de esto el hombre bastante insensato para fatigarse cultivando un campo que será despojado por el primer venido, hombre o bestia indistintamente, a quien conviniese la cosecha? ¿Y cómo podía decidirse cada cual a consagrar su vida a un penoso trabajo, tanto más seguro de no recoger sus frutos cuanto más sentiría su necesidad? En una palabra: ¿cómo esta situación podía decidir a los hombres a cultivar la tierra en tanto no estuviera repartida entre ellos, es decir, en tanto no hubiese sido destruido el estado natural? Aun cuando imaginásemos un hombre salvaje tan hábil en el arte de pensar como lo presentan nuestros filósofos; aunque hiciéramos de él, siguiendo ese ejemplo, un filósofo, descubriendo por sí solo las verdades más sublimes, componiendo por medio de razonamientos abstractos máximas de justicia y de razón sacadas del amor al orden en general o de la voluntad conocida de su creador; en una palabra: aunque supusiéramos en su espíritu tantas luces y tanta inteligencia como torpeza y estupidez debe tener y tiene en efecto, ¿qué utilidad sacaría la especie de toda esta metafísica, que no podía comunicarse y que perecería con el individuo que la hubiera inventado? ¿Qué progresaría el género humano disperso en los bosques entre los animales? ¿Y hasta qué punto podrían perfeccionarse e ilustrarse mutuamente unos hombres que, no teniendo domicilio fijo ni necesidad unos de otros, apenas se encontrarían dos veces en su vida, sin conocerse y sin hablarse?

Considérese cuantas ideas debemos al uso de la palabra; cuánto ejercita y facilita la gramática las operaciones del espíritu; piénsese en las fatigas inconcebibles y en el infinito tiempo que ha debido costar la primera invención de las lenguas; añádanse estas reflexiones a las precedentes, y se comprenderá cuántos millares de siglos han debido necesitarse para desarrollar sucesivamente en el espíritu humano las operaciones de que era capaz.

Séame permitido considerar un instante los problemas del origen de las lenguas. Podría contentarme con citar o repetir las investigaciones que el abate de Condillac ha hecho sobre esta materia, puesto que todos confirman mi opinión y acaso me han sugerido la primer idea. Pero el modo como este filósofo resuelve las dificultades que él mismo se plantea sobre el origen de los signos instituidos demuestra que ha supuesto lo que yo discuto, a saber, una especie de sociedad ya establecida entre los inventores del lenguaje, y al referirme a sus reflexiones creo que debo añadir las mías para exponer las mismas dificultades bajo el aspecto que conviene a mi objeto. La primera que se presenta es imaginar cómo pudieron ser necesarias las lenguas, pues no teniendo los hombres ninguna comunicación entre sí ni necesidad alguna de ella, no se concibe ni la necesidad de esa invención ni su posibilidad si no fue indispensable. Y aún diría, como muchos otros, que las lenguas han nacido en el comercio doméstico de padres, madres e hijos. Pero, además de que esto no resolvería las objeciones, sería cometer el error de quienes razonando sobre el estado de naturaleza, transfieren a éste ideas tomadas de la sociedad; ven a la familia reunida en una misma habitación y a sus miembros observando entre sí una unión tan íntima y tan permanente como entre nosotros, en que tantos intereses comunes los reúnen; cuando, al contrario, no habiendo en ese estado primitivo ni casas, ni cabañas, ni propiedades de ninguna especie, cada cual se alojaba al azar, y frecuentemente por una sola noche; los machos y las hembras se ayuntaban fortuitamente, al azar del encuentro, según la ocasión y el deseo, sin que la palabra fuera un intérprete muy necesario para las cosas que tenían que decirse, y con la misma facilidad se separaban [12]. La madre amamantaba a los hijos por propia necesidad; después, habiéndose encariñado con ellos por la costumbre, los alimentaba por la suya; en cuanto tenían la fuerza necesaria para buscar su alimento, no tardaban en abandonar a su madre misma, y como casi no había otro medio de encontrarse que no perderse de vista, bien pronto se hallaban en estado de no reconocerse unos a otros. Observad también que teniendo el niño que explicar todas sus necesidades, y, por tanto, más cosas que decir a la madre que la madre al niño, debe correr con los mayores gastos de la invención, y que el lenguaje que emplea tiene que ser en gran parte su propia obra, lo que multiplica tanto las lenguas como individuos hay para hablarlas, a lo cual contribuye también la vida errante y vagabunda, que no deja a ningún idioma el tiempo de adquirir consistencia. Decir que la madre dicta al niño las palabras que habrá de emplear para pedirle tal o cual cosa demuestra cómo se enseñan las lenguas ya formadas, pero no enseña cómo se forman.

Supongamos vencida esta primera dificultad; franqueemos por un momento el espacio inmenso que debió mediar entre el puro estado natural y la necesidad de las lenguas, y busquemos, suponiéndolas necesarias [13], cómo han podido empezar a establecerse. Nueva dificultad, mayor aún que la precedente, porque si los hombres han necesitado de la palabra para aprender a pensar, mayor necesidad han tenido de saber pensar para descubrir el arte de la palabra; y aunque se comprendiera cómo fueron tomados los sonidos de la voz por intérpretes convencionales de nuestras ideas, siempre quedaría por saber cuáles han podido ser los intérpretes de esa convención para las ideas que, careciendo de un objeto sensible, no podían ser indicadas ni por el gesto ni por la voz. De suerte que apenas se pueden formular conjeturas soportables sobre el nacimiento de este arte de comunicar los pensamientos y de establecer un comercio entre los espíritus, arte sublime que tan lejos se encuentra ya de su origen, pero que el filósofo ve todavía a tan prodigiosa distancia de su perfección, que no existe hombre alguno bastante atrevido para asegurar que ésta llegará algún día, aunque fueran suspendidas en su favor las revoluciones que el tiempo aporta necesariamente, y los prejuicios salieran de las Academias o se callasen ante ellas, y éstas pudieran ocuparse de este espinoso asunto durante siglos enteros y sin interrupción.

El primer lenguaje del hombre, el lenguaje más universal, más enérgico, el único de que hubo necesidad antes de que fuese necesario persuadir a hombres reunidos, fue el grito de la naturaleza. Como este grito sólo era arrancado por una especie de instinto en las ocasiones apremiantes para implorar ayuda en los grandes peligros o alivio en los dolores violentos, no era de uso frecuente en el uso ordinario de la vida, en el cual reinan sentimientos más moderados. Cuando las ideas de los hombres empezaron a desarrollarse y multiplicarse, estableciéndose entre ellos una comunicación más estrecha, buscaron signos más numerosos y un lenguaje más extenso; multiplicaron las inflexiones de la voz, acompañándolas de gestos, que, por su naturaleza, son más expresivos y cuyo sentido depende menos de una determinación anterior. Expresaban, pues, los objetos visibles y móviles por medio de gestos, y los que hieren el oído, por sonidos imitativos; pero como el gesto sólo indica los objetos presentes o fáciles de escribir y las acciones visibles; como no es de uso universal, porque la oscuridad o la interposición de un cuerpo le hacen inútil, y exige más bien atención que no la excita, se pensó, en fin, en sustituir el gesto por las articulaciones de la voz, que, sin tener la misma relación con ciertas ideas, son más adecuadas para representarlas todas como signos instituidos; esa sustitución no pudo hacerse sino por común consentimiento y de modo muy difícil de practicar para unos hombres cuyos órganos groseros no tenían todavía ningún ejercicio, y más difícil aún de concebir en sí misma, puesto que ese acuerdo unánime debió de ser razonado, y la palabra parece haber sido muy necesaria para establecer el uso de la palabra.

Se debe pensar que las primeras palabras que usaron los hombres tuvieron en su espíritu una significación mucho más extensa que las empleadas en las lenguas ya formadas, y que, ignorando la división de la oración en sus partes constitutivas, dieron al principio a cada palabra el sentido de una proposición entera. Cuando empezaron a distinguir el sujeto del atributo y el verbo del nombre sustantivo, no fue éste un mediocre esfuerzo de genio. Los sustantivos sólo fueron al principio nombres propios; el presente de infinitivo fue el único tiempo verbal; en cuanto a los adjetivos, su noción debió de desenvolverse muy difícilmente, porque todo adjetivo es un nombre abstracto y las abstracciones son operaciones penosas y poco naturales.

Cada objeto recibió al principio un nombre particular, sin considerar el género y la especie, que esos primeros fundadores no podían distinguir. Todos los individuos aparecieron a su espíritu aisladamente, como se hallan en el cuadro de la naturaleza; si una encina se llamaba *A,* otra se llamaba *B,* pues la primer idea que se deduce de dos cosas es que son distintas, y hace falta con frecuencia mucho tiempo para observar lo que tienen de común; de suerte que cuanto más limitados eran los conocimientos, más extensión adquiría el diccionario. Las dificultades de toda esta nomenclatura no pudieron ser vencidas fácilmente, porque para clasificar a los seres bajo denominaciones comunes y genéricas era preciso conocer las propiedades y las diferencias; eran necesarias observaciones y definiciones; es decir, hacía falta la historia natural y la metafísica, mucho más de lo que podían tener los hombres de ese tiempo.

Por otra parte, las ideas generales no pueden introducirse en el espíritu sino con ayuda de las palabras, y el entendimiento no las comprende sino por medio de proposiciones. Ésta es una de las razones por las cuales los animales no pueden formarse tales ideas ni adquirir nunca la perfectibilidad que de ellas se deriva. Cuando un mono se lanza sin vacilar de una nuez a otra, ¿se cree que tiene la idea general de esta clase de fruto y que compara su arquetipo a esos dos individuos? No, sin duda; pero la vista de una de esas nueces evoca en su memoria las sensaciones que ha recibido de la otra, y sus ojos, modificados de cierta manera, anuncian a su gusto la modificación que va a recibir. Toda idea general es puramente intelectual; por poco que intervenga la imaginación, la idea se convierte en seguida en particular. Intentad trazar la imagen de un árbol en general: nunca lo conseguiréis; a pesar vuestro, será necesario ver uno, pequeño o grande, pobre o frondoso, claro u oscuro; y si dependiera de vosotros ver solamente lo que es común a todos los árboles, esta imagen no se parecería a ningún árbol. Los seres puramente abstractos se ven de la misma manera o no se conciben sino por el razonamiento. La sola definición del triángulo os da la verdadera idea; tan pronto como os figuráis uno en vuestro espíritu, es un triángulo determinado y no otro alguno, y no podéis evitar hacer sensibles sus líneas o coloreada la superficie. Es pues, necesario enunciar proporciones; es preciso hablar para tener ideas generales, porque tan pronto como la imaginación se detiene, el espíritu no trabaja sino con ayuda del razonamiento. Si, por consiguiente, los primeros inventores del lenguaje no han podido dar nombres mas que a las ideas que ya tenían, se deduce de aquí que los primeros sustantivos sólo han podido ser nombres propios.

Pero cuando, por medios que yo no concibo, nuestros nuevos gramáticos empezaron a extender sus ideas y a generalizar sus palabras, la ignorancia de los inventores debió de reducir este método a límites muy estrechos, y así como al principio habían multiplicado con exceso los nombres de los individuos por no conocer los géneros y las especies, después hicieron escaso número de especies y de géneros por no haber considerado a los seres en todas sus diferencias. Para dar mayor impulso a estas divisiones, hubiera hecho falta más experiencia y más cultura de las que podían tener, hubiera sido necesario más trabajo y más investigaciones que poder dedicar a esa tarea. Ahora bien; si aun hoy se descubren cada día nuevas especies, que habían escapado hasta ahora a todas nuestras observaciones, júzguese cuántas debieron substraerse al conocimiento de unos hombres que sólo consideraban las cosas bajo el primer aspecto. En cuanto a las clases primitivas y a las nociones más generales, es superfluo añadir que también debieron de escaparles. ¿Cómo, por ejemplo, habrían imaginado o entendido las palabras *materia, espíritu, sustancia, modo, figura, movimiento,* toda vez que a nuestros mismos filósofos, que se sirven de ellas desde tan largo tiempo, cuéstales trabajo entenderlas, y dado que, siendo metafísicas las ideas que se asocian a esas palabras, no hallarían ningún modelo en la naturaleza?

Me detengo en estos primeros pasos y suplico a mis jueces suspendan en este punto la lectura para que consideren, solamente sobre la invención de los sustantivos físicos, es decir, sobre la parte de la lengua más fácil de hallar, el camino que aún le queda para expresar todos los pensamientos de los hombres, para tomar una forma constante, para poder ser hablada públicamente e influir sobre la sociedad; les suplico que reflexionen cuánto tiempo y cuántos conocimientos han sido necesarios para descubrir los números [14], los nombres abstractos, los aoristos * y todos los tiempos de los verbos, las partículas, la sintaxis; para unir los razonamientos y construir la lógica del discurso. En cuanto a mí, asustado por las dificultades, que se multiplican a cada paso, y convencido de la imposibilidad casi demostrada de que las lenguas hayan podido nacer y establecerse por medios puramente humanos, dejo a quien quiera emprenderla la discusión de este difícil problema: si ha sido más necesaria la sociedad ya establecida para la institución de las lenguas, o las lenguas ya inventadas para la constitución de la sociedad.

Sea lo que fuere de estos orígenes, se ve cuando menos, en el escaso cuidado puesto por la naturaleza para aproximar a los hombres mediante necesidades mutuas y facilitarles el uso de la palabra, cuán poco ha preparado su sociabilidad y qué poco ha puesto de su parte para que se establecieran sus relaciones. En efecto; es imposible imaginar por qué en ese estado primitivo un hombre tendrá más necesidad de otro hombre que un mono o un lobo de sus semejantes; ni, suponiendo esa necesidad, qué motivo podría inducir al otro a acceder; ni tampoco, en este último caso, cómo podrían convenir entre ellos las condiciones. Bien sé que se repite incesantemente que nada habría sido tan miserable como el hombre en ese estado; mas si es verdad, como creo haberos demostrado, que no pudo hasta muchos siglos después tener el deseo y la ocasión de salir de aquel estado, habría que acu-

---

* El aoristo es cierto tiempo verbal de la conjugación griega.—*(N. del T.)*

sar a la naturaleza y no a quien ella hubiese constituido de ese modo. Pero, si yo comprendo bien ese término de *miserable,* es una palabra que, o no tiene ningún sentido, o significa una privación dolorosa o el sufrimiento del cuerpo o del alma. Ahora bien; desearía que se me explicase cuál puede ser el género de miseria de un ser libre cuyo corazón se halla en paz y el cuerpo en salud. Yo pregunto: de la vida social o natural, ¿cuál está más sujeta a convertirse en insoportable para quienes las disfrutan? Alrededor nuestro casi sólo vemos gentes lamentándose de su existencia y aun algunos que se privan de ella en cuanto está en su poder, no bastando apenas el concurso de la ley divina y de la humana para contener este desorden. Yo pregunto si alguna vez se ha oído decir que un salvaje en libertad hubiera tan sólo pensado en quejarse de la vida o en darse la muerte. Júzguese, pues, con menos orgullo de qué lado se halla la verdadera miseria. Al contrario: nada habría sido más miserable que el hombre salvaje deslumbrado por los conocimientos, atormentado por las pasiones y razonando sobre un estado diferente al suyo. Por una sapientísima providencia, las facultades que poseía en potencia no debían desarrollarse sino en las ocasiones de ejercerlas, a fin de que no fueran para él ni superfluas ni onerosas antes de tiempo, ni tardías e inútiles en caso necesario. Tenía en su solo instinto cuanto necesitaba para vivir en el estado natural; en la razón cultivada sólo tiene lo que necesita para vivir en sociedad.

Parece a primera vista que en este estado, no teniendo los hombres entre sí ninguna clase de relación moral ni de deberes conocidos, no podrían ser ni buenos ni malos, ni tenían vicios ni virtudes, a menos que, tomando estas palabras en un sentido físico, se llamen vicios del individuo las cualidades que pueden perjudicar su propia conservación, y virtudes, las que a ella puedan contribuir; en este caso, habría que considerar como más virtuoso a quien menos resistiera los meros impulsos de la naturaleza. Pero, sin apartarnos de su sentido ordinario, conviene retener la opinión que podríamos manifestar sobre tal situación y desconfiar de nuestros prejuicios hasta que, la balanza en la mano, se haya examinado si los hombres civilizados poseen más virtudes que vicios, o si sus virtudes son más ventajosas que funestos sus vicios, o si el progreso de sus conocimientos constituye una compensación suficiente de los males que mutuamente se causan a medida que aprenden el bien que debían hacerse, o si, bien mirado, no se encontrarían en una situación más feliz no teniendo daño que temer ni bien que esperar de nadie que hallándose sometidos a una dependencia universal y obligados a recibir todo de quienes no se obligan a darles nada.

No saquemos la conclusión, como Hobbes, de que, no teniendo ninguna idea de la bondad, el hombre es naturalmente malo; vicioso, porque no conoce la virtud; que niega siempre a sus semejantes los servicios que cree no deberles; que, en virtud del derecho que se arroga sobre las cosas que necesita, se imagina insensatamente ser el propietario único del universo entero. Hobbes ha visto muy bien el defecto de todas las definiciones modernas del derecho natural; pero las consecuencias que deduce de la suya demuestran que la toma en un sentido no menos falso. Razonando sobre los principios que enuncia, este autor debía decir que, siendo el estado de naturaleza aquel en que el cuidado de nuestra conservación es el menos perjudicial para la conservación de nuestros semejantes, éste era por consiguiente el estado más a propósito para la paz y el más conveniente para el género humano. Pues dice precisamente lo contrario, por haber hecho entrar, con gran desacierto, en el cuidado de la conservación del hombre salvaje la necesidad de satisfacer una multitud de pasiones que son producto de la sociedad y que han hecho necesarias las leyes. El malo, dice, es un niño fuerte. Falta saber si el hombre salvaje es un niño fuerte. Aunque ello se concediera, ¿qué se deduciría? Que si, siendo fuerte, este hombre dependía de los demás tanto como siendo débil, no hay ninguna clase de excesos a los que no se entregara; que pegaría a su madre cuando tardase demasiado en darle de mamar; que estrangularía a uno de sus pequeños hermanos cuando estuviese enojado; que mordería al otro en la pierna cuando fuese tropezado o molestado. Pero ser fuerte y dependiente son supuestos contradictorios en el estado natural. El hombre es débil cuando está sometido a dependencia, y es libre antes de ser fuerte. Hobbes no ha visto que la misma causa que impide a los salvajes el uso de razón, como pretenden nuestros jurisconsultos, les impide al mismo tiempo el abuso de sus facultades, como él mismo pretende; de modo que podría decirse que los salvajes no son malos precisamente porque no saben qué cosa es ser buenos, toda vez que no es el desenvolvimiento de la razón ni el freno de la ley, sino la ignorancia del vicio y la calma de las pasiones, lo que les impide hacer el mal: *Tanto plus in illis proficit vitiorum ignoratio, quam in his cognitio virtutis**.

Hay además otro principio que Hobbes no ha observado, el cual, habiéndole sido dado al hombre para suavizar en ciertas circunstancias la ferocidad de su amor propio o su deseo de conservación antes del nacimiento de este amor[15], modera el ardor que siente por su bienestar con una innata repugnancia a ver sufrir a sus semejantes. No creo que deba temer una contradicción concediendo al hombre la única virtud natural que se ha visto obligado a reconocer el más furioso detractor de las virtudes humanas. Me refiero a la piedad, disposición adecuada a seres tan débiles y sujetos a tantos males como somos nosotros; virtud tanto más universal y tanto más útil al hombre cuanto que precede al uso de toda reflexión, y tan natural, que las bestias mismas dan de ella algunas veces sensibles muestras. Sin hablar de la ternura de las madres con sus pequeños y de los peligros que arrostran para protegerlos, obsérvase a diario la repugnancia que experimentan los caballos a pisotear un cuerpo vivo. Un animal no pasa nunca al lado de otro de su especie muerto sin sentir cierta inquietud; hasta hay animales que les dan una suerte de sepultura, y los tristes mugidos del ganado entrando en el matadero anuncian la impresión que recibe ante el horrible espectáculo que contempla. Con placer se ve al autor de la fábula *Las abejas***, obligado a reconocer al hombre como un ser compasivo y sensible, abandonar su estilo frío y sutil para ofrecernos la patética imagen de un hombre encerrado que ve fuera a una bestia feroz arrancar a un niño de brazos de su madre, triturar con sus mortíferos dientes sus débiles miembros y desgarrar con sus uñas las entrañas palpitantes de la criatura. ¡Qué horribles estremecimientos experimenta ese

---

* «Hasta tal punto les es a ellos más provechosa la ignorancia de los vicios que a los otros el conocimiento de la virtud.» (Justin., *Historia,* lib. III, cap. II.)

** Bernardo de Mandeville, médico y escritor holandés establecido en Inglaterra, muerto en 1733.—*(N. del T.)*

testigo de un suceso en el cual no interviene su interés personal!
¡Qué angustias sufre por no poder prestar auxilio alguno a la madre desvanecida y a la expirante criatura!

Tal es el puro movimiento de la naturaleza, anterior a toda reflexión; tal la fuerza de la piedad natural, que las costumbres más depravadas difícilmente pueden destruirla, puesto que se ve a diario en nuestros espectáculos enternecerse y llorar ante las desventuras de un infortunado a un tal que, de hallarse en el lugar del tirano, agravaría más aún los tormentos de su enemigo, semejante al sanguinario Sila, tan sensible ante las desgracias que él no había causado, o a ese Alejandro de Feres, que no osaba asistir a la representación de ninguna tragedia por temor de que se le viera llorar con Andrómaca y con Príamo, mientras escuchaba sin emocionarse los gritos de los ciudadanos que mandaba degollar todos los días.

> *Mollissima corda*
> *Humano generi dare se natura fatetur,*
> *Quae lacrymas dedit*.*

Mandeville ha comprendido perfectamente que los hombres, con toda su moral, hubieran sido siempre unos monstruos si la naturaleza no les hubiese dado la piedad en apoyo de la razón; pero no ha visto que de esta sola cualidad se derivan todas las virtudes sociales que pretende negar a los hombres. En efecto: ¿qué es la generosidad, la clemencia, la humanidad, sino la piedad aplicada a los débiles, a los culpables, o a la especie humana en general? La benevolencia y la misma amistad son, bien miradas, productos de una constante piedad fijada en un objeto particular; pues desear que alguien no sufra, ¿qué es sino desear que sea feliz? Aun cuando fuera cierto que la conmiseración es sólo un sentimiento oscuro y vivo en el salvaje, desarrollado pero débil en el hombre civilizado, ¿qué importaría esto a la verdad de lo que afirmo, sino para darle más fuerza? En efecto: la conmiseración será tanto más enérgica cuanto más íntimamente se identifi-

---

* «La Naturaleza, al darnos las lágrimas, muestra que ha otorgado al hombre un corazón compasivo.» (Juvenal, sát. XV.)

que el animal espectador con el animal paciente. Ahora bien; es evidente que esta identificación ha debido de ser infinitamente más estrecha en el estado de naturaleza que en el estado de razonamiento. Es la razón quien engendra el amor propio, y la reflexión lo fortifica; ella repliega al hombre sobre sí mismo; ella le aparta de todo lo que le molesta o le aflige. Es la filosofía quien le aísla; por ella dice en secreto, a la vista de un hombre que sufre: «Muere si quieres; yo estoy seguro.» Sólo los peligros de la sociedad entera turban el sueño tranquilo del filósofo y le arrancan del lecho. Se puede degollar impunemente a un semejante suyo bajo sus ventanas, no tiene más que taparse los oídos y razonar un poco para impedir a la naturaleza que se subleva dentro de él identificarle con aquel a quien se asesina *. El hombre salvaje carece de este admirable talento; falto de razón y de prudencia, vésele siempre entregarse aturdidamente al primer sentimiento de la humanidad. En los motines, en las contiendas callejeras, acude el populacho y el hombre prudente se aparta; es la canalla, son las mujeres del mercado quienes separan a los combatientes e impiden a la gente de bien su mutuo exterminio.

Es, por tanto, perfectamente cierto que la piedad es un sentimiento natural que, moderando en cada individuo la actividad de su amor a sí mismo, concurre a la mutua conservación de la especie. Ella nos impulsa sin previa reflexión al socorro de aquellos a quienes vemos sufrir; ella sustituye en el estado natural a las leyes, a las costumbres y a la virtud, con la ventaja de que nadie se siente tentado de desobedecer su dulce voz; ella disuadirá a un salvaje fuerte de quitar a una débil criatura o a un viejo achacoso el alimento que han adquirido penosamente, si espera hallar el suyo en otra parte; ella inspira a todos los hombres, en lugar de la sublime máxima de justicia razonada *Pórtate con los demás como quieres que se porten contigo,* esta obra de bondad natural, acaso menos perfecta, pero mucho más útil que la anterior: *Haz tu bien con el menor daño posible para otro.* En una palabra: es en este sentimiento natural, más bien que en los sutiles argumentos, donde hay que buscar la causa de la repugnancia que todo

---

* Rousseau dice en el libro VIII de sus *Confesiones* que el retrato de este filósofo corresponde a Diderot.—(*Nota de la edición francesa.*)

hombre siente a obrar mal, aun independientemente de los preceptos de la educación. Aunque Sócrates y los espíritus de su tiempo puedan adquirir la virtud por medio del razonamiento, hace tiempo que habría desaparecido el género humano si su conservación hubiese dependido de quienes lo componen.

Con pasiones tan poco activas y un freno tan saludable, los hombres, más bien feroces que malos, más atentos a ponerse a cubierto del mal que podían recibir que inclinados a hacer daño a otros, no estaban expuestos a contiendas muy peligrosas. Como no tenían entre sí ninguna especie de relación; como por tanto, no conocían la vanidad, ni la consideración, ni la estima, ni el desprecio; como no tenían la menor noción del bien ni del mal, ni alguna idea verdadera de justicia; como miraban las violencias que podían recibir como daño fácil de reparar, y no como una injuria que debe ser castigada, y como ni siquiera pensaban en la venganza, a no ser tal vez maquinalmente y en el mismo momento, como el perro que muerde la piedra que se le arroja, sus disputas raramente hubieran tenido causa más importante que el alimento. Pero veo una más peligrosa y de la cual voy a tratar.

Entre las pasiones que agitan el corazón humano hay una, ardiente, impetuosa, que hace a un sexo necesario al otro; terrible pasión que desafía todos los peligros, destruye todos los obstáculos y más parece, en su furor, propia para aniquilar el género humano que no destinada a conservarlo. ¿Qué sería de los hombres presa de esta rabia desenfrenada y brutal, sin pudor ni continencia, y disputándose cada día sus amores al precio de su sangre?

Es preciso conceder desde luego que cuanto más violentas son las pasiones más necesarias son las leyes; pero, además de que los desórdenes y los crímenes que a diario causan esas pasiones demuestran demasiado la insuficiencia de las leyes a este respecto, convendría examinar si estos desórdenes no han nacido con las leyes mismas; porque entonces, aunque fueran capaces de reprimirlos, lo menos que podría exigírseles es que detuviesen un mal que sin ellas no existiría.

Empecemos por distinguir en el sentimiento del amor lo moral y lo físico. Lo físico es ese deseo general que impulsa a un sexo a unirse con otro. Lo moral es lo que determina ese deseo y lo fija exclusivamente en un solo objeto, o que, por lo menos, le da hacia ese objeto preferido un mayor grado de energía. Ahora bien; es fácil ver que lo moral del amor es un sentimiento facticio nacido del uso de la sociedad y elogiado por las mujeres con suma habilidad y cuidado para implantar su imperio y hacer dominante el sexo que debía obedecer. Como este sentimiento está fundado sobre ciertas nociones del mérito y de la belleza que un salvaje no se halla en estado de poseer, y sobre comparaciones que éste no puede hacer, debe de ser casi nulo para él; porque del mismo modo que su espíritu no ha podido forjar ideas abstractas de regularidad y de proporción, así su corazón no es tampoco susceptible de sentimiento de admiración y de amor, los cuales nacen, sin que uno se dé cuenta, de la aplicación de esas ideas. Únicamente escucha al temperamento que la naturaleza le ha dado, no al gusto que no ha podido adquirir, y cualquier mujer le parece buena.

Limitados a la parte física del amor y bastante felices para ignorar esas preferencias que irritan el sentimiento amoroso y aumentan las dificultades, los hombres deben de sentir menos frecuentemente y con menor viveza los ardores del temperamento, y, por consiguiente, sus disputas deben de ser más raras y menos crueles. La imaginación, que tantos estragos produce entre nosotros, no habla a esos corazones salvajes; cada uno espera tranquilamente los impulsos de la naturaleza, se entrega a ellos sin elección, con mayor placer que furor, y, satisfecha su necesidad, el deseo queda extinguido.

Es, pues, incontestable que así el amor como las demás pasiones no han adquirido sino en la sociedad ese ardor impetuoso que tan funestos los hace ser con frecuencia para los hombres. De modo que es en extremo ridículo representar a los salvajes exterminándose mutuamente y sin cesar por satisfacer su brutalidad, toda vez que esta opinión está en completa contradicción con la experiencia, pues los caribes, el pueblo que menos se ha apartado hasta aquí, entre todos los existentes, del estado natural, son precisamente los más tranquilos en sus amores y los menos sujetos a los celos, aunque viven bajo un clima abrasador, que parece dar a sus pasiones una actividad mayor.

Respecto a las consecuencias que podrían deducirse, en ciertas especies animales, de las luchas entre machos que en todo tiempo ensangrientan nuestros corrales o hacen retumbar los bosques en la primavera con sus gritos disputándose la hembra, es necesario empezar por excluir a todas aquellas especies en que la naturaleza ha establecido manifiestamente, por lo que hace al poder relativo de los sexos, distintas relaciones que entre nosotros; así, las peleas entre gallos no constituyen una inducción para la especie humana. En las especies en que la proporción está mejor observada, estas luchas sólo pueden tener por causa la escasez de hembras respecto al número de machos o los intervalos durante los cuales la hembra rehúsa constantemente ayuntarse con el macho, lo que equivale a la primera causa; porque si la hembra sólo admite al macho durante dos meses al año, es igual que si el número de hembras fuese cinco sextas partes menor. Pero ninguno de estos dos casos es aplicable a la especie humana, en la cual el número de las hembras excede generalmente al de varones, no habiéndose observado nunca tampoco, ni aun entre los salvajes, que las hembras tengan, como en las otras especies, épocas de celo y de abstención. Además, en muchas clases de animales, entrando la especie entera a la vez en mutua efervescencia, sobreviene un momento terrible de común ardor, de tumulto, desorden y combate; momento que no existe en la especie humana, porque el amor en ella no es periódico. No puede deducirse, por consiguiente, de los combates entre ciertos animales por la posesión de la hembra, que lo mismo sucedería al hombre en el estado natural; y aunque se pudiera sacar esa conclusión, así como esas luchas no destruyen esas especies, debe pensarse cuando menos que no serían más funestas para la nuestra; y aun parece que no causarían tantos estragos como causan en la sociedad, sobre todo en aquellos países en que, por respetarse todavía las costumbres, los celos de los amantes y la venganza de los maridos son diario motivo de duelos, crímenes y peores cosas; sociedad en que el deber de una eterna fidelidad sólo sirve para originar adulterios y donde las mismas leyes del honor y la continencia extienden necesariamente la corrupción y multiplican los abortos.

Concluyamos que el hombre salvaje, errante en los bosques, sin industria, sin palabra, sin domicilio, sin guerra y sin relaciones, sin necesidad alguna de sus semejantes, así como sin ningún deseo de perjudicarlos, quizá hasta sin reconocer nunca a ninguno individualmente; sujeto a pocas pasiones y bastándose a sí mismo, sólo tenía los sentimientos y las luces propias de este estado, sólo sentía sus verdaderas necesidades, sólo miraba aquello que le interesaba ver, y su inteligencia no progresaba más que su vanidad. Si por casualidad hacía algún descubrimiento, tanto menos podía comunicarlo cuanto que ni reconocía a sus hijos. El arte perecía con el inventor. No había educación ni progreso; las generaciones se multiplicaban inútilmente, y, partiendo siempre cada una del mismo punto, los siglos transcurrían en la tosquedad de las primeras edades; la especie era ya vieja, y el hombre seguía siendo siempre niño.

Si me he extendido tanto tiempo sobre la suposición de esta condición primitiva es porque, siendo necesario destruir antiguos errores y prejuicios, he creído que debía ahondar hasta las raíces para demostrar en el cuadro del verdadero estado de naturaleza cómo la desigualdad, aún natural, está lejos de tener en ese estado la realidad y la influencia que pretenden nuestros escritores.

En efecto: es fácil ver que, entre las diferencias que distinguen a los hombres, pasan por naturales muchas que son únicamente obra de la costumbre y de los diversos géneros de vida que llevan los hombres en la sociedad. Así, un temperamento fuerte o delicado, la fuerza o la debilidad que de éste dependen, proceden con frecuencia más de la manera ruda o afeminada con que uno ha sido criado que de la constitución primitiva del cuerpo. Lo mismo sucede con las fuerzas del espíritu, y no solamente la educación establece diferencias entre los espíritus cultivados y los que no lo están, sino que aumenta la que existe entre los primeros en proporción con la cultura, pues si un gigante y un enano van por el mismo camino, cada paso que adelanten dará una nueva ventaja al gigante. Ahora bien: si se compara la prodigiosa variedad de educación y de géneros de vida que reina en los diferentes órdenes del estado civil con la simplicidad y la uniformidad de la vida animal o salvaje, en la cual todos se nutren con los mismos alimentos, viven del mismo modo y hacen exactamente las mismas cosas, se comprenderá entonces cómo la diferencia de hombre a hombre debe ser menor en el estado de naturaleza que en el de sociedad, y cómo la desigualdad natural debe aumentar en la especie humana por la desigualdad de educación.

Pero aunque la naturaleza afectase en la distribución de sus dones tantas diferencias como se pretende, ¿qué ventajas gozarían los más favorecidos en perjuicio de los demás en un estado de cosas que no admitiría casi ninguna especie de relación entre ellos? Donde no hay amor, ¿de qué sirve la belleza? ¿De qué sirve el ingenio a gentes que no hablan nunca, y la astucia a los que no tienen negocios? Oigo repetir a cada instante que los más fuertes oprimirían a los débiles; pero explíqueseme qué se quiere decir con la palabra opresión. Unos dominarían con violencia, otros gemirían sometidos a su capricho. He aquí precisamente lo que observo entre nosotros; pero no veo cómo puede decirse esto de los hombres salvajes, a quienes difícilmente se haría comprender qué significan servidumbre y dominación. Podrá un hombre apoderarse de los frutos que otro ha cogido, de la caza que ha matado, de la caverna que le servía de asilo; pero ¿cómo conseguiría nunca hacerse obedecer y cuáles podrían ser las cadenas de la dependencia entre unos hombres que nada poseen? Si se me arroja de un árbol, libre estoy para ir a otro; si alguien me molesta en un sitio, ¿quién me impedirá marcharme a otra parte? ¿Hay un hombre de fuerza superior a la mía, y además bastante depravado, bastante perezoso, bastante feroz para obligarme a proveer a su subsistencia mientras él permanece ocioso? Pues es preciso que se resuelva a no perderme de vista un solo instante, a tenerme cuidadosamente atado durante su sueño por temor a que me escape o le mate; es decir, que se ve obligado a exponerse voluntariamente a una fatiga mucho más grande que la que quiere evitarse y que la que a mí me causa. Después de todo esto, si su vigilancia afloja un instante, si un ruido imprevisto le hace volver la cabeza, doy veinte pasos en el bosque, y mis cadenas quedan rotas y jamás en su vida vuelve a verme.

Sin necesidad de prolongar inútilmente estos detalles, cada cual debe ver que, no siendo los lazos de la servidumbre sino la dependencia mutua de los hombres y de las necesidades recíprocas que los unen, es imposible esclavizar a un hombre si antes no se le ha puesto en el caso de no poder prescindir de otro; y como esta situación no existe en el estado natural, todos se hallan libres del yugo, resultando vana en él la ley del más fuerte.

Después de haber demostrado que la desigualdad apenas se manifiesta en el estado natural y que su influencia es casi nula, me falta explicar su origen y sus progresos en los desenvolvimientos sucesivos del espíritu humano. Después de haber demostrado que la *perfectibilidad,* las virtudes sociales y las demás facultades que el hombre natural había recibido en potencia no podían desarrollarse nunca por sí mismas; que para ello necesitaban el concurso fortuito de diferentes causas externas que podían no haber nacido nunca y sin las cuales el hombre natural hubiera permanecido eternamente en su condición primitiva, me falta considerar y reunir los diferentes azares que han podido, echando a perder la especie, perfeccionar la razón humana; volver malos a los seres haciéndolos sociables, y de un término tan lejano, traer al hombre y al mundo al punto en que los vemos.

Los acontecimientos que voy a describir pueden haber ocurrido de diferentes maneras; confieso, pues, que sólo me puedo decidir en su elección por conjeturas; pero, además de que estas conjeturas se convierten en razones cuando son las más probables conclusiones de la naturaleza de las cosas y los únicos medios de que puede disponerse para descubrir la verdad, las consecuencias que quiero deducir de las mías no serán por ello conjeturales, puesto que sobre los principios que he formulado no podría construirse ningún otro sistema que me proporcione los mismos resultados y del cual pueda sacar las mismas conclusiones.

Esto me dispensará de extender mis reflexiones sobre el modo como el lapso de tiempo transcurrido compensa la escasa verosimilitud de los acontecimientos; sobre el sorprendente poder de las pequeñas causas cuando obran sin descanso; sobre la imposibilidad en que nos hallamos, de un lado, de destruir ciertas hipótesis, si del otro no se les puede dar el grado de certidumbre de los hechos; sobre que, dados dos hechos como reales y habiendo que unirlos por una serie de hechos intermediarios, desconocidos o considerados como tales, corresponde a la Historia, cuando existe, procurar los hechos que sirven de enlace, o a la Filosofía, en su defecto, determinar los hechos análogos que pueden enlazarlos; y, en fin, sobre que, en materia de acontecimientos, la analogía reduce los hechos a un número mucho más pequeño de clases diferentes de lo que se imagina. Tengo suficiente con ofrecer estos temas a la consideración de mis jueces; me basta con haberme arreglado de modo que los lectores vulgares no tuvieran necesidad de considerarlos.

Segunda parte

El primer hombre a quien, cercando un terreno, se le ocurrió decir *esto es mío* y halló gentes bastante simples para creerle fue el verdadero fundador de la sociedad civil. ¡Cuántos crímenes, guerras, asesinatos; cuántas miserias y horrores habría evitado al género humano aquel que hubiese gritado a sus semejantes, arrancando las estacas de la cerca o cubriendo el foso!: «¡Guardaos de escuchar a este impostor; estáis perdidos si olvidáis que los frutos son de todos y la tierra de nadie!» Pero parece que ya entonces las cosas habían llegado al punto de no poder seguir más como estaban, pues la idea de propiedad, dependiendo de muchas otras ideas anteriores que sólo pudieron nacer sucesivamente, no se formó de un golpe en el espíritu humano; fueron necesarios ciertos progresos, adquirir ciertos conocimientos y cierta industria, transmitirlos y aumentarlos de época en época, antes de llegar a ese último límite del estado natural. Tomemos, pues, las cosas desde más lejos y procuremos reunir en un solo punto de vista y en su orden más natural esa lenta sucesión de acontecimientos y conocimientos.

El primer sentimiento del hombre fue el de su existencia; su primer cuidado, el de su conservación. Los productos de la tierra le proveían de todo lo necesario; el instinto le llevó a usarlos. El hambre, otros deseos hacíanle experimentar sucesivamente diferentes modos de existir, y hubo uno que le invitó a perpetuar su especie; esta ciega inclinación, desprovista de todo sentimiento del corazón, sólo engendra un acto puramente animal; satisfecho el deseo, los dos sexos ya no se reconocían, y el hijo mismo nada era para la madre en cuanto podía prescindir de ella.

Tal fue la condición del hombre al nacer; tal fue la vida de un animal limitado al principio a las puras sensaciones, aprovechando apenas los dones que le ofrecía la naturaleza, lejos de pensar en arrancarle cosa alguna. Pero bien pronto surgieron dificultades; hubo que aprender a vencerlas. La altura de los árboles, que le impedía coger sus frutos; la concurrencia de los animales que intentaban arrebatárselos para alimentarse, y la ferocidad de los que atacaban su propia vida, todo le obligó a aplicarse a los ejercicios corporales; tuvo que hacerse ágil, rápido en la carrera, fuerte en la lucha. Las armas naturales, que son las ramas de los árboles y las piedras, pronto se hallaron en sus manos. Aprendió a dominar los obstáculos de la naturaleza, a combatir en caso necesario con los demás animales, a disputar a los hombres mismos su subsistencia o a resarcirse de lo que era preciso ceder al más fuerte. .

A medida que se extendió el género humano, los trabajos se multiplicaron con los hombres. La diferencia de los terrenos, de los climas, de las estaciones, pudo forzarlos a establecerla en sus maneras de vivir. Los años estériles, los inviernos largos y crudos, los ardientes estíos, que todo consumen, exigieron de ellos una nueva industria. En las orillas del mar y de los ríos inventaron el sedal y el anzuelo, y se hicieron pescadores e ictiófagos *. En los bosques construyéronse arcos y flechas, y fueron cazadores y guerreros. En los países fríos se cubrieron con las pieles de los animales muertos a sus manos. El rayo, un volcán o cualquier feliz azar les dio a conocer el fuego, nuevo recurso contra el rigor del invierno; aprendieron a conservar este elemento y después a reproducirlo, y, por último, a preparar con él la carne, que antes devoraban cruda.

Esta reiterada aplicación de seres distintos y de unos a otros debió naturalmente de engendrar en el espíritu del hombre la percepción de ciertas relaciones. Esas relaciones, que nosotros expresamos con las palabras grande, pequeño, fuerte, débil, rápido, lento, temeroso, arriesgado y otras ideas semejantes, produjeron al fin en él una especie de reflexión o más bien una prudencia

---

* Ictiófagos (del griego ἰχθυοφάγος, de ἰχθύς, pez, y φάγομαι, comer), los que se alimentan de peces.—(N. del T.)

maquinal, que le indicaba las precauciones más necesarias a su seguridad.

Las nuevas luces que resultaron de este desenvolvimiento aumentaron su superioridad sobre los demás animales haciéndosela conocer. Se ejercitó en tenderles lazos, en engañarlos de mil modos, y aunque muchos les superasen en fuerza en la lucha o en rapidez en la carrera, con el tiempo se hizo dueño de los que podían servirle y azote de los que podían perjudicarle. Y así, la primera mirada que se dirigió a sí mismo suscitó el primer movimiento de orgullo; y, sabiendo apenas distinguir las categorías y viéndose en la primera por su especie, así se preparaba de lejos a pretenderla por su individuo.

Aunque sus semejantes no fueran para él lo que son para nosotros, y aunque no tuviera con ellos mayor comercio que con los otros animales, no fueron olvidados en sus observaciones. Las semejanzas que pudo percibir con el tiempo entre ellos, su hembra y él mismo, le hicieron juzgar las que no percibía; viendo que todos se conducían como él se hubiera conducido en iguales circunstancias, dedujo que su manera de pensar y de sentir era enteramente conforme con la suya, y esta importante verdad, una vez arraigaba en su espíritu, le hizo seguir, por un presentimiento tan seguro y más vivo que la dialéctica, las reglas de conducta que, para ventaja y seguridad suya, más le convenía observar con ellos.

Instruido por la experiencia de que el amor del bienestar es el único móvil de las acciones humanas, pudo distinguir las raras ocasiones en que, por interés común, debía contar con la ayuda de sus semejantes, y aquellas otras, más raras aún, en que la concurrencia debía hacerle desconfiar de ellos. En el primer caso se unía a ellos en informe rebaño, o cuando más por una especie de asociación libre que a nadie obligaba y que sólo duraba el tiempo que la pasajera necesidad que la había formado; en el segundo, cada cual buscaba su provecho, bien a viva fuerza si creía ser más fuerte, bien por astucia y habilidad si sentíase el más débil.

He aquí cómo los hombres pudieron insensiblemente adquirir cierta idea rudimentaria de compromisos mutuos y de la ventaja de cumplirlos, pero sólo en la medida que podía exigirlos el interés presente y sensible, pues la previsión nada era para ellos, y, lejos de preocuparse de un lejano futuro, ni siquiera pensaban en el día siguiente. ¿Tratábase de cazar un ciervo? Todos comprendían que para ello debían guardar fielmente su puesto; pero si una liebre pasaba al alcance de uno de ellos, no cabe duda que la perseguiría sin ningún escrúpulo y que, cogida su presa, se cuidaría muy poco de que no se les escapase la suya a sus compañeros.

Fácil es comprender que semejantes relaciones no exigían un lenguaje mucho más refinado que el de las cornejas o los monos, que se agrupan poco más o menos del mismo modo. Durante mucho tiempo sólo debieron de componer el lenguaje universal gritos inarticulados, muchos gestos y algunos ruidos imitativos; unidos a esto en cada región algunos sonidos articulados y convencionales, cuyo origen, como ya he dicho, no es muy fácil de explicar, formáronse lenguas particulares, pero elementales, imperfectas, semejantes aproximadamente a las que aún tienen diferentes naciones salvajes de hoy día.

Atravieso como una flecha multitudes de siglos, forzado por el tiempo que transcurre, por la abundancia de cosas que he de decir y por el progreso casi imperceptible de los comienzos, pues tanto más lentos eran para sucederse, tanto más rápidos son para describir.

Estos primeros progresos pusieron en fin al hombre en estado de hacer otros más rápidos. Cuanto más se esclarecía el espíritu más se perfeccionaba la industria. Bien pronto los hombres, dejando de dormir bajo el primer árbol o de guarecerse en cavernas, hallaron una especie de hachas de piedra duras y cortantes que sirvieron para cortar la madera, cavar la tierra y construir chozas con las ramas de los árboles, que en seguida aprendieron a endurecer con barro y arcilla. Fue la época de una primera revolución, que originó el establecimiento y la diferenciación de las familias e introdujo una especie de propiedad, de la cual quizá nacieron ya entonces no pocas discordias y luchas. Sin embargo, como los más fuertes fueron con toda seguridad los primeros en construirse viviendas, porque sentíanse capaces de defenderlas, es de creer que los débiles hallaron más fácil y más seguro imitarlos que intentar desalojarlos de ellas; y en cuanto a los que ya poseían cabañas, ninguno de ellos debió de intentar apropiarse la de su vecino, menos porque no le perteneciera que porque no la necesitaba y porque, además, no podía apoderarse de ella sin exponerse a una viva lucha con la familia que la ocupaba.

Las primeras exteriorizaciones del corazón fueron el efecto de un nuevo estado de cosas que reunía en una habitación común a maridos y mujeres, a padres e hijos. El hábito de vivir juntos hizo nacer los más dulces sentimientos conocidos de los hombres: el amor conyugal y el amor paternal. Cada familia fue una pequeña sociedad, tanto mejor unida cuanto que el afecto recíproco y la libertad eran los únicos vínculos. Entonces fue cuando se estableció la primer diferencia en el modo de vivir de los dos sexos, que hasta entonces habían vivido de la misma manera. Las mujeres hiciéronse más sedentarias y se acostumbraron a guardar la cabaña y a cuidar de los hijos mientras el hombre iba a buscar la común subsistencia. Con una vida un poco más blanda, los dos sexos empezaron a perder algo de su ferocidad y de su vigor; pero si cada individuo separadamente se halló menos capaz de combatir a las fieras, fue en cambio más fácil reunirse para una resistencia común.

En este nuevo estado, llevando una vida simple y solitaria, con necesidades muy limitadas y los instrumentos que habían inventado para atenderlas, los hombres gozaban de una extremada ociosidad, que emplearon en procurarse diversas comodidades que sus padres no habían conocido. Éste fue el primer yugo que se impusieron sin pensar y la primer fuente de males que prepararon a sus descendientes; pues, además de que así continuaron debilitando su cuerpo y su espíritu, y habiendo perdido esas comodidades, por la costumbre, todo su encanto y degenerado en verdaderas necesidades, la privación de ellas fue mucho más cruel que agradable era su posesión, y, sin ser feliz poseyéndolas, perdiéndolas érase desgraciado.

Se entrevé algo mejor en este punto cómo el uso de la palabra se estableció o se perfeccionó insensiblemente en el seno de cada familia, y aun se puede conjeturar cómo diversas causas particulares pudieron extender el lenguaje y acelerar su progreso haciéndole ser más necesario. Grandes inundaciones o temblores de tierra cercaron de aguas o de precipicios las regiones habitadas; revoluciones del globo desgarraron y cortaron en islas porciones del continente. Se concibe que entre hombres reunidos de ese modo y forzados a vivir juntos debió de formarse un idioma común, más bien que entre los que erraban libremente en los bosques de la tierra firme. Así, es muy probable que, después de sus primeros ensayos de navegación, los insulares hayan introducido entre nosotros el uso de la palabra; por lo menos es muy verosímil que la sociedad y las lenguas hayan nacido en las islas y en ellas se hayan perfeccionado antes de ser conocidas en el continente.

Todo empieza a cambiar de aspecto. Errantes hasta aquí en los bosques, los hombres, habiendo adquirido una situación más estable, van relacionándose lentamente, se reúnen en diversos agrupamientos y forman en fin en cada región una nación particular, unida en sus costumbres y caracteres, no por reglamentos y leyes, sino por el mismo género de vida y de alimentación y por la influencia del clima. Una permanente vecindad no puede dejar de engendrar en fin alguna relación entre diferentes familias. Jóvenes de distinto sexo habitan en cabañas vecinas; el pasajero comercio que exige la naturaleza bien pronto origina otro no menos dulce y más permanente por la mutua frecuentación. Habitúanse a considerar diversos objetos y a hacer comparaciones; insensiblemente adquieren ideas de mérito y de belleza que producen sentimientos de preferencia. A fuerza de verse, no pueden pasar sin verse todavía. Un sentimiento tierno y dulce se insinúa en el alma, que a la menor oposición se cambia en furor impetuoso; los celos se despiertan con el amor, triunfa la discordia, y la más dulce de las pasiones recibe sacrificios de sangre humana.

A medida que se suceden las ideas y los sentimientos y el espíritu y el corazón se ejercitan, la especie humana sigue domesticándose, las relaciones se extienden y se estrechan los vínculos. Los hombres se acostumbran a reunirse delante de las cabañas o al pie de un gran árbol; el canto y la danza, verdaderos hijos del amor y del ocio, constituyen la diversión o, mejor, la ocupación de los hombres y de las mujeres agrupados y ociosos. Cada cual empezó a mirar a los demás y a querer ser mirado él mismo, y la estimación pública tuvo un precio. Aquel que mejor cantaba o bailaba, o el más hermoso, el más fuerte, el más diestro o el más elocuente, fue el más considerado; y éste fue el primer paso hacia la desigualdad y hacia el vicio al mismo tiempo. De estas primeras preferencias nacieron, por una parte, la vanidad y el desprecio; por otro, la vergüenza y la envidia, y la fermentación causada por esta nueva levadura produjo al fin compuestos fatales para la felicidad y la inocencia.

Tan pronto como los hombres empezaron a apreciarse mutuamente y se formó en su espíritu la idea de la consideración, todos pretendieron tener el mismo derecho, y no fue posible que faltase para nadie. De aquí nacieron los primeros deberes de la cortesía, aun entre los salvajes; y de aquí que toda injusticia voluntaria fuera considerada como un ultraje, porque con el daño que ocasionaba la injuria, el ofendido veía el desprecio de su persona, con frecuencia más insoportable que el daño mismo. De este modo, como cada cual castigaba el desprecio que se le había inferido de modo proporcionado a la estima que tenía de sí mismo, las venganzas fueron terribles, y los hombres, sanguinarios y crueles. He ahí precisamente el grado a que había llegado la mayoría de los pueblos salvajes que nos son conocidos. Mas, por no haber distinguido suficientemente las ideas y observado cuán lejos se hallaban ya esos pueblos del estado natural, algunos se han precipitado a sacar la conclusión de que el hombre es naturalmente cruel y que es necesaria la autoridad para dulcificarlo, siendo así que nada hay tan dulce como él en su estado primitivo, cuando, colocado por la naturaleza a igual distancia de la estupidez de las bestias que de las nefastas luces del hombre civil, y limitado igualmente por el instinto y por la razón a defenderse del mal que le amenaza, la piedad natural le impide, sin ser impelido a ello por nada, hacer daño a nadie, ni aun después de haberlo él recibido. Porque, según el axioma del sabio Locke, *no puede existir agravio donde no hay propiedad.*

Pero es preciso señalar que la sociedad empezada y las relaciones ya establecidas entre los hombres exigían de éstos cualidades diferentes de las que poseían por su constitución primitiva; que, empezando a introducirse la moralidad en las acciones humanas y siendo cada uno, antes de las leyes, único juez y vengador de las ofensas recibidas, la bondad que convenía al puro estado de naturaleza no era la que convenía a la sociedad naciente; que era necesario que los castigos fueran más severos a medida que las ocasiones de ofender eran más frecuentes; que el terror de las venganzas tenía que ocupar el lugar del freno de las leyes. Así, aunque los hombres fuesen ya menos sufridos y la piedad natural ya hubiera experimentado alguna alteración, este período del desenvolvimiento de las facultades humanas, ocupando un justo medio entre la indolencia del estado primitivo y la petulante actividad de nuestro amor propio, debió de ser la época más feliz y duradera. Cuanto más se reflexiona, mejor se comprende que este estado era el menos sujeto a las revoluciones, el mejor para el hombre [16], del cual no ha debido salir sino por algún funesto azar, que, por el bien común, hubiera debido no acontecer nunca. El ejemplo de los salvajes, hallados casi todos en ese estado, parece confirmar que el género humano estaba hecho para permanecer siempre en él; que ese estado es la verdadera juventud del mundo, y que todos los progresos ulteriores han sido, en apariencia, otros tantos pasos hacia la perfección del individuo; en realidad, hacia la decrepitud de la especie.

Mientras los hombres se contentaron con sus rústicas cabañas; mientras se limitaron a coser sus vestidos de pieles con espinas vegetales o de pescado, a adornarse con plumas y conchas, a pintarse el cuerpo de distintos colores, a perfeccionar y embellecer sus arcos y sus flechas, a tallar con piedras cortantes canoas de pescadores o rudimentarios instrumentos de música; en una palabra, mientras sólo se aplicaron a trabajos que uno solo podía hacer y a las artes que no requerían el concurso de varias manos, vivieron libres, sanos, buenos y felices en la medida en que podían serlo por su naturaleza y siguieron disfrutando de las dulzuras de un trato independiente. Pero desde el instante en que un hombre tuvo necesidad de la ayuda de otro; desde que se advirtió que era útil a uno solo poseer provisiones por dos, la igualdad desapareció, se introdujo la propiedad, el trabajo fue necesario y los bosques inmensos se trocaron en rientes campiñas que fue necesario regar con el sudor de los hombres y en las cuales vióse bien pronto germinar y crecer con las cosechas la esclavitud y la miseria.

La metalurgia y la agricultura fueron las dos artes cuyo desenvolvimiento produjo esta gran revolución. Para el poeta son el oro y la plata; mas para el filósofo son el hierro y el trigo los que han civilizado a los hombres y perdido al género humano. Uno y otro eran desconocidos de los salvajes de América, por lo cual han permanecido siempre los mismos; y los demás pueblos parece que siguieron bárbaros mientras no practicaron más que una sola de estas artes. Precisamente, una de las mejores razones quizá de que Europa haya sido, si no más pronto, mejor y más constantemente ordenada que las otras partes del mundo es que al mismo tiempo es la más abundante en hierro y la más fértil en trigo.

Es difícil conjeturar de qué modo han llegado los hombres a conocer y emplear el hierro, pues no es de creer que hayan imaginado por sí mismos extraer la materia de la mina y darle las preparaciones necesarias para su fusión antes de saber lo que resultaría. Por otra parte, no puede atribuirse este descubrimiento a un incendio casual, puesto que las minas se forman en lugares áridos y desprovistos de árboles y plantas; de suerte que parece que la naturaleza ha tomado sus precauciones para ocultarnos el fatal secreto. Sólo queda la extraordinaria circunstancia de que un volcán, vomitando materias metálicas en fusión, haya sugerido a los espectadores la idea de imitar esta operación de la naturaleza; pero es necesario suponer mucho valor y previsión para emprender un trabajo tan penoso y calcular desde mucho antes las ventajas que podían obtenerse, y esto sólo es admisible en espíritus más cultivados que lo debía estar el de los espectadores.

En cuanto a la agricultura, el principio fue conocido mucho antes de que se estableciera la práctica, pues no es probable que los hombres, siempre ocupados en sacar de los árboles y las plantas su subsistencia, hayan tardado mucho tiempo en advertir los caminos que sigue la naturaleza para la generación de los vegetales; pero su industria no se inclinó probablemente hasta muy tarde de este lado, bien porque los árboles, que con la caza y la pesca proveían a su alimento, no necesitaban sus cuidados, sea por desconocer el uso del trigo, sea por falta de instrumentos para cultivarlo, bien por falta de previsión para las necesidades futuras, sea, en fin, por no haber medios para impedir a los demás que se apoderaran del fruto de su trabajo. Cuando ya fueron más industriosos, es de presumir que empezaron con piedras afiladas y palos puntiagudos a cultivar algunas legumbres o raíces en derredor de sus cabañas, muchos antes de saber trabajar el trigo y tener los instrumentos necesarios para el cultivo en grande; sin contar que para entregarse a esta labor y sembrar las tierras es preciso decidirse a perder alguna cosa primero para obtener mucho después, previsión grandemente extraña al espíritu del salvaje, que, como antes he dicho, tiene bastante con pensar por la mañana en sus necesidades de la tarde.

La invención de las otras artes fue, por tanto, necesaria para forzar al género humano a dedicarse a la agricultura. En cuanto hubo necesidad de hombres para fundir y forjar el hierro, fueron necesarios otros que los alimentaran. Cuanto mayor fue el número de obreros, menos manos hubo empleadas en proveer a la común subsistencia, sin haber por eso menos bocas que alimentar; y como unos necesitaron alimentos en cambio de su hierro, los otros descubrieron en fin el secreto de emplear el hierro para multiplicar los alimentos. De aquí nacieron, por una parte, el cultivo y la agricultura; por otra, el arte de trabajar los metales y multiplicar sus usos.

Del cultivo de las tierras resultó necesariamente su reparto, y de la propiedad, una vez reconocida, las primeras reglas de justicia, porque para dar a cada cual lo suyo es necesario que cada uno pueda tener alguna cosa. Por otro lado, los hombres ya habían empezado a pensar en el porvenir, y como todos tenían algo que perder, no había ninguno que no tuviera que temer para sí la represalia de los daños que podía causar a otro. Este origen es tanto más natural cuanto que es imposible concebir la idea de la propiedad naciente de otro modo que por la mano de obra, pues no se comprende que para apropiarse las cosas que no ha hecho pudiera el hombre poner más que su trabajo. Es el trabajo únicamente el que, dando derecho al cultivador sobre el producto de la tierra que ha trabajado, le da consiguientemente ese mismo derecho sobre el suelo, por lo menos hasta la cosecha, y así de año en año; lo que, constituyendo una posesión continua, se transforma fácilmente en propiedad. Cuando los antiguos, dice Grocio, dieron a Ceres el epíteto de legisladora y a una fiesta que se celebraba en su honor el nombre de Temosforia, dieron a entender que el reparto de las tierras había producido una nueva especie de derecho, es decir, el derecho de propiedad, diferente del que resulta de la ley natural.

En esta situación, las cosas hubieran podido permanecer iguales si las aptitudes hubieran sido iguales, y si, por ejemplo, el empleo del hierro y el consumo de los productos alimenticios hubieran guardado un equilibrio exacto. Pero la proporción, que nada mantenía, bien pronto quedó rota; el más fuerte hacía más obra; el más hábil sacaba mejor partido de lo suyo; el más ingenioso hallaba los medios de abreviar su trabajo; el labrador necesitaba más hierro, o el herrero más trigo; y trabajando todos igualmente, unos ganaban más mientras otros apenas podían vivir. De este modo, la desigualdad natural se desenvuelve insensiblemente con la de combinación, y las diferencias entre los hombres, desarrolladas por las que originan las circunstancias, hácense más sensibles, más permanentes en sus efectos y empiezan a influir en la misma proporción sobre la suerte de los particulares.

En este punto las cosas, fácil es imaginar el resto. No me detendré a describir la invención sucesiva de las otras artes, el progreso de las lenguas, la prueba y el empleo de las aptitudes, la desigualdad de las fortunas, el uso y el abuso de las riquezas, ni todos los detalles que siguen a éstos y que cada uno puede fácilmente suponer. Me limitaré solamente a echar una ojeada sobre el género humano colocado en ese nuevo orden de cosas.

He aquí todas nuestras facultades desarrolladas, la memoria y la imaginación en juego, interesado el amor propio, la razón en actividad y el espíritu casi al término de la perfección de que es susceptible. He aquí todas las cualidades naturales puestas en acción, establecidas la condición y la suerte de cada hombre, no sólo en lo que se refiere a la cantidad de bienes y al poder de servir o perjudicar, sino en cuanto al espíritu, la belleza, la fuerza o la destreza, el mérito y las aptitudes. Siendo estas cualidades las únicas que podían atraer la consideración, bien pronto fue necesario o tenerlas o fingirlas; fue preciso, por el propio interés, aparecer distinto de lo que en verdad se era. Ser y parecer fueron dos cosas por completo diferentes, y de esta diferencia nacieron la ostentación imponente, la astucia engañosa y todos los vicios que forman su séquito. Por otra parte, de libre e independiente que era antes el hombre, vedle, por una multitud de nuevas necesidades, sometido, por así decir, a la naturaleza entera, y sobre todo a sus semejantes, de los cuales se convierte en esclavo y aun siendo su señor: rico, necesita de sus servicios; pobre, de su ayuda, y la mediocridad le impide prescindir de aquéllos. Necesita, por tanto, buscar el modo de interesarlos en su suerte y hacerles hallar su propio interés, en realidad o en apariencia, trabajando en provecho suyo; lo cual le hace trapacero y artificioso con unos, imperioso y duro con otros, y le pone en la necesidad de engañar a todos aquellos que necesita, cuando no puede hacerse temer de ellos y no encuentra ningún interés en servirlos útilmente. En fin; la voraz ambición, la pasión por aumentar su relativa fortuna, menos por una verdadera necesidad que para elevarse por encima de los demás, inspira a todos los hombres una negra inclinación a perjudicarse mutuamente, una secreta envidia, tanto más peligrosa cuanto que, para herir con más seguridad, toma con frecuencia la máscara de la benevolencia; en una palabra: de un lado, competencia y rivalidad; de otro, oposición de intereses, y siempre el oculto deseo de buscar su provecho a expensas de los demás. Todos estos males son el primer efecto de la propiedad y la inseparable comitiva de la desigualdad naciente.

Antes de haberse inventado los signos representativos de las riquezas, éstas no podían consistir sino en tierras y en ganados, únicos bienes efectivos que los hombres podían poseer. Ahora bien; cuando las heredades crecieron en número y en extensión, hasta el punto de cubrir el suelo entero y de tocarse unas con otras, ya no pudieron extenderse más sino a expensas de las otras, y los que no poseían ninguna porque la debilidad o la indolencia les había impedido adquirirlas a tiempo, se vieron obligados a recibir o arrebatar de manos de los ricos su subsistencia; de aquí empezaron a nacer, según el carácter de cada uno, la dominación y la servidumbre, o la violencia y las rapiñas. Los ricos, por su parte, apenas conocieron el placer de dominar, rápidamente desdeñaron los demás, y, sirviéndose de sus antiguos esclavos para someter a otros hombres a la servidumbre, no pensaron más que en subyugar y esclavizar a sus vecinos, semejantes a esos lobos hambrientos que, habiendo gustado una vez la carne humana, rechazan todo otro alimento y sólo quieren devorar hombres.

De este modo, haciendo los más poderosos de sus fuerzas o los más miserables de sus necesidades una especie de derecho al bien ajeno, equivalente, según ellos, al de propiedad, la igualdad deshecha fue seguida del más espantoso desorden; de este modo, las usurpaciones de los ricos, las depredaciones de los pobres, las pasiones desenfrenadas de todos, ahogando la piedad natural y la voz todavía débil de la justicia, hicieron a los hombres avaros, ambiciosos y malvados. Entre el derecho del más fuerte y el del primer ocupante alzábase un perpetuo conflicto, que no se terminaba sino por combates y crímenes [17]. La naciente sociedad cedió la plaza al más horrible estado de guerra; el género humano, envilecido y desolado, no pudiendo volver sobre sus pasos ni renunciar a las desgraciadas adquisiciones que había hecho, y no trabajando sino en su vilipendio, por el abuso de las facultades que le honran, se puso a sí mismo en vísperas de su ruina.

Attonitus novitate mali, divesque, miserque,
Effugere optat opes, et quae modo voverat odit*.

Ovidio, *Metamorfosis,* lib. XI, v. 127.

No es posible que los hombres no se hayan detenido a reflexionar al cabo sobre una situación tan miserable y sobre las calamidades que los agobiaban. Sobre todo los ricos debieron comprender cuán desventajoso era para ellos una guerra perpetua con cuyas consecuencias sólo ellos cargaban y en la cual el riesgo de la vida era común y el de los bienes particular. Por otra parte, cualquiera que fuera el pretexto que pudiesen dar a sus usurpaciones, demasiado sabían que sólo descansaban sobre un derecho precario y abusivo, y que, adquirida por la fuerza, la fuerza podía arrebatárselas sin que tuvieran derecho a quejarse. Aquellos mismos que sólo se habían enriquecido por la industria no podían tampoco ostentar sobre su propiedad mejores títulos. Podrían decir: «Yo he construido este muro; he ganado este terreno con mi trabajo.» Pero se les podía contestar: «¿Quién os ha dado las piedras? ¿Y en virtud de qué pretendéis cobrar a nuestras expensas un trabajo que nosotros nos hemos impuesto? ¿Ignoráis

---

*   «Espantado por tan extraño suplicio, rico e indigente al mismo tiempo, desea librarse de las riquezas y odia lo que antes pidiera.»

que multitud de hermanos vuestros perece o sufre por carecer de lo que a vosotros os sobra, y que necesitabais el consentimiento expreso y unánime del género humano para apropiaros de la común subsistencia lo que excediese de la vuestra?» Desprovisto de razones verdaderas para justificarse y de fuerza suficiente para defenderse; venciendo fácilmente a un particular, pero vencido él mismo por cuadrillas de bandidos; solo contra todos, y no pudiendo, a causa de sus mutuas rivalidades, unirse a sus iguales contra los enemigos unidos por el ansia común del pillaje, el rico, apremiado por la necesidad, concibió al fin el proyecto más premeditado que haya nacido jamás en el espíritu humano: emplear en su provecho las mismas fuerzas de quienes le atacaban, hacer de sus enemigos sus defensores, inspirarles otras máximas y darles otras instituciones que fueran para él tan favorables como adverso érale el derecho natural.

Con este fin, después de exponer a sus vecinos el horror de una situación que los armaba a todos contra todos, que hacía tan onerosa sus propiedades como sus necesidades, y en la cual nadie podía hallar seguridad ni en la pobreza ni en la riqueza, inventó fácilmente especiosas razones para conducirlos al fin que se proponía. «Unámonos —les dijo— para proteger a los débiles contra la opresión, contener a los ambiciosos y asegurar a cada uno la posesión de lo que le pertenece; hagamos reglamentos de justicia y de paz que todos estén obligados a observar, que no hagan excepción de nadie y que reparen en cierto modo los caprichos de la fortuna sometiendo igualmente al poderoso y al débil a deberes recíprocos. En una palabra: en lugar de volver nuestras fuerzas contra nosotros mismos, concentrémoslas en un poder supremo que nos gobierne con sabias leyes, que proteja y defienda a todos los miembros de la asociación, rechace a los enemigos comunes y nos mantenga en eterna concordia.»

Mucho menos que la equivalencia de este discurso fue preciso para decidir a hombres toscos, fáciles de seducir, que, por otra parte, tenían demasiadas cuestiones entre ellos para poder prescindir de árbitros, y demasiada avaricia y ambición para poderse pasar sin amos. Todos corrieron al encuentro de sus cadenas creyendo asegurar su libertad, pues, con bastante inteligencia para comprender las ventajas de una institución política, carecían de la experiencia necesaria para prevenir sus peligros; los más capaces de prever los abusos eran precisamente los que esperaban aprovecharse de ellos, y los mismos sabios vieron que era preciso resolverse a sacrificar una parte de su libertad para conservar la otra, del mismo modo que un herido se deja cortar un brazo para salvar el resto del cuerpo.

Tal fue o debió de ser el origen de la sociedad y de las leyes, que dieron nuevas trabas al débil y nuevas fuerzas al rico [18], aniquilaron para siempre la libertad natural, fijaron para todo tiempo la ley de la propiedad y de la desigualdad, hicieron de una astuta usurpación un derecho irrevocable, y, para provecho de unos cuantos ambiciosos, sujetaron a todo el género humano al trabajo, a la servidumbre y a la miseria. Fácilmente se ve cómo el establecimiento de una sola sociedad hizo indispensable el de todas las demás, y de qué manera, para hacer frente a fuerzas unidas, fue necesario unirse a la vez. Las sociedades, multiplicándose o extendiéndose rápidamente, cubrieron bien pronto toda la superficie de la tierra, y ya no fue posible hallar un solo rincón en el universo donde se pudiera evadir el yugo y sustraer la cabeza al filo de la espada, con frecuencia mal manejada, que cada hombre vio perpetuamente suspendida encima de su cabeza. Habiéndose convertido así el derecho civil en la regla común de todos los ciudadanos, la ley natural no se conservó sino entre las diversas sociedades, donde, bajo el nombre de derecho de gentes, fue moderada por algunas convenciones tácitas para hacer posible el comercio y suplir a la conmiseración natural, la cual, perdiendo de sociedad en sociedad casi toda la fuerza que tenía de hombre a hombre, no reside ya sino en algunas grandes almas cosmopolitas que franquean las barreras imaginarias que separan a los pueblos y, a ejemplo del Ser soberano que las ha creado, abrazan en su benevolencia a todo el género humano.

Los cuerpos políticos, que siguieron entre sí en el estado natural, no tardaron en sufrir los mismos inconvenientes que habían forzado a los particulares a salir de él, y esta situación fue más funesta aún entre esos grandes cuerpos que antes entre los individuos que los componían. De aquí salieron las guerras nacionales, las batallas, los asesinatos, las represalias, que hacen estremecerse a la naturaleza y ofenden a la razón, y todos esos prejuicios horribles que colocan en la categoría de las virtudes el honor de derramar sangre humana. Las gentes más honorables aprendieron a contar entre sus deberes el de degollar a sus semejantes; vióse en fin a los hombres exterminarse a millares sin saber por qué, y en un solo día se cometían más crímenes, y más horrores en el asalto de una sola ciudad, que no se hubieran cometido en el estado de naturaleza durante siglos enteros y en toda la extensión de la tierra. Tales son los primeros efectos que se observan de la división del género humano en diferentes sociedades. Volvamos a sus instituciones.

Yo sé que otros han atribuido diferentes orígenes a las sociedades políticas, como las conquistas del más fuerte o la unión de los débiles; pero la elección entre estas causas es indiferente para lo que quiero dejar asentado. Sin embargo, la que yo he expuesto me parece la más natural por las siguientes razones: Primera: Que, en el primer caso, el derecho de conquista, no siendo un derecho, no ha podido servir de fundamento a otro alguno, pues el conquistador y los pueblos sometidos permanecían siempre en estado de guerra, a menos que la nación, recobrada su plena libertad, no escogiera voluntariamente a su vencedor por su jefe; hasta entonces, sean cualesquiera las capitulaciones que se hubiesen hecho, como sólo descansan sobre la violencia y, por consiguiente, son nulas por ese mismo hecho, no puede haber, en esta hipótesis, ni verdadera sociedad, ni cuerpo político, ni otra ley que la del más fuerte. Segunda: Que las palabras *fuerte* y *débil* son equívocas en el segundo caso; que en el intervalo entre el establecimiento del derecho de propiedad o del primer ocupante y la constitución de gobiernos políticos, el sentido de esos términos es mejor expresado por los de *pobre* y *rico,* porque, en efecto, un hombre no tenía antes de la implantación de las leyes otro medio de someter a sus iguales que el de atacar a sus bienes o el de darle parte de los suyos. Tercera: Que, no teniendo los pobres otra cosa que perder sino su libertad, hubieran cometido una gran locura privándose voluntariamente del único bien que les quedaba para no ganar nada en el cambio; que, al contrario, sensibles los ricos, por así decir, en todas las partes de sus bienes, era mucho más fácil hacerles daño, por lo cual tenían que tomar muchas más precauciones para protegerse; y que por último, es razonable creer

que una cosa ha sido inventada más bien por aquellos a quienes
beneficia que por los que con ella salen perjudicados.

El naciente gobierno no tuvo una forma regular y constante.
La falta de filosofía y de experiencia sólo dejaba ver las dificultades presentes, y no se pensaba en remediar las otras sino a medida que se presentaban. A pesar de todos los esfuerzos de los
más sabios legisladores, el estado político permaneció siempre
imperfecto porque era en gran parte la obra del azar, y, mal empezado, al descubrirse con el tiempo sus defectos y sugerir los remedios pertinentes, nunca pudieron corregirse los vicios de su
constitución; se le reformaba sin cesar, cuando hubiera sido necesario empezar por renovar el aire y separar los viejos materiales,
como hizo Licurgo en Esparta, para construir en su lugar un buen
edificio.

La sociedad no consistió al principio más que en algunas convenciones generales que todos los particulares se comprometían
a observar, de cuyo cumplimiento respondía la comunidad ante
cada uno de ellos. Fue necesario que la experiencia demostrara
cuán débil era semejante constitución y cuán fácil a los infracto-
res eludir la prueba o el castigo de las faltas de que el público
sólo debía ser testigo y juez; fue preciso que los contratiempos y
los desórdenes menudeasen continuamente, para que al fin se
pensara en confiar a algunos particulares el peligroso depósito de
la autoridad pública y se encargara a ciertos magistrados el cuidado de hacer observar las deliberaciones del pueblo; pues decir
que los jefes fueron elegidos antes de que la confederación fuese
hecha y que los ministros de la ley existieron antes que las leyes
mismas, es una suposición que ni siquiera es permitido combatir
seriamente.

Tampoco sería muy razonable creer que los pueblos se arro-
jaron desde el primer momento en brazos de un amo absoluto,
sin condiciones y para siempre, y que el primer medio de atender
a la seguridad común imaginado por hombres arrogantes e indó-
mitos haya sido precipitarse en la esclavitud. En efecto: ¿por qué
se han dado a sí mismos superiores si no es para que los defen-
dieran contra la opresión y protegieran sus bienes, sus libertades
y sus vidas, que son, por así decir, los elementos constitutivos de
su ser? Ahora bien: en las relaciones entre los hombres, lo peor

que puede sucederle a uno es verse a discreción de otro; ¿no hubiera sido, pues, contra el buen sentido abandonar entre las manos de un jefe las únicas cosas para cuya conservación necesitaban su auxilio? ¿Qué equivalente hubiera podido ofrecer éste por la concesión de tan magnífico derecho? Y si hubiera osado exigirlo con el pretexto de defenderlos, ¿no hubiese recibido inmediatamente la respuesta del apólogo: *¿Qué más nos haría el enemigo?* Es, pues, incontestable, y tal es el precepto fundamental de todo derecho político, que los pueblos se han dado jefes para defender su libertad y no para oprimirlos. *Si tenemos un príncipe* —decía Plinio a Trajano— *es con el fin de que nos preserve de tener un amo.*

Los políticos hacen sobre el amor de la libertad los mismos sofismas que los filósofos sobre el estado de naturaleza. Por las cosas que ven juzgan cosas muy distintas que no han visto, y atribuyen a los hombres una inclinación natural a la esclavitud por la paciencia con que soportan la suya aquellos que tienen ante los ojos, sin pensar que sucede con la libertad como con la inocencia y la virtud, cuyo valor no se conoce mientras no se gozan, el gusto de las cuales desaparece tan pronto como se han perdido. «Conozco las delicias de tu país —dijo Brasidas a un sátrapa que comparaba la vida de Esparta con la de Persépolis—, pero tú no puedes conocer los placeres del mío.»

Al modo como un indómito cerril eriza sus crines, hiere la tierra con sus cascos y se debate impetuoso con sólo ver el freno, mientras un caballo domado sufre pacientemente el látigo y la espuela, el hombre bárbaro no dobla la cabeza al yugo, que el hombre civilizado soporta sin murmurar, y prefiere la más agitada libertad a una tranquila sujeción. No es, pues, por envilecimiento de los pueblos sometidos por lo que hay que juzgar las disposiciones naturales de los hombres en pro o en contra de la servidumbre, sino por los prodigios que han hecho todos los pueblos libres para protegerse contra la opresión. Bien sé que los primeros no hacen más que alabar sin cesar la paz y el reposo de que gozan entre sus hierros y que *miserrimam servitutens pacem appellant**; pero cuando veo a los otros sacrificar los placeres, el re-

---

* «Llaman paz a la más desdichada servidumbre.»

poso, las riquezas, el poderío y hasta la vida misma para conservar ese bien único tan despreciado por los que lo han perdido; cuando veo a unos animales nacidos libres y aborreciendo la sumisión romperse la cabeza contra las rejas de su prisión; cuando veo a muchedumbres de salvajes completamente desnudos desdeñar las voluptuosidades europeas, desafiar el hambre, el fuego, el hierro y la muerte solamente por conservar su independencia, pienso que no corresponde a los esclavos razonar sobre la libertad.

En cuanto a la autoridad paternal, de la cual han hecho derivar algunos el gobierno absoluto y aun la sociedad entera, sin recurrir a las pruebas contrarias de Locke y de Sidney, basta con indicar que nada hay en el mundo tan lejos del espíritu feroz del despotismo como la dulzura de esa autoridad, que atiende más al provecho de quien obedece que a la utilidad del que manda; que, por ley natural, el padre sólo es dueño del hijo mientras éste necesita su ayuda; que después de este término son iguales, y que entonces el hijo, perfectamente independiente de su padre, sólo le debe respeto, mas no obediencia; porque el reconocimiento es un deber que hay que cumplir, pero no un derecho que se pueda exigir. En lugar de decir que la sociedad civil se deriva del poder paternal, sería necesario decir, al contrario, que es de ella de quien ese poder tiene su principal fuerza. Un individuo no fue reconocido por el padre de varios sino cuando todos permanecieron a su lado. Los bienes del padre, de los cuales él es el verdadero dueño, son los lazos que mantienen a los hijos bajo su dependencia, y él puede no darles parte en la herencia sino en la medida en que lo hayan merecido por un continuo acatamiento de su voluntad. Ahora bien: lejos de poder esperar los súbditos favor semejante de su déspota, como le pertenecen ellos y las cosas que poseen, o al menos así lo pretende aquél, se ven reducidos a recibir como un favor lo que les deja de sus propios bienes; hace justicia cuando los despoja; concede gracia cuando los deja vivir.

Continuando el examen de los hechos desde el punto de vista del derecho, no se hallaría más solidez que veracidad en la implantación voluntaria de la tiranía, y sería difícil demostrar la validez de un contrato que sólo obligaría a una de las partes, en el cual se pondría todo de un lado y nada del otro y que sólo redundaría en perjuicio del contrayente. Este odioso sistema está muy lejos de ser, aun hoy día, el de los monarcas sabios y buenos, como puede verse en diversos pasajes de sus edictos, y particularmente en el siguiente, de un célebre escrito publicado en 1667 en nombre y por orden de Luis XIV: «No se diga, pues, que el soberano no se halla sujeto a las leyes de su Estado, puesto que la proposición contraria es una verdad del derecho de gentes, que la lisonja ha atacado algunas veces, pero que los buenos príncipes han defendido siempre como una divinidad tutelar de su Estado. ¡Cuánto más legítimo es decir con el sabio Platón que la perfecta felicidad de un reino consiste en que el príncipe sea obedecido de sus súbditos, que él obedezca a la ley y que la ley sea recta y encaminada siempre al bien público!»*. No me detendré a averiguar si, siendo la libertad la más noble de las facultades del hombre, no es degradar su naturaleza ponerse al nivel de las bestias, esclavas de su instinto, y aun ofender al mismo Autor de sus días, el renunciar sin reserva al más precioso de todos sus dones, el someterse a cometer todos los crímenes que Él nos prohíbe, por complacer a un amo feroz e insensato, y si aquel Obrero sublime debe sentirse más irritado al ver destruir o al ver deshonrar su obra más hermosa. No apelaré, si se quiere, a la autoridad de Barbeyrac, que declara netamente, según Locke, que nadie puede vender su libertad hasta someterse a un poder arbitrario que lo trata a su capricho, *porque* —añade— *sería vender su propia vida, de la cual uno no es dueño.* Preguntaré solamente con qué derecho aquellos que no temen envilecerse a sí mismos hasta ese punto han sometido su posteridad a la misma ignominia y han renunciado por ella a unos bienes que ésta no debe a su liberalidad y sin los cuales la vida misma es una carga para todos aquellos que son dignos de ella.

Puffendorff ** dice que, del mismo modo que una persona transfiere a otra sus bienes por medio de convenciones y contra-

---

* *Traité des droits de la reine très-chrétienne sur divers Etats de la monàrchie d'Espagne, 1677. (Nota de la edición francesa).*

** Juan *Barbeyrac,* jurisconsulto francés, autor de numerosas obras, muy estimadas en su tiempo, sobre el derecho público (1674-1729).—John *Locke,* filósofo inglés, ocupó diferentes cargos públicos y escribió diversas obras, entre ellas su célebre *Ensayo sobre el entendimiento humano* (1632-1704).—Samuel *Puffendorff,* escritor e historiador alemán del siglo XVII (1632-1694).—*(N. del T.)*

tos, de igual manera puede despojarse de su libertad en favor de alguno. Me parece un malísimo razonamiento, porque, en primer lugar, los bienes que yo enajeno se convierten para mí en cosa completamente extraña, cuyo abuso me es indiferente; pero me importa mucho que no se abuse de mi libertad, y yo no puedo, sin hacerme culpable del daño que se me obligará a hacer, exponerme a ser instrumento del crimen. En segundo lugar, siendo el derecho de propiedad de institución humana, cada uno puede disponer a su antojo de aquello que posee; pero no sucede lo mismo con los dones esenciales de la naturaleza, como la vida y la libertad, de los cuales le está permitido a cada uno gozar, mas de los que, al menos es dudoso, nadie tiene el derecho de despojarse. Renunciando a la libertad se degrada el ser; renunciando a la vida, se le aniquila en cuanto depende de uno mismo; y como ningún bien temporal puede compensar la falta de una o de otra, sería ofender al mismo tiempo a la naturaleza y a la razón renunciar a aquéllas a cualquier precio que fuera. Pero aunque se pudiera enajenar la libertad como los bienes propios, la diferencia sería muy grande en cuanto a los hijos, que no disfrutan de los bienes del padre sino por la transmisión de su derecho, mientras que siendo la libertad un don que han recibido de la naturaleza en su calidad de hombres, sus progenitores no tienen ningún derecho a despojarlos de ella; de suerte que, de igual manera que hubo de violentarse a la naturaleza para implantar la esclavitud, así ha sido preciso cambiarla para perpetuar ese derecho, y los jurisconsultos que decidieron gravemente que el hijo de una esclava nacería esclavo resolvieron, en otros términos, que un hombre no nace hombre.

Me parece cierto, pues, que no sólo los gobiernos no han empezado por el poder arbitrario, que no es sino su corrupción, su último extremo, y que los lleva en fin a la ley única del más fuerte, de la cual fueron al principio su remedio, sino que, aunque hubieran efectivamente empezado de ese modo, tal poder, siendo por naturaleza ilegítimo, no ha podido servir de fundamento a las leyes de la sociedad ni, por consiguiente, a la desigualdad de estado.

Sin entrar hoy en las investigaciones que están por hacer todavía sobre la naturaleza del pacto fundamental de todo gobierno, me limito, siguiendo la opinión común, a considerar aquí la fundación del cuerpo político como un verdadero contrato entre los pueblos y los jefes que eligió para su gobierno, contrato por el cual se obligan las dos partes a la observación de las leyes que en él se estipulan y que constituyen los vínculos de su unión. Habiendo el pueblo a propósito de las relaciones sociales, reunido todas sus voluntades en una sola, todos los artículos en que se expresa esa voluntad son otras tantas leyes fundamentales que obligan a todos los miembros del Estado sin excepción, una de las cuales determina la elección y el poder de los magistrados encargados de velar por la ejecución de las otras. Este poder se extiende a todo lo que puede mantener la constitución, pero no alcanza a poder cambiarla. Se añaden además los honores que hacen respetables las leyes y los magistrados, y para éstos personalmente, prerrogativas que los compensan de los penosos trabajos que cuesta una buena administración. El magistrado, a su vez, oblígase a no usar el poder que le ha sido confiado sino conforme a la intención de sus mandatarios, a mantener a cada uno en el tranquilo disfrute de aquello que le pertenece, y a anteponer en toda ocasión la utilidad pública a su interés privado.

Antes de que la experiencia hubiese demostrado o que el conocimiento del corazón humano hubiera hecho prever los inevitables abusos de semejante constitución, debió parecer tanto más excelente cuanto que aquellos que estaban encargados de velar por su conservación eran los más interesados en ello; pues como la magistratura y sus derechos descansaban solamente sobre las leyes fundamentales, si éstas eran destruidas los magistrados dejaban de ser legítimos y el pueblo dejaba de deberles obediencia, y como la esencia del Estado no estaría constituida por el magistrado, sino por la ley, cada cual recobraría de derecho su libertad natural.

Por poco que se reflexionara atentamente, esto se hallaría confirmado por nuevas razones, y por la naturaleza del contrato se vería que éste no podría ser irrevocable; porque si no existía un poder superior que pudiera responder de la fidelidad de los contratantes ni forzarlos a cumplir sus compromisos recíprocos, las partes serían los únicos jueces de su propia causa y cada una tendría siempre el derecho de rescindir el contrato tan pronto como advirtiera que la otra infringía las condiciones, o bien cuando éstas dejaran de convenirle. Sobre este principio parece que puede estar fundado el derecho de abdicar. Ahora bien: a no considerar, como hacemos nosotros, más que la constitución humana, si el magistrado, que detenta todo el poder y se apropia todas las ventajas del contrato, tenía el derecho de renunciar a la autoridad, con mayor razón el pueblo, que paga todos los errores de sus jefes, debía tener el derecho de renunciar a la dependencia. Pero las terribles disensiones, los desórdenes sin fin que traería consigo un poder tan peligroso, demuestran más que ninguna otra cosa cómo los gobiernos humanos necesitaban una base más sólida que la sola razón y cómo era necesario a la tranquilidad pública que interviniera la voluntad divina para dar a la autoridad soberana un carácter sagrado e inviolable que privara a los súbditos del funesto derecho de disponer de esa autoridad. Aunque la religión no hubiera producido a los hombres más que este bien, sería suficiente para que todos la amaran y la adoptaran, aun con sus abusos, puesto que ahorra mucha más sangre que la derramada por el fanatismo. Pero sigamos el hilo de nuestra hipótesis.

Las diversas formas de gobierno deben su origen a las diferencias más o menos grandes que existían entre los particulares en el momento de su institución. ¿Había un hombre eminente en poder, en virtud, en riqueza o en crédito? Ese sólo fue elegido magistrado, y el Estado fue monárquico. ¿Había algunos, aproximadamente iguales entre sí, que excedieran a todos los demás? Fueron elegidos conjuntamente, y hubo una aristocracia. Aquellos cuya fortuna o cuyos talentos eran menos desproporcionados y que menos se habían apartado del estado natural guardaron en común la administración suprema y constituyeron una democracia. El tiempo experimentó cuál de estas formas era la más ventajosa para los hombres. Unos quedaron sometidos únicamente a las leyes; otros bien pronto obedecieron a los amos. Los ciudadanos quisieron guardar su libertad; los súbditos sólo pensaron en arrebatársela a sus vecinos no pudiendo sufrir que otros gozaran un bien que no disfrutaban ellos mismos. En una palabra: en un lado estuvieron las riquezas y las conquistas; en otro, la felicidad y la virtud.

En estos diversos gobiernos todas las magistraturas fueron al principio electivas, y cuando la riqueza no la obtenía, la preferencia era otorgada al mérito, que concede un ascendiente natural, y a la edad, que da la experiencia en los asuntos y la sangre fría en las deliberaciones. Los ancianos entre los hebreos, los gerontes de Esparta, el senado de Roma y la misma etimología de nuestra palabra *seigneur** demuestran cuán respetada era en otro tiempo la vejez. Cuanto más recaía el nombramiento en hombres de edad avanzada más frecuentes eran las elecciones y las dificultades se hacían sentir más. Se introdujeron las intrigas, se formaron las facciones, se agriaron los partidos, se encendieron las guerras civiles; en fin, la sangre de los ciudadanos fue sacrificada al pretendido honor del Estado, y halláronse los hombres en vísperas de recaer en la anarquía de los tiempos pasados. La ambición de los poderosos aprovechó estas circunstancias para perpetuar sus cargos en sus familias; el pueblo, acostumbrado ya a la dependencia, al reposo y a las comodidades de la vida, incapacitado ya para romper sus hierros, consintió la agravación de su servidumbre para asegurar su tranquilidad. Así, los jefes, convertidos en hereditarios, empezaron a considerar su magistratura como un bien de familia, a mirarse a sí mismos como propietarios del Estado, del cual no eran al principio sino los empleados; a llamar esclavos a sus conciudadanos; a contarlos, como si fueran animales, en el número de las cosas que les pertenecían, y a llamarse a sí mismos iguales de los dioses y reyes de reyes.

Si seguimos el progreso de la desigualdad a través de estas diversas revoluciones, hallaremos que el establecimiento de la ley y del derecho de propiedad fue su primer término; el segundo, la institución de la magistratura; el tercero y último, la mudanza del poder legítimo en poder arbitrario; de suerte que el estado de rico

---

* El francés *seigneur* y el español *señor* tienen la misma etimología: latín *senior,* comparativo de *senex,* viejo, anciano. También era título de distinción.—*Gerontes* era el nombre que se daba en Esparta a los ancianos que componían el *senado,* es decir, un *Consejo de ancianos* compuesto de treinta miembros. Según Seignobos, «eran hombres de las principales familias, elegidos por el siguiente procedimiento: el pueblo se reunía; los candidatos desfilaban uno después de otro ante la muchedumbre, que los aclamaba al pasar. Allí cerca, en una cabaña, unos ancianos escuchaban las aclamaciones sin ver nada y declaraban cuál había sido la más fuerte. El candidato más fuertemente aclamado era el elegido y permanecía en el cargo hasta su muerte».—*(N. del T.)*

y de pobre fue autorizado por la primer época; el de poderoso y débil, por la segunda, y por la tercera, el de señor y esclavo, que es el último grado de la desigualdad y el término a que conducen en fin todos los otros, hasta que nuevas renovaciones disuelven por completo el gobierno o le retrotraen a su forma legítima.

Para comprender la necesidad de ese progreso no es necesario considerar tanto los motivos de la fundación del cuerpo político como la forma que toma en su realización y los inconvenientes que después suscita, pues los vicios que hacen necesarias las instituciones sociales son los mismos que hacen inevitable el abuso; y como, exceptuada solamente Esparta, donde la ley velaba principalmente por la educación de los niños, donde Licurgo estableció costumbres que casi le dispensaban de promulgar leyes, éstas, en general, menos fuertes que las pasiones, contienen a los hombres pero no los cambian, sería fácil demostrar que todo gobierno que, sin corromperse ni alterarse, procediera siempre exactamente según el fin de su existencia, habría sido instituido sin necesidad, y que un país en que nadie eludiera el cumplimiento de las leyes ni nadie abusara de la magistratura no tendría necesidad ni de magistrados ni de leyes.

Las distinciones políticas engendran necesariamente las diferencias civiles. La desigualdad, creciendo entre el pueblo y sus jefes, bien pronto se deja sentir entre los particulares, modificándose de mil maneras, según las pasiones, los talentos y las circunstancias. El magistrado no podría usurpar un poder ilegítimo sin rodearse de criaturas a su hechura, a las cuales tiene que ceder una parte. Por otro lado, los ciudadanos no se dejan oprimir sino arrastrados por una ciega ambición, y, mirando más hacia el suelo que hacia el cielo, la dominación les parece mejor que la independencia, y consienten llevar cadenas para poder imponerlas a su vez. Es muy difícil someter a la obediencia a aquel que no busca mandar, y el político más astuto no hallaría el modo de sojuzgar a unos hombres que sólo quisieran conservar su libertad. Pero la desigualdad se extiende sin trabajo entre las almas ambiciosas y viles, dispuestas siempre a correr los riesgos de la fortuna y a dominar u obedecer casi indiferentemente, según que la fortuna les sea favorable o adversa. Así, sucedió que pudo llegar un tiempo en que el pueblo estaba de tal modo fascinado, que sus conductores no tenían más que decir al más ínfimo de los hombres «¡sé grande tú y toda tu raza!», para que al instante pareciese grande a todo el mundo y a sus propios ojos y sus descendientes se elevaran a medida que se alejaban de él; cuanto más lejana e incierta era la causa, más aumentaba el efecto; cuantos más holgazanes podían contarse en una familia, más ilustre era.

Si fuera éste el lugar de entrar en tales detalles, explicaría fácilmente cómo, aunque no intervenga el gobierno, la desigualdad de consideración y de autoridad es inevitable entre particulares [19] tal pronto como, reunidos en una sociedad, se ven forzados a compararse entre sí y a tener en cuenta las diferencias que encuentran en el trato continuo y recíproco. Estas diferencias son de varias clases; pero como, en general, la riqueza, la nobleza, el rango, el poderío o el mérito personal son las distinciones principales por las cuales se mide a los hombres en la sociedad, probaría que la armonía o el choque de estas fuerzas diversas constituyen la indicación más segura de un Estado bien o mal constituido; haría ver que entre estas cuatro clases de desigualdad, como las cualidades personales son el origen de todas las demás, la riqueza es la última y a la cual se reducen al cabo las otras, porque, como es la más inmediatamente útil al bienestar y la más fácil de comunicar, de ella se sirven holgadamente los hombres para comprar las restantes, observación que permite juzgar con bastante exactitud en qué medida se ha apartado cada pueblo de su constitución primitiva y el camino que ha recorrido hacia el extremo límite de la corrupción. Señalaría de qué manera ese deseo universal de reputación, de honores y prerrogativas que a todos nos devora, ejercita y contrasta los talentos y las fuerzas, cómo excita y multiplica las pasiones y cómo al convertir a todos los hombres en concurrentes, rivales o, mejor, enemigos, origina a diario desgracias, triunfos y catástrofes de toda especie haciendo correr la misma pista a tantos pretendientes. Demostraría que a este ardiente deseo de notabilidad, que a este furor de sobresalir que nos mantiene en continua excitación, debemos lo que hay de mejor y peor entre los hombres, nuestras virtudes y nuestros vicios, nuestras ciencias y nuestros errores, nuestros conquistadores y filósofos; es decir, una multitud de cosas malas y un escaso número de buenas. Probaría, en fin, que si se ve a un puñado de poderosos y ricos en la cima de las grandezas y de la fortuna, mientras la muchedumbre se arrastra en la oscuridad y en la miseria, es porque los primeros no aprecian las cosas de que disfrutan sino porque los otros están privados de ellas, y que, sin cambiar de situación, dejarían de ser dichosos si el pueblo dejara de ser miserable.

Pero todos estos detalles constituirían por sí solos la materia de una obra considerable en la cual se pesaran las ventajas e inconvenientes de toda forma de gobierno con relación al estado natural y en la que se descubrieran los diferentes aspectos bajo los cuales se ha manifestado hasta hoy la desigualdad y podría manifestarse en los siglos futuros según la naturaleza de los gobiernos y las mudanzas que el tiempo introducirá en ellos necesariamente. Se vería a la multitud oprimida en el interior por una serie de medidas que ella misma había adoptado para protegerse contra las amenazas del exterior; se vería agravarse continuamente la opresión sin que los oprimidos pudieran saber nunca cuándo tendría término ni qué medio legítimo les quedaba para detenerla; veríanse los derechos de los ciudadanos y las libertades nacionales extinguirse poco a poco, y las reclamaciones de los débiles tratadas de murmullos sediciosos; veríase a la política restringir el honor de defender la causa común a una porción mercenaria del pueblo, de donde se vería salir la necesidad de impuestos, y al labrador agobiado abandonar su campo, aun en tiempo de paz, y dejar el arado para ceñir la espada; veríanse nacer las funestas y caprichosas reglas del honor; veríase a los defensores de la patria mudarse tarde o temprano en sus enemigos y tener sin cesar un puñal alzado sobre sus conciudadanos, y llegaría un tiempo en que se oiría a éstos decir al opresor de su país:

Pectore si fratris gladium juguloque parentis
Condere me jubeas, gravidaeque in viscera partu
Conjugis, invita peragam tamen omnia dextra*.

Lucano, lib. I, v. 376.

---

*   «Si me ordenas hundir el hierro en el pecho de un hermano, en la garganta de un padre o en las entrañas de una esposa cercana a ser madre, yo forzaré mi mano a obedecerte.»

De la extrema desigualdad de las condiciones y de las fortunas; de la diversidad de las pasiones y de los talentos; de las artes inútiles, de las artes perniciosas, de las ciencias frívolas, saldría muchedumbre de prejuicios igualmente contrarios a la razón, a la felicidad y a la virtud; veríase a los jefes fomentar, desuniéndolos, todo lo que puede debilitar a hombres unidos, todo lo que puede dar a la sociedad un aspecto de concordia aparente y sembrar un germen de discordia real, todo cuanto puede inspirar a los diferentes órdenes una desconfianza mutua y un odio recíproco por la oposición de sus derechos y de sus intereses, y fortificar por consiguiente el poder que los contiene a todos.

Del seno de estos desórdenes y revoluciones, el despotismo, levantando por grados su odiosa cabeza y devorando cuanto percibiera de bueno y de sano en todas las partes del Estado, llegaría en fin a pisotear las leyes y el pueblo y a establecerse sobre las ruinas de la república. Los tiempos que precedieron a esta última mudanza serían tiempos de trastornos y calamidades; mas al cabo todo sería devorado por el monstruo, y los pueblos ya no tendrían ni jefes ni leyes, sino tiranos. Desde este instante dejaría de hablarse de costumbres y de virtud, porque donde reina el despotismo, *cui ex honesto nulla est spes**, no sufre ningún otro amo; tan pronto como habla, no hay probidad ni deber alguno que deba ser consultado, y la más ciega obediencia es la única virtud que les queda a los esclavos.

Éste es el último término de la desigualdad, el punto extremo que cierra el círculo y toca el punto de donde hemos partido. Aquí es donde los particulares vuelven a ser iguales, porque ya no son nada y porque, como los súbditos no tienen más ley que la voluntad de su señor, ni el señor más regla que sus pasiones, las nociones del bien y los principios de la justicia se desvanecen de nuevo; aquí todo se reduce a la sola ley del más fuerte, y, por consiguiente, a un nuevo estado de naturaleza diferente de aquel por el cual hemos empezado, en que este último era el estado natural en su pureza y otro es el fruto de un exceso de corrupción. Pero tan poca diferencia hay, por otra parte, entre estos dos esta-

---

* «Para el cual no hay ninguna esperanza de honradez.»

dos, y de tal modo el contrato de gobierno ha sido aniquilado por el despotismo, que el déspota sólo es el amo mientras es el más fuerte, no pudiendo reclamar nada contra la violencia tan pronto como es expulsado. El motín que acaba por estrangular o destrozar al sultán es un acto tan jurídico como aquellos por los cuales él disponía la víspera misma de las vidas y de los bienes de sus súbditos. Sólo la fuerza le sostenía; la fuerza sola le arroja. Todo sucede de ese modo conforme al orden natural, y cualquiera que sea el suceso de estas cortas y frecuentes revoluciones, nadie puede quejarse de la injusticia de otro, sino solamente de su propia imprudencia o de su infortunio.

Descubriendo y recorriendo los caminos olvidados que han debido de conducir al hombre del estado natural al estado civil; restableciendo, junto con las posiciones intermedias que acabo de señalar, las que el tiempo que me apremia me ha hecho suprimir o la imaginación no me ha sugerido, el lector atento quedará asombrado del espacio inmenso que separa esos dos estados. En esta lenta sucesión de cosas hallará la solución de una infinidad de problemas de moral y de política que los filósofos no pueden resolver. Viendo que el género humano de una época no era el mismo que el de otra, comprenderá la razón por la cual Diógenes no encontraba al hombre que buscaba, y es porque buscaba un hombre de un tiempo que ya no existía. Catón, pensará, pereció con Roma y la libertad porque no era hombre de su siglo, y el más grande entre los hombres no hizo más que asombrar a un mundo que hubiera gobernado quinientos años antes. En una palabra: explicará cómo el alma y las pasiones humanas, alterándose insensiblemente, cambian, por así decir, de naturaleza; por qué nuestras necesidades y nuestros placeres mudan de objetos con el tiempo; por qué, desapareciendo por grados el hombre natural, la sociedad no aparece a los ojos del sabio más que como un amontonamiento de hombres artificiales y pasiones ficticias, que son producto de todas esas nuevas relaciones y que carecen de un verdadero fundamento en la naturaleza.

Lo que la reflexión nos enseña sobre todo eso, la observación lo confirma plenamente: el hombre salvaje y el hombre civilizado difieren de tal modo por el corazón y por las inclinaciones, que aquello que constituye la felicidad suprema de uno reduciría al otro a la desesperación. El primero sólo disfruta del reposo y de la libertad, sólo pretende vivir y permanecer ocioso, y la ataraxia misma del estoico no se aproxima a su profunda indiferencia por todo lo demás. El ciudadano, por el contrario, siempre activo, suda, se agita, se atormenta incesantemente buscando ocupaciones todavía más laboriosas; trabaja hasta la muerte, y aun corre a ella para poder vivir, o renuncia a la vida para adquirir la inmortalidad; adula a los poderosos, a quienes odia, y a los ricos, a quienes desprecia, y nada excusa para conseguir el honor de servirlos; alábase altivamente de su protección y se envanece de su bajeza; y, orgulloso de su esclavitud, habla con desprecio de aquellos que no tienen el honor de compartirla. ¡Qué espectáculo para un caribe los trabajos penosos y envidiados de un ministro europeo! ¡Cuántas crueles muertes preferiría este indolente salvaje al horror de semejante vida, que frecuentemente ni siquiera el placer de obrar bien dulcifica! Mas para que comprendiese el objeto de tantos cuidados sería necesario que estas palabras de *poderío* y *reputación* tuvieran en su espíritu cierto sentido; que supiera que hay una especie de hombres que tienen en mucha estima las miradas del resto del mundo, que saben ser felices y estar contentos de sí mismos guiándose más por la opinión ajena que por la suya propia. Tal es, en efecto, las verdadera causa de todas esas diferencias; el salvaje vive en sí mismo; el hombre sociable, siempre fuera de sí, sólo sabe vivir según la opinión de los demás, y, por así decir, sólo del juicio ajeno deduce el sentimiento de su propia existencia. No entra en mi objeto demostrar cómo nace de tal disposición la indiferencia para el bien y para el mal, al tiempo que se hacen tan bellos discursos de moral; cómo, reduciéndose todo a guardar las apariencias, todo se convierte en cosa falsa y fingida: honor, amistad, virtud, y frecuentemente hasta los mismos vicios, de los cuales se halla al fin el secreto de glorificarse; cómo, en una palabra, preguntando a los demás lo que somos y no atreviéndonos nunca a interrogarnos a nosotros mismos, en medio de tanta filosofía, de tanta humanidad, de tanta civilización y máximas sublimes, sólo tenemos un exterior frívolo y engañoso, honor sin virtud, razón sin sabiduría y placer sin felicidad. Tengo suficiente con haber demostrado que ése no es el estado original del hombre y que sólo el espíritu de la sociedad y la desigualdad que ésta engendra mudan y alteran todas nuestras inclinaciones naturales.

He intentado explicar el origen y el desarrollo de la desigualdad, la fundación y los abusos de las sociedades políticas, en cuanto estas cosas pueden deducirse de la naturaleza del hombre por las solas luces de la razón e independientemente de los dogmas sagrados, que otorgan a la autoridad soberana la sanción del derecho divino. De esta exposición se deduce que la desigualdad, siendo casi nula en el estado de naturaleza, debe su fuerza y su acrecentamiento al desarrollo de nuestras facultades y a los progresos del espíritu humano y sè hace al cabo legítima por la institución de la propiedad y de las leyes. Dedúcese también que la desigualdad moral, autorizada únicamente por el derecho positivo, es contraria al derecho natural siempre que no concuerda en igual proporción con la desigualdad física, distinción que determina de modo suficiente lo que se debe pensar a este respecto de la desigualdad que reina en todos los pueblos civilizados, pues va manifiestamente contra la ley de la naturaleza, de cualquier manera que se la defina, que un niño mande sobre un viejo, que un imbécil dirija a un hombre discreto y que un puñado de gentes rebose de cosas superfluas mientras la multitud hambrienta carece de lo necesario.

Notas del autor

[1]   Refiere Herodoto que después del asesinato del falso Esmerdis, habiéndose reunido los siete libertadores de Persia para deliberar sobre la forma de gobierno que darían al Estado, Otanes se manifestó decididamente por la república, opinión extraordinaria en boca de un sátrapa, pues, aparte la pretensión que tuviera del trono, los poderosos temen más que a la muerte un sistema de gobierno que los fuerce a respetar a los hombres. Como puede suponerse, Otanes no fue escuchado, y viendo que se iba a proceder a la elección de un monarca, él, que no quería ni obedecer ni mandar, cedió voluntariamente a los otros su derecho a la corona, pidiendo por toda compensación ser libre e independiente, él y toda su posteridad, lo que le fue concedido. Aunque Herodoto no nos dijera cuál fue la restricción que se le puso a ese privilegio, sería necesario suponerla; de otro modo, Otanes, no reconociendo ninguna especie de ley y no teniendo que rendir cuentas a nadie, habría sido omnipotente y más poderoso que el mismo rey. Pero no es presumible que un hombre capaz de contentarse en tal caso con semejante privilegio fuera capaz de abusar de él. En efecto: no se ha visto que ese derecho haya causado nunca ninguna perturbación en el reino, ni por parte del sabio Otanes ni por parte de sus descendientes.

[2]   Desde mi primer paso me apoyo confiadamente en una de esas autoridades respetables para los filósofos, porque proceden de una razón sólida y sublime que ellos solos saben hallar y comprender.

«Por mucho interés que tengamos en conocernos a nosotros mismos, yo no sé si no conocemos mejor aquello que no somos.

Provistos por la naturaleza de órganos destinados únicamente a nuestra conservación, sólo los empleamos en recibir las impresiones exteriores; tratamos solamente de exteriorizarnos, de existir fuera de nosotros. Demasiado ocupados en multiplicar las funciones de nuestros sentidos y aumentar la dimensión exterior de nuestro ser, raramente hacemos uso de ese sentido interior que nos reduce a nuestras verdaderas dimensiones y que separa de nosotros lo que nos es extraño. Sin embargo, de este sentido tenemos que servirnos si queremos conocernos; él es el único por el cual podemos juzgarnos. Pero, ¿cómo dar a ese sentido toda su actividad y toda su extensión?; ¿cómo apartar nuestra alma, en la cual reside, de todas las ilusiones de nuestro espíritu? Hemos perdido el hábito de emplearla; ha permanecido sin ejercicio en medio del tumulto de nuestras sensaciones corporales y se ha desecado por el fuego de nuestras pasiones; el corazón, el espíritu, los sentidos, todo ha trabajado contra ella.» (HIST. NAT., *De la naturaleza del hombre).*

[3] Los cambios que ha podido determinar en la conformación del hombre la larga costumbre de andar en dos pies, las semejanzas que se observan todavía entre sus brazos y las patas anteriores de los cuadrúpedos, y la consecuencia sacada de su modo de andar, han podido sugerir dudas sobre cuál podía ser en nosotros el más natural. Todos los niños empiezan por andar a cuatro pies, y necesitan de nuestro ejemplo y de nuestras lecciones para aprender a sostenerse de pie. Hay incluso pueblos salvajes, como los hotentotes, que, abandonando casi por completo a sus hijos, los dejan andar tanto tiempo con las manos, que luego apenas pueden enderezarlos. Igual sucede con los hijos de los caribes. Hay además varios ejemplos de hombres cuadrúpedos, y yo puedo citar, entre otros, el de un niño hallado en 1344 cerca de Hesse, donde había sido alimentado por lobos, y que después decía, en la corte del príncipe Enrique, que si sólo hubiera tenido que contar con su deseo, hubiese preferido volver entre ellos que vivir entre los hombres. De tal modo se había habituado a caminar como aquellos animales, que fue preciso ponerle piezas de madera que le obligaban a tenerse derecho y en equilibrio sobre sus dos pies. Lo mismo ocurrió con el niño hallado en 1604 en los bosques de Lituania y que vivía entre los osos. No daba, dice

Condillac, ninguna muestra de razón; andaba con pies y manos, carecía de lenguaje articulado y sólo profería unos sonidos que en nada se parecían a los de un hombre. El pequeño salvaje de Hannóver que hace varios años fue conducido a la corte de Inglaterra pasaba las penas del Purgatorio para acostumbrarse a caminar en dos pies, y en 1719 se encontró en los Pirineos a otros dos salvajes que corrían por las montañas como cuadrúpedos. En cuanto a la objeción que podía hacerse de que eso es privarle del uso de las manos, con las cuales tantas ventajas obtenemos, además de que el ejemplo de los monos demuestra que la mano puede emplearse de dos maneras, eso probaría solamente que el hombre puede dar a sus miembros un empleo más cómodo que el de la naturaleza y no que la naturaleza haya destinado al hombre a andar de modo distinto al que ella le enseña.

Pero me parece que hay mejores razones para sostener que el hombre es bípedo. En primer lugar, aunque se demostrara que pudo estar al principio conformado de manera distinta a como hoy le vemos, y transformarse luego como es, eso no sería suficiente para afirmar que haya sucedido así, porque, después de haber demostrado la posibilidad de ese cambio, sería preciso todavía, antes de admitirlo, demostrar su verosimilitud. Además, si los brazos del hombre parecen haber podido servirle de piernas en caso necesario, ésa es la única observación favorable a esa hipótesis, contra gran número de otras que la contradicen. Las principales son que, dada la manera como el hombre tiene unida la cabeza al cuerpo, en lugar de dirigir su mirada horizontalmente, como todos los demás animales, y como él mismo la dirige andando de pie, hubiera tenido los ojos, caminando a cuatro pies, directamente fijados hacia el suelo, situación muy poco favorable para la conservación del individuo; que la cola, de que carece y que para nada necesita marchando a dos pies, es útil a los cuadrúpedos, ninguno de los cuales está privado de ella; que los senos de la mujer, perfectamente colocados para un bípedo que tiene que tener en brazos a su hijo, estarían tan mal en un cuadrúpedo, que ninguno los tiene de esa manera; que siendo las piernas de una excesiva altura en proporción con los brazos, por lo cual nos arrastramos sobre las rodillas si andamos a cuatro pies, hubiera hecho del hombre un animal desproporcionado y de incómodo andar; que si hubiera sentado el pie como las manos, de plano, hubiese tenido en la pierna una articulación menos que los otros animales, a saber, la que une el metatarsiano con la tibia, y que pisando sólo con la punta del pie, como parece hubiera tenido que hacer, el tarso, sin hablar de los muchos huesos que lo componen, parece demasiado grande para ocupar el lugar del metatarsiano, y sus articulaciones con el metatarso y la tibia demasiado aproximadas para dar a la pierna humana en esta situación la misma flexibilidad que tienen las de los cuadrúpedos. El ejemplo de los niños tomado en una edad en que las fuerzas naturales no están aún desarrolladas ni los miembros fortalecidos, nada dice, pues también podría decir yo que los perros no están destinados a caminar porque sólo se arrastran algunas semanas después de su nacimiento. Los hechos particulares tienen todavía poca fuerza contra la práctica universal de todos los hombres, incluso de naciones que, por no haber tenido con otras ninguna comunicación, nada podrían haber imitado de ellas. Un niño abandonado en un bosque antes de que pudiera andar y amamantado por una bestia seguirá el ejemplo de su nodriza ejercitándose en andar como ella; la costumbre le dará facilidades que no habrá recibido de la naturaleza, y así como ciertos mancos llegan a fuerza de ejercicios a poder hacer con los pies todo lo que hacemos con nuestras manos, llegará en fin a emplear las manos como los pies.

[4] Si se hallase entre mis lectores algún físico bastante malo para ponerme reparos sobre la suposición de esta fertilidad natural de la tierra, me adelanto a contestarle con el siguiente pasaje:

«Como los vegetales sacan para su nutrición mucha más substancia del aire y del agua que de la tierra, sucede que al pudrirse devuelven a la tierra más que de ella han sacado; por otra parte, los bosques atraen las lluvias deteniendo los vapores. Así, en un bosque que se conservara virgen largo tiempo, la capa de tierra que sirve para la vegetación aumentaría considerablemente; pero como los animales restituyen a la tierra menos de lo que sacan de ella y los hombres consumen enormes cantidades de madera para el fuego y otros usos, se deduce que la capa de tierra vegetal de un país habitado debe disminuir continuamente y convertirse en fin en un terreno como el de la Arabia Pétrea y tantas otras provincias de Oriente, que es, en efecto, el clima habitado desde tiempo más remoto y en el que sólo se encuentra sal y arena, porque la sal fija de las plantas y animales queda, mientras las otras partes se volatilizan». (HIST. NAT., *Pruebas de la teoría de la tierra,* art. 7.°).

Puede añadirse a esto la prueba práctica de la cantidad de árboles y plantas de todo género de que estaban cubiertas casi todas las islas desiertas descubiertas en estos últimos siglos y el hecho que refiere la historia de los inmensos bosques talados por toda la tierra a medida que se poblaba o civilizaba. Sobre esto haré todavía las tres observaciones siguientes: la primera, que si hay una especie de vegetales que pueden compensar el consumo de materia vegetal hecho por los animales, según el razonamiento de Buffon, son los árboles especialmente, cuyas copas y hojas atraen y se apropian mayor cantidad de agua y de vapores que las otras plantas; la segunda, que la destrucción del suelo, es decir, de la substancia necesaria para la vegetación, debe acelerarse en la proporción en que la tierra es más cultivada, y que los habitantes más industriosos consumen en mayor abundancia sus productos de toda especie; la tercera y la más importante observación es que los frutos de los árboles proporcionan al animal una alimentación más abundante que los demás vegetales, experiencia que he hecho yo mismo comparando los productos de dos terrenos iguales en extensión y calidad, uno cubierto de castaños y el otro sembrado de trigo.

⁵ Entre los cuadrúpedos, las dos distinciones más universales de las especies voraces se derivan, una, de los dientes, y la otra, de la conformación del intestino. Los animales que sólo viven de vegetales tienen todos los diente planos, como el caballo, el buey, el carnero, la liebre; pero los voraces los tienen puntiagudos, como el gato, el perro, el lobo, el zorro. En cuanto a los intestinos, los frugívoros tienen algunos, como el colon, que no se encuentran en los animales voraces. Parece, pues, que el hombre, que tiene los dientes y los intestinos como los animales frugívoros, debía ser naturalmente clasificado en esta clase, y no sólo confirman esta opinión las observaciones anatómicas, sino hasta los monumentos de la antigüedad le son muy favorables. «Dicearca —escribe San Jerónimo— refiere en sus libros sobre las

antigüedades griegas que bajo el reinado de Saturno, cuando la tierra todavía era fértil por sí misma, ningún hombre comía carne, sino que todos se alimentaban de frutas y de legumbres que crecían naturalmente.» (Libro II, *adv. Jovinian.*) Esta opinión puede ser apoyada con los relatos de varios viajeros modernos. Francisco Correal refiere, entre otros, que la mayor parte de los habitantes de las islas Lucayas, que los españoles transportaron a las islas de Cuba, Santo Domingo y otras, murieron por haber comido carne. Por aquí se ve que prescindo de razones que podía hacer valer, porque, siendo la presa casi la única causa de combate entre animales carniceros, y viviendo los frugívoros entre sí en una paz continua, si la raza humana es de este último género, es claro que hubiera tenido más facilidad para subsistir en el estado natural, menos necesidad y motivo para salir de él.

⁶ Todos los conocimientos que exigen reflexión, todos aquellos que no se consiguen sino por el encadenamiento de las ideas y sólo se perfeccionan sucesivamente, parecen hallarse fuera del alcance del hombre salvaje, que carece de comunicación con sus semejantes, es decir, del instrumento que sirve para esta comunicación y de las necesidades que la hacen necesaria. Su saber y su industria se reducen a saltar, correr, batirse, lanzar piedras, trepar por los árboles. Pero si sólo sabe estas cosas, las conoce en cambio mucho mejor que nosotros, que no tenemos de ellas la misma necesidad, y como dependen únicamente del ejercicio del cuerpo y no son susceptibles de ninguna comunicación ni progreso de un individuo a otro, el primer hombre ha podido ser tan hábil como sus últimos descendientes.

Los relatos de los viajeros están llenos de ejemplos de la fuerza y vigor de los hombres en las naciones bárbaras y salvajes. En ellos no se alaba menos su agilidad que su ligereza, y como para observar esas cosas sólo se necesitan ojos, nada impide que se dé fe a lo que certifican esos testigos oculares. Al azar saco algunos ejemplos de los primeros libros que tengo a mano:

«Los hotentotes —dice Kolben— entienden la pesca mejor que los europeos del Cabo. Su habilidad es la misma con la red, el anzuelo o el arpón, igual en las bahías que en los ríos. No menos hábilmente cogen los peces con la mano. En la natación poseen una destreza incomparable. Su manera de nadar tiene algo de sorprendente y exclusivo. Nadan con el cuerpo derecho y las manos fuera del agua, de modo que parecen caminar por la tierra. En la mayor agitación del mar y cuando las olas forman montañas, danzan en cierto modo sobre el dorso de las olas, subiendo y bajando como pedazos de corcho.»

«Los hotentotes —añade el mismo autor— tienen una sorprendente agilidad para la caza, y la velocidad de su carrera excede a la imaginación.» Se extraña de que no hagan con más frecuencia mal uso de su agilidad, cosa que sucede, sin embargo, como puede verse por el ejemplo que él presenta: «Un marinero holandés, al desembarcar en El Cabo, encargó a un hotentote —dice— que le siguiera a la ciudad con un rollo de tabaco de cerca de veinte libras. Cuando se hallaron a cierta distancia de la gente, el hotentote preguntó al marinero si sabía correr. "¿Correr? —contestó el marinero—; sí, ya lo creo." "Vamos a verlo" —replicó el africano, y, huyendo con el tabaco, desapareció casi al instante. El marinero, admirado de esta extraordinaria velocidad, desistió de perseguirlo y no volvió a ver ni su tabaco ni al que lo llevaba.»

«Tienen tan rápida la mirada y tan certera la mano, que los europeos no les alcanzan. A cien pasos hacen blanco de una pedrada en una moneda de dos céntimos, y lo más sorprendente es que, en vez de fijar como nosotros la mirada en el blanco, hacen movimientos y contorsiones continuamente. Parece como si una mano invisible condujera la piedra.»

El padre Del Tertre dice sobre los salvajes de las Antillas más o menos las mismas cosas que acaban de leerse sobre los hotentotes del Cabo de Buena Esperanza. Alaba especialmente su puntería para cazar con flecha los pájaros al vuelo y su habilidad para coger a nado los peces. Los salvajes de la América septentrional no son menos célebres por su fuerza y su destreza. He aquí un ejemplo que permitirá juzgar las de los indios de la América meridional:

En 1746, un indio de Buenos Aires, habiendo sido condenado a galeras en Cádiz, propuso al gobernador rescatar su libertad exponiendo su vida en una fiesta pública. Prometió atacar solo al toro más furioso sin otra arma en la mano que una cuerda, que lo echaría a tierra, que lo ataría por cualquier parte que se le señalara, que lo ensillaría, lo enfrenaría, lo montaría y montado de esa manera combatiría contra otros dos toros de los más furiosos que se hicieran salir del toril, y que los mataría en el momento que se le mandase y sin ayuda de nadie. Le fue concedido. El indio mantuvo su palabra y llevó a cabo cuanto había prometido. Sobre la manera como lo hizo y los detalles del combate puede consultarse el primer tomo de las *Observaciones sobre la historia natural,* de Gautier*, de donde ha sido sacado este ejemplo.

7 «La duración de la vida de los caballos —dice Buffon— es, como en todas las demás especies de animales, proporcionada a la duración del tiempo de su desarrollo. El hombre, cuyo desarrollo dura catorce años, puede vivir seis o siete veces más, es decir, noventa o cien años. Los ejemplos que pueden presentarse contrarios a esta regla son tan raros, que no pueden ser considerados como una excepción de la cual pudieran sacarse algunas consecuencias. Y como el crecimiento de los caballos ordinarios es de menor duración que el de los caballos finos, viven también menos tiempo y son viejos desde los quince años.» (HISTORIA NATURAL, *Del caballo.)*

8 Creo ver entre los animales carniceros y frugívoros una diferencia más general todavía que la señalada en la nota 5.ª, puesto que esa diferencia se extiende hasta los pájaros. Consiste en el número de hijos, que no excede nunca de dos en cada parto en las especies que sólo viven de vegetales y que ordinariamente pasa de ese número en los animales voraces. Fácil es a este respecto conocer la voluntad de la naturaleza por el número de las mamas, que sólo son dos en cada hembra de la primer especie, como la yegua, la vaca, la cabra, la cierva, la oveja, etc., y siempre seis u ocho en las otras hembras, como la perra, la gata, la loba, el tigre hembra, etc. La gallina, la pata, la oca, aves voraces; el águila y las hembras del gavilán y del mochuelo ponen también y empollan gran número de huevos, lo que no sucede nunca con la paloma, la tórtola y otras aves que sólo se alimentan con granos, las cuales no ponen ni empollan más de dos huevos cada vez. La razón que puede darse de esta diferencia es que los animales que viven sólo de hierbas y plantas, permaneciendo casi

---

* Seguramente, Jacobo Gautier d'Agoty, pintor, grabador y naturalista contemporáneo de Rousseau.—*(N. del T.)*

todo el día en los pastos y teniendo que emplear mucho tiempo en alimentarse, no podrían dedicarse a amamantar muchas crías; en vez que los voraces, comiendo en un momento, pueden más fácilmente y con mayor frecuencia atender a sus pequeñuelos y a la caza y reparar tan gran cantidad de leche. Claro que podrían hacerse a esto muchos reparos, pero ésta no es la ocasión; tengo suficiente con haber demostrado en esta parte el sistema más general de la naturaleza, sistema que suministra una nueva razón para sacar al hombre de la clase de los carniceros y clasificarlo entre las especies frugívoras.

⁹ Calculando un autor célebre los bienes y los males de la existencia y comparando las dos sumas, ha encontrado que la última excedía en mucho a la primera, y que, bien mirado, la vida constituía un mal presente para el hombre. No me sorprende su conclusión. Ha deducido sus razonamientos de la constitución del hombre civil; si se hubiera remontado hasta el hombre natural, puede creerse que hubiera hallado resultados muy diferentes, que hubiese visto que el hombre no sufre sino aquellos males que él mismo se procura y que hubiera justificado a la naturaleza. No sin trabajo hemos llegado a ser tan desgraciados. Cuando por un lado se consideran los inmensos esfuerzos de los hombres, tantas ciencias profundizadas, tantas artes inventadas, tantas fuerzas empleadas, abismos colmados, montañas allanadas, ríos canalizados, tierras roturadas, lagos dragados, pantanos desecados, construcciones enormes en la tierra, el mar cubierto de barcos y marineros; y por otros se inquieren con un poco de reflexión cuáles son las verdaderas ventajas que de todo eso han resultado para la felicidad de la especie humana, no se puede menos de quedar asombrado de la enorme desproporción que existe entre ambas cosas y deplorar la ceguera del hombre, que, por satisfacer su insensato orgullo y no sé qué vana admiración de sí mismo, corre ardientemente tras de todas las miserias de que es susceptible y que la benigna naturaleza había tenido cuidado de apartar de él.

Los hombres son perversos; una triste y continua experiencia dispensa la prueba. Sin embargo, el hombre es naturalmente bueno; creo haberlo demostrado. ¿Qué puede, pues, haberle pervertido sino los cambios ocurridos en su constitución, los progresos que ha realizado y los conocimientos que ha adquirido? Admírese cuanto se quiera la sociedad ћumana, pero no será menos cierto que lleva necesariamente a los hombres a odiarse entre sí a medida que sus intereses se encuentran, a prestarse en apariencia mutuos servicios y hacerse en realidad todo el daño imaginable. ¿Qué se puede pensar de un trato en el cual la razón de cada particular le dicta a éste principios completamente opuestos a aquellos que la razón pública aconseja al cuerpo de la sociedad, y en el que cada uno encuentra su provecho en la desgracia ajena? No existe acaso ningún hombre acomodado a quien sus ávidos herederos, y con frecuencia sus propios hijos, no deseen secretamente la muerte; ningún barco en el mar cuyo naufragio no fuera una buena noticia para algún negociante; ninguna casa que no desee ver ardiendo con todos los papeles guardados en ella algún deudor de mala fe; ningún pueblo que no se regocije de los desastres de sus vecinos. De modo que hallamos nuestro provecho en el daño de nuestros semejantes, y casi siempre la desgracia de uno es causa de la prosperidad de otro. Pero lo más peligroso es que las calamidades públicas constituyen la esperanza de una multitud de particulares; unos desean que haya enfermedades; otros, mortandad; otros, guerra; otros, hambre. Yo he visto hombres horribles llorando de dolor por la promesa de un año fértil, y el grande y funesto incendio de Londres, que costó la vida y los bienes a tantos infortunados, hizo tal vez la fortuna de diez mil personas. Sé que Montaigne censura al ateniense Demades por haber hecho castigar a un obrero que, vendiendo muy caros los sarcófagos, obtenía grandes ganancias con la muerte de los ciudadanos; pero como la razón que alega Montaigne es que haría falta castigar a todo el mundo, es evidente que confirma las mías. Penétrese, pues, a través de nuestras superficiales demostraciones de benevolencia, hasta el fondo de los corazones; reflexiónese sobre lo que es un estado de cosas en que todos los hombres se ven forzados a acariciarse y destruirse mutuamente y donde nacen enemigos por deber y granujas por interés. Si se me responde que la sociedad se halla constituida de tal modo que cada hombre gana sirviendo a los demás, replicaría que estaría muy bien si no ganase más perjudicándolos. No hay provecho legítimo que no sea superado por el que puede obtenerse ilegalmente, y el daño causado al prójimo es siempre más lucrativo que los servicios.

Sólo se trata, pues, de poseer el medio de asegurarse la impunidad, en lo cual emplean todas sus fuerzas los poderosos, y los débiles toda su astucia.

El hombre salvaje, cuando ha comido hállase en paz con la naturaleza y en amistad con sus semejantes. Si alguna vez tiene que disputar a otro su alimento, no llega nunca a los golpes sin haber comparado antes la dificultad de vencer con la de hallar en otra parte sus subsistencia, y como el orgullo no se mezcla en la lucha, ésta acaba en unos cuantos puñetazos; el vencedor come, el vencido va a buscar fortuna y todo queda en paz. Pero con el hombre social la cosa es muy distinta. Trátase primero de proveer a lo necesario y después a lo superfluo; luego vienen los placeres, y después las riquezas inmensas, y después los esclavos. No hay un solo momento de reposo, y lo más singular es que cuanto menos urgentes y naturales son las necesidades más aumentan las pasiones y, peor todavía, el poder de satisfacerlas; de modo que, después de prolongadas prosperidades, después de haber devorado enormes tesoros y arruinado a multitud de hombres, mi héroe acabará por destruir todo hasta que sea el dueño del universo. Tal es el cuadro moral, si no de la vida humana, por lo menos de las pretensiones secretas del corazón de todo hombre civilizado.

Comparad sin prevenciones el estado del hombre civil con el del hombre salvaje, e inquirid, si podéis, cuántas nuevas puertas al dolor y a la muerte ha abierto el primero, además de su maldad, sus necesidades y sus miserias. Si consideráis los tormentos del espíritu que nos consumen, las pasiones violentas que nos agobian y agotan, los excesivos trabajos de que están sobrecargados los pobres, la ociosidad todavía más peligrosa a que se entregan los ricos, muriendo aquéllos de privaciones y éstos de sus excesos; si pensáis en las monstruosas mezcolanzas de los alimentos, en sus perniciosos condimentos, en los géneros corrompidos, las drogas falsificadas, los engaños de quienes las venden, los errores de quienes las administran, en el veneno de las vasijas en que se preparan; si prestáis atención a las enfermedades epidémicas engendradas por el aire corrompido por multitudes de hombres reunidos, en las que ocasionan la delicadeza de nuestra manera de vivir, el paso alternativo de nuestras habitaciones al aire libre, el uso de vestidos puestos o quitados con poca precaución, y todos aquellos cuidados que nuestra sensualidad excesiva ha convertido en costumbres necesarias, cuya negligencia o privación nos cuesta la salud o la vida; si añadís los incendios y los temblores de tierra, que, destruyendo ciudades enteras, hacen perecer por millares a sus habitantes; en una palabra: si juntáis los peligros que todas esas causas acumulan continuamente sobre nuestras cabezas, comprenderéis entonces cómo la naturaleza nos hace pagar con exceso el desprecio que hemos hecho de sus enseñanzas.

No repetiré aquí lo que en otra parte he dicho sobre la guerra; pero desearía que las gentes instruidas quisieran u osaran dar de una vez al público los detalles de los horrores que se cometen en los ejércitos por los proveedores de víveres y los administradores de hospitales; se vería que sus maniobras, nada secretas, por las cuales se derrumban en un instante los más brillantes ejércitos, hacen perecer más soldados que el fuego enemigo. No es menos sorprendente el cálculo de los hombres que el mar englute todos los años, sea por el hambre o el escorbuto, los piratas, el fuego o los naufragios. Es claro que hay que poner también en la cuenta de la propiedad establecida, y por consiguiente de la sociedad, los asesinatos, envenenamientos, robos en los caminos, y los castigos mismos de estos crímenes, castigos necesarios para prevenir mayores males, pero que, costando la vida a uno o más seres por la muerte de un hombre, no dejan de doblar en realidad las pérdidas de la especie humana. ¡Cuántos medios vergonzosos de impedir el nacimiento de los hombres y defraudar a la naturaleza, sea por esos gustos brutales y depravados que injurian a su más bella obra, gustos que jamás conocieron ni los salvajes ni los animales y que han nacido en los países civilizados de la imaginación corrompida; sea por esos abortos secretos, dignos frutos de la relajación y del honor vicioso; sea por el abandono o la muerte de una multitud de niños, víctimas de la miseria de sus padres o de la bárbara vergüenza de sus madres; sea, en fin, por la mutilación de esos infortunados, una parte de cuya existencia y toda su posteridad son consagradas a vanas canciones, o, peor todavía, a los celos brutales de algunos hombres, mutilación que en este último caso es un doble ultraje a la naturaleza: por el tratamiento de quienes las sufren y por el uso a que se les destina!

Pero ¿no hay aún mil casos más frecuentes y peligrosos en que los derechos paternales ofenden abiertamente a la humanidad? ¡Cuántos talentos perdidos e inclinaciones forzadas por la imprudente violencia de los padres! ¡Cuántos hombres que se habrían distinguido en una situación conveniente mueren desgraciados y deshonrados en otra hacia la cual no sentían inclinación alguna! ¡Cuántos matrimonios felices, aunque desiguales, han sido deshechos o perturbados, y cuántas castas esposas deshonradas por este orden de condiciones, en contradicción con la naturaleza! ¡Cuántas uniones extravagantes hechas por interés y reprobadas por el amor y por la razón! ¡Cuántos esposos honestos y virtuosos sufren mutuamente su suplicio por haber sido mal casados! ¡Cuántas jóvenes e infortunadas víctimas de la avaricia de sus familias se hunden en el vicio o pasan sus tristes días en lágrimas, gimiendo en unos lazos indisolubles que el corazón repugna y que sólo el oro ha formado! ¡Felices algunas veces aquellas que el valor y la virtud misma arrancan a la existencia antes de que una bárbara violencia las fuerce a pasarla en el crimen o en la desesperación! ¡Perdonadme, padres y madres para siempre dignos de lástima! Con pesar avivo vuestros sufrimientos, pero ¡ojalá puedan servir de ejemplo eterno y terrible a quienquiera se atreva, en nombre mismo de la naturaleza, a violar el más sagrado de sus derechos!

Si sólo he hablado de esas uniones mal avenidas que son obra de nuestra civilización, ¿crése acaso que aquellas que fueron presididas por el amor y la simpatía están exentas de inconvenientes? ¿Qué sería si yo intentara presentar a la especie humana atacada en sus mismas fuentes, y hasta en el más sagrado de todos los vínculos, cuando no se escucha la voz de la naturaleza sino después de haber consultado la fortuna, y cuando, confundiéndose en el desorden social los vicios y las virtudes, la continencia se convierte en una precaución criminal y la negativa a dar vida a un semejante en un acto de humanidad? Pero, sin desgarrar el velo que cubre tantos horrores, contentémonos nosotros con indicar el mal, al cual otros deben aportar el remedio.

Añádase a todo esto esa cantidad de oficios malsanos que abrevian la existencia o destruyen el organismo, tales como los trabajos en las minas, las diversas preparaciones de metales, de minerales, el plomo sobre todo; del cobre, del mercurio, del cobalto, del arsénico, del rejalgar; esos otros oficios peligrosos que cuestan a diario la vida a muchos obreros, unos plomeros, otros carpinteros, otros albañiles, otros trabajadores de las canteras; júntense, digo, todos esos objetos, y podrán verse en el establecimiento y perfección de las sociedades las razones de la disminución de la especie, cosa que ya ha sido observada por más de un filósofo.

El lujo, imposible de evitar entre hombres ávidos de sus propias comodidades y de la consideración ajena, acaba en seguida el mal empezado por las sociedades, y, con el pretexto de dar de comer a los pobres, que no se debía haber hecho, empobrece al resto y despuebla el Estado pronto o tarde.

El lujo es un remedio mucho peor que el mal que pretende curar, o, mejor, él es el peor de todos los males en cualquier Estado, grande o pequeño, que, por mantener turbas de lacayos y de miserables que él mismo ha hecho, agobia y arruina al campesino y al ciudadano, semejante a esos vientos ardientes del Mediodía que, cubriendo la hierba y las verduras de los campos de insectos devoradores, quitan la subsistencia a los animales útiles y llevan la penuria y la muerte a todos los lugares en que se hacen sentir.

De la sociedad y del lujo que ella engendra nacen las artes liberales y mecánicas, el comercio, las letras y todas esas inutilidades que hacen florecer la industria y enriquecen y pierden a los Estados. La razón de esta decadencia es muy sencilla. Es fácil ver que, por su naturaleza, la agricultura es la menos lucrativa de todas las artes, porque siendo sus productos de los más indispensables para el hombre, su precio debe ser proporcionado a las facultades de los más pobres. Del mismo principio puede deducirse la siguiente regla: que, en general, las artes son lucrativas en razón inversa de su utilidad, y que las más necesarias son al cabo las más descuidadas. Por donde se ve lo que debe pensarse de las verdaderas ventajas de la industria y del efecto real que resulta de sus progresos.

Tales son las causas sensibles de todas las miserias a que son lanzadas en fin por la opulencia las naciones más admiradas. A medida que la industria y las artes se desarrollan y florecen, el campesino, despreciado, cargado de impuestos necesarios para el mantenimiento del lujo y condenado a pasar su existencia entre el trabajo y el hambre, abandona sus tierras para buscar en las ciudades el pan que debía llevar a ellas. Cuanto más las capitales deslumbran de admiración los ojos estúpidos del pueblo, más habrá que gemir viendo los campos abandonados, las tierras sin cultivar, los grandes caminos inundados de desgraciados ciudadanos convertidos en mendigos o salteadores y destinados a acabar un día su miseria en un estercolero o en el suplicio. Así es como el Estado, enriqueciéndose por un lado, se debilita y despuebla por otro, y las más poderosas monarquías, después de grandes esfuerzos para hacerse opulentas y al mismo tiempo desiertas, terminan por ser la presa de las naciones pobres, que sucumben a la funesta tentación de invadirlas, y que se enriquecen y debilitan a su vez, hasta que ellas mismas sean invadidas y destruidas por otras.

Explíquesenos de una vez qué es lo que ha podido producir esas nubes de bárbaros que durante tantos siglos han inundado a Europa, Asia y África. ¿Eran la industria de sus artes, la sabiduría de sus leyes, la excelencia de su vida social las causas de su prodigiosa población? Que nuestros sabios tengan la bondad de decirnos por qué, lejos de multiplicarse hasta ese punto, esos hombres feroces y brutales, sin luces, sin freno, sin educación, no se exterminaban mutuamente a cada instante disputándose el alimento o la caza; que nos expliquen cómo esos miserables han tenido el atrevimiento de mirar frente a frente a unas gentes tan hábiles como nosotros, con tan hermosa disciplina militar, tan bellos códigos y tan sabias leyes; en fin, por qué, después que la sociedad se ha perfeccionado en los países del Norte y después de tanto trabajo para enseñar a esos hombres sus mutuos deberes y el arte de vivir agradable y apaciblemente en sociedad, no se vuelven a ver salir multitudes de hombres como en otro tiempo. Mucho me temo que no salga alguno respondiéndome que todas esas grandes cosas, a saber: las artes, las ciencias y las leyes, han sido sabiamente inventadas por los hombres como una peste saludable para prevenir la excesiva multiplicación de la especie, de miedo a que el mundo que nos está destinado resultara al cabo harto pequeño para sus habitantes.

¿Cómo? ¿Es necesario destruir las sociedades, suprimir el tuyo y el mío y volver a vivir en los bosques con los osos? Consecuencia al modo de mis adversarios, que me gusta tanto prever como dejarles la vergüenza de deducirla. ¡Oh vosotros a quienes no ha llegado la voz del cielo y que no reconocéis a vuestra especie otro destino que el de acabar en paz esta corta vida; vosotros los que podéis dejar en medio de las ciudades vuestras funestas adquisiciones, vuestros espíritus inquietos, vuestros corazones corrompidos y vuestros deseos desenfrenados! ¡Volved a vuestra antigua y primera inocencia, puesto que depende de vosotros; id a los bosques a perder de vista y olvidar los crímenes de vuestros contemporáneos, y no temáis envilecer a vuestra especie renunciando a sus luces por renunciar a sus vicios! En cuanto a los hombres como yo, cuyas pasiones han destruido para siempre la sencillez original, que no pueden ya alimentarse con hierbas y bellotas, ni prescindir de jefes ni de leyes; los que fueron honrados en su primer padre con lecciones sobrenaturales; los que verán en la intención de dar a las acciones humanas una moralidad que no hubiesen adquirido en mucho tiempo la razón de un precepto indiferente en sí mismo e inexplicable en cualquier otro sistema; aquellos, en una palabra, que están convencidos de que la voz divina llama a todo el género humano a las luces y a la felicidad de las celestiales inteligencias, todos ésos intentarán, por el ejercicio de las virtudes que se obligan a practicar aprendiendo a conocerlas, merecer el premio eterno que deben esperar; respetarán los lazos sagrados de las sociedades de que son miembros; amarán a sus semejantes y los servirán con todas sus fuerzas; obedecerán escrupulosamente a las leyes y a los hombres que son sus autores y ministros; honrarán especialmente a los buenos y sabios príncipes que sepan prevenir, remediar o atenuar esa multitud de abusos y males pronta siempre a agobiarnos; animarán el celo de esos dignos jefes enseñándoles sin temor ni adulación la grandeza de su empresa y el rigor de sus deberes; pero no por eso dejarán de despreciar una organización que no puede mantenerse sino mediante la ayuda de tantas gentes respetables que más frecuentemente se desean que se consiguen, y de la cual, a pesar de todos sus cuidados, nacen a diario más calamidades reales que aparentes beneficios.

[10] Entre los hombres que conocemos, bien por nosotros mismos, bien por los historiadores y viajeros, unos son blancos, otros son negros, otros son rojos; unos llevan el cabello largo, otros tienen sólo lana rizada; unos son velludos casi del todo, otros no tienen ni aun barba. Han existido y acaso existan pueblos de hombres de talla gigantesca, y, dejando de lado la fábula de los pigmeos, que puede muy bien no ser sino pura exageración, se sabe que los lapones, especialmente los groenlandeses, son de talla bastante inferior a la media del hombre. Incluso se pretende que hay pueblos enteros en que los hombres tienen cola como los cuadrúpedos. Y, sin conceder una fe excesiva a los relatos de Herodoto y Ctesias, se puede al menos sacar esta conclusión bastante verosímil: que si se hubieran podido hacer buenas observaciones en esos tiempos antiguos, en que los diversos pueblos seguían costumbres más distintas entre sí que hoy día, se hubiesen observado, tanto en la figura como en la conformación del cuerpo, variaciones mucho más sorprendentes. Todos estos hechos, de los cuales es fácil presentar pruebas incontestables, no pueden sorprender sino a aquellos que están acostumbrados a no ver más que los objetos que los rodean y que ignoran los poderosos efectos de las variaciones del clima, del aire, de los alimentos, de la manera de vivir, de las costumbres en general, y sobre todo la fuerza asombrosa de las mismas causas cuando obran ininterrumpidamente sobre una larga serie de generaciones. Hoy que el comercio, los viajes y las conquistas aproximan cada vez más a los diversos pueblos y que sus costumbres se confunden sin cesar por la frecuente comunicación, se advierte que ciertas diferencias nacionales se han atenuado; así, por ejemplo, puede observar cualquiera que los franceses actuales no tienen ya aquellos cuerpos grandes, blancos y rubios descritos por los historiadores latinos, aunque el tiempo, junto con la mezcla de francos y normandos, blancos y rubios también, hubiera debido restaurar lo que el frecuente trato con los romanos hubiese podido restar a la influencia del clima sobre la constitución natural y el color de los habitantes. Todas estas observaciones acerca de las diferencias que mil causas pueden producir y han producido en la especie humana me hacen dudar si diversos animales parecidos a los hombres, considerados como bestias por los viajeros sin detenido

examen, o a causa de algunas diferencias en su conformación exterior, o solamente porque esos animales no hablaban, no serían, en efecto, verdaderos hombres salvajes cuya raza, antiguamente dispersa en los bosques, no hubiera tenido ocasión de desarrollar ninguna de sus facultades virtuales, ni adquirir ningún grado de perfección, y se hallaba todavía en el primitivo estado natural. Demos un ejemplo de lo que quiero decir:

«Encuéntrase en el reino del Congo —dice el traductor de la *Historia de los viajes*— gran número de esos animales que en las Indias orientales llaman *orangutanes,* los cuales ocupan como un término medio entre la especie humana y los babuinos. Battel refiere que en los bosques de Mayomba, en el reino de Loango, se ven dos especies de monstruos, los más grandes de los cuales se llaman *pongos* y los otros *enjocos**. Los primeros tienen una semejanza exacta con el hombre, pero son mucho más robustos y de mayor talla. Tienen un rostro humano, pero los ojos muy hundidos; sus manos, sus mejillas, sus orejas no tienen pelo, excepto las cejas, que son muy largas. Aunque tienen el resto del cuerpo bastante velludo, el pelo no es excesivamente espeso, y su color es moreno. En fin, la única parte que los distingue del hombre es la pierna, que carece de pantorrilla. Andan derechos, sujetándose con la mano el pelo del cuello. Viven retirados en los bosques; duermen encima de los árboles y se construyen una especie de techo que los resguarda de la lluvia. Su alimento lo constituyen las frutas o nueces silvestres; nunca comen carne. Los negros acostumbran, cuando atraviesan de noche los bosques, encender fuegos; por la mañana, cuando se marchan, observan que los pongos ocupan su plaza alrededor del fuego y no se retiran hasta que se apaga, pues, aunque tienen mucha habilidad, no tienen suficiente entendimiento para entretener el fuego echando leña.

»Caminan a veces en grandes grupos y matan a los negros que cruzan los bosques. También se arrojan sobre los elefantes que van a pastar a los sitios en que ellos se encuentran, y tanto los molestan a palos o puñetazos, que los obligan a huir lanzando

---

* *Babuinos,* monos del género de los cinocéfalos. Tienen medio metro de talla y cola de un metro de longitud. El *pongo* es una especie de mono antropomorfo, y también deben de serlo los *enjocos*.—*(N. del T.)*

gritos. Nunca se cogen pongos vivos, porque son tan fuertes, que diez hombres no serían suficientes para coger a uno solo; pero los negros cogen gran número de pongos jóvenes después de haber matado a la madre, a cuyo cuerpo el pequeño se agarra fuertemente. Cuando muere uno de estos animales, los demás cubren su cuerpo con un montón de ramas o de hojas. Purchass cuenta que en las conversaciones que había tenido con Battel le había oído referir que un pongo le arrebató un negrito, el cual pasó un mes entero entre esos animales, pues no hacen daño alguno a los hombres que sorprenden, por lo menos cuando éstos no los miran, como había observado el negrito. Battel no ha descrito la segunda especie de esos monstruos.

»Dapper confirma que el Congo está lleno de esos animales que llevan en las Indias el nombre de orangutanes, es decir, habitantes de los bosques, y que los africanos llaman *quojas-morros*. Este animal es tan parecido al hombre —dice—, que a algunos viajeros se les ha ocurrido pensar si podía haber nacido de una mujer y un mono, quimera que los mismos negros rechazan. Uno de esos animales fue transportado a Holanda y presentado al príncipe de Orange Federico Enrique. Tenía la altura de un niño de tres años y era de mediana gordura, pero cuadrado y bien proporcionado, muy ágil y vivo, las piernas carnosas y robustas, la parte anterior del cuerpo desnuda, pero la posterior cubierta de pelo negro. A primera vista, su cara parecía la de un hombre, pero tenía la nariz aplastada y retorcida; sus orejas eran también como en la especie humana; los pechos, pues era hembra, redondeados; el ombligo, hundido; los hombros, bien proporcionados; las manos, divididas en dedos y pulgares; sus pantorrillas y talones, gruesos y carnosos. Andaba con frecuencia derecho sobre sus dos pies, y era capaz de alzar y llevar pesos bastante grandes. Cuando quería beber cogía con una mano la tapadera y con la otra tenía el jarro por el culo; después se limpiaba graciosamente los labios. Para dormir ponía la cabeza en un almohadón, tapándose con tanta habilidad, que se le hubiera tomado por un hombre en el lecho. Los negros refieren cosas extrañas sobre este animal; aseguran que no solamente fuerza a las mujeres y a las muchachas, sino que no teme atacar a hombres armados. En una palabra: hay bastante probabilidad de que sea el sátiro de los antiguos. Merolla habla seguramente de estos animales cuando cuenta que los negros cogen algunas veces en sus cacerías hombres y mujeres salvajes.»

También se habla de esa especie de animales antropomorfos en el tercer tomo de la misma *Historia de los viajes,* bajo el nombre de *begos* y *mandriles**; mas, para no volver a las anteriores descripciones, digamos que se encuentran en la descripción de estos supuestos monstruos sorprendentes analogías con la especie humana y diferencias menores que las que podían señalarse de hombre a hombre. No se hallan en estos pasajes las razones en que se fundan los autores para negar a los animales en cuestión el nombre de hombres salvajes; pero es fácil comprender que es a causa de su estupidez y también porque no hablan, flojas razones para aquellos que saben que, aunque el órgano de la palabra es natural al hombre, no lo es la palabra misma, y que conocen hasta qué punto su perfectibilidad puede haber llevado al hombre por encima de su estado original. El escaso número de líneas que contienen esas descripciones nos permite juzgar qué mal han sido observados esos animales y con qué prejuicios han sido considerados. Por ejemplo: son calificados de monstruos, y, sin embargo, se conviene en que engendran. En un lugar, Battel dice que los pongos matan a los negros cuando éstos cruzan los bosques; en otro, Purchass afirma que no les hacen ningún daño, aun cuando los sorprendan, por lo menos si los negros no se paran a mirarlos. Los pongos se reúnen alrededor de las hogueras encendidas por los negros cuando éstos se retiran, y se marchan a su vez cuando el fuego se apaga. Éste es el hecho; he aquí ahora el comentario del observador: *pues, aunque tienen mucha habilidad, no poseen entendimiento suficiente para mantener el fuego arrojando leña.* Quisiera adivinar cómo Battel, o Purchass su compilador, ha podido saber que la retirada de los pongos es un efecto de su estupidez y no de su voluntad. En un clima como el de Loango, el fuego no es una cosa muy necesaria a los anima-

---

*   Los *begos* son una tribu africana del Sudán oriental, y los *mandriles,* unos cuadrumanos que viven cerca de las costas occidentales de África. De pie tienen unos ochenta centímetros de altura; es particular su nariz chata y roja, con largas alas azules y arrugadas.—*(N. del T.)*

les, y si los negros los encienden es más para ahuyentar a las fieras que contra el frío. Es, pues, muy sencillo que, después de haber estado algún tiempo entreteniéndose con las llamas, o luego de haberse calentado bien, los pongos se cansen de estar siempre en el mismo sitio y se marchen a buscar su alimento, que exige más tiempo que si comieran carne. Por otro lado, se sabe que la mayoría de los animales son naturalmente perezosos y que se resisten a toda clase de cuidados que no son de absoluta necesidad. Parece, en fin, muy extraño que los pongos, cuya destreza y fuerza se alaban, que saben enterrar sus muertos y construirse techos de ramas, no sepan echar leña al fuego. Recuerdo perfectamente haber visto hacer a un mono esta misma maniobra que se pretende no pueden hacer los pongos; es verdad que mi atención no estaba entonces inclinada de este lado, y que cometí igual falta que reprocho a esos viajeros, descuidando examinar si la intención del mono era, en efecto, entretener el fuego o simplemente, como yo creo, imitar la acción de un hombre. Sea lo que fuere, está suficientemente demostrado que el mono no es una variedad del hombre, no sólo porque está privado de la facultad de pensar, sino porque es evidente que su especie carece de la facultad de perfeccionarse, que constituye el carácter específico de la especie humana, experiencias que parece no haber sido hechas con suficiente atención con el pongo y el orangután para poder sacar la misma conclusión. Habría, sin embargo, un medio por el cual, si el orangután y otros eran de la especie humana, los observadores menos hábiles podrían asegurarse de ello hasta con demostración práctica; pero, además de que no bastaría para esta experiencia una sola generación, debe pasar por impracticable, porque sería necesario que lo que sólo es mera suposición fuera demostrado cierto antes de que la prueba corroborativa pudiera ser intentada inocentemente.

Los juicios precipitados, que no son fruto de una razón esclarecida, están propensos a caer en el exceso. Nuestros viajeros convierten sin reparo en bestias, bajo el nombre de *pongos*, de *mandriles*, de *orangutanes*, a esos mismos seres que los antiguos, con el nombre de *sátiros*, *faunos* y *silvanos*, hacían divinidades. Tal vez, después de investigaciones más exactas, se halle que no son ni bestias ni dioses, sino hombres. Entre tanto, me parece que debe darse la preferencia sobre estas cuestiones a Merolla, ilustrado religioso, testigo ocultar y que, a pesar de su ingenuidad, no dejaba de ser un hombre de espíritu, que no al comerciante Battel, a Dapper, Punchass y demás compiladores.

¿Qué juicio habrían formulado semejantes observadores sobre el niño hallado en 1694, del que ya he hablado en la nota 3.ª, que no daba prueba alguna de razón, andaba a cuatro pies, carecía de lenguaje articulado y emitía unos sonidos en nada parecidos a los de un hombre? Pasó mucho tiempo, continúa el mismo filósofo que me refiere el hecho, antes de que pudiera proferir algunas palabras. En cuanto pudo hablar se le preguntó sobre su primer estado, pero no recordaba mucho más que recordamos nosotros de lo que nos ha sucedido en la cuna. Si, desgraciadamente para él, esta criatura hubiera caído en manos de nuestros viajeros, no cabe duda que, después de haber observado su silencio y su estupidez, habrían tomado el partido de dejarlo en los bosques, o bien de encerrarlo en una casa de fieras, después de lo cual hubieran hablado sabiamente de él en bonitas relaciones como de una bestia muy curiosa y que se parecía mucho al hombre.

Desde hace tres o cuatro siglos los habitantes de Europa inundan las otras partes del mundo y publican incesantemente nuevas colecciones de viajes y relatos; pero yo estoy persuadido de que los únicos hombres que conocemos son los europeos, y aun parece, debido a los prejuicios ridículos, que no se han extinguido ni entre las gentes de letras, que no hace cada uno, bajo el pomposo nombre de estudio del hombre, sino el estudio de los hombres de su país. Los particulares van y vienen de un pueblo a otro, pero la filosofía parece que no viaja; así, la de un pueblo parece poco a propósito para otro. La razón de esto es manifiesta, al menos por lo que se refiere a las regiones apartadas; sólo hay cuatro clases de hombres que realicen largos viajes: los marinos, los comerciantes, los soldados y los misioneros. Ahora bien; no puede esperarse que las tres clases primeras proporcionen buenos observadores; en cuanto a los últimos, ocupados en una vocación sublime, aunque no estuvieran sujetos a los prejuicios de su condición como los otros, debe creerse que no se entregarían voluntariamente a investigaciones que parecen de pura curiosidad y que los distraerían de trabajos más importantes a que están destinados. Por lo demás, para enseñar el Evangelio no hace falta más que celo, y Dios pone el resto; mas para estudiar a los hombres son precisas aptitudes que Dios no se compromete a dar a nadie y que no siempre son patrimonio de los santos.

No se abre un libro de viajes en que no se vean descripciones de caracteres y costumbres; pero queda uno sorprendido viendo que esas gentes que tantas cosas han descrito no han dicho más que lo que ya sabía cada cual, no han sabido advertir al otro extremo del mundo sino lo que hubieran podido observar en su propia calle, y que esos rasgos verdaderos que distinguen a los pueblos y atraen la mirada de los ojos hechos para ver han escapado casi siempre a los suyos. De aquí ha salido ese bello principio de moral tan rebatido por la turba filosofante: que los hombres son iguales en todas partes; que, teniendo en todo lugar las mismas pasiones y los mismos vicios, es perfectamente inútil tratar de caracterizar a los diferentes pueblos; lo que está tan bien discurrido como si se dijera que no podía distinguirse a Juan de Pedro porque ambos tienen nariz, boca y ojos.

¿No se verán renacer aquellos tiempos felices en que los pueblos no se mezclaban en la filosofía, en que los Platones, los Tales y los Pitágoras, poseídos de un ardiente deseo de saber, emprendían grandes viajes únicamente para instruirse y sacudir lejos de su patria el yugo de los prejuicios nacionales, aprender a conocer a los hombres por sus semejanzas y por sus diferencias y adquirir esos conocimientos universales que no son de un siglo ni de un país exclusivamente, sino que, por ser de todos los tiempos y lugares, constituyen, por así decir, la ciencia común de los sabios?

Se admira la munificencia de algunos curiosos que han hecho o ayudado a hacer, sin reparar en gastos, viajes en Oriente con sabios y pintores para dibujar las ruinas y descifrar o copiar las inscripciones; pero apenas concibo cómo en un siglo en que todo el mundo se envanece de bellos conocimientos no se encuentran dos hombres cordialmente unidos, ricos uno en dinero y otro en genio, amantes de la gloria y de la inmortalidad, dispuestos a sacrificar, uno veinte mil escudos de su fortuna, otro diez años de su vida, en un célebre viaje alrededor del mundo para estudiar no plantas y piedras, sino a los hombres y las costumbres, y que, después de tantos siglos empleados en medir y estudiar la casa, se dispusieran al fin a conocer a los que la habitan.

Los académicos que han recorrido la parte septentrional de Europa y la meridional de América tenían por objeto visitarlas más como geómetras que como filósofos. Sin embargo, como eran a la vez ambas cosas, no pueden mirarse como completamente desconocidas las regiones vistas y descritas por los La Condamine* y los Maupertuis. El lapidario Chardin, que ha viajado como Platón, no ha dejado nada por decir sobre Persia. China parece haber sido bien observada por los jesuitas. Kempfer da una idea pasable de lo poco que ha visto en el Japón. Fuera de estas referencias, no conocemos las Indias orientales, únicamente frecuentadas por europeos más atentos a llenar sus bolsas que sus cabezas. El África entera, con sus numerosos habitantes, tan singulares por su carácter como por su color, está todavía sin explorar. La tierra está cubierta de naciones de las cuales no conocemos más que los nombres, ¡y pretendemos juzgar al género humano! Supongamos un Montesquieu, un Buffon, un Diderot, un Duclos, un d'Alembert, un Condillac u hombres de este temple viajando para instruir a sus compatriotas, observando y descubriendo como ellos saben hacerlo Turquía, Egipto, Berbería, el imperio de Marruecos, la Guinea, el territorio de los cafres, el interior de África y sus costas orientales, las Malabares, el Mogol, las riberas del Ganges, los reinos de Siam, de Pegu, de Ava, la China y Tartaria, y especialmente el Japón; después, en el otro hemisferio, México, Perú, Chile, territorios magallánicos, sin olvidar los Patagones, falsos o verdaderos; Tucumán, Paraguay, si era posible; el Brasil, los Caribes, la Florida y todas las regiones salvajes. Éste sería el viaje más importante de todos, el que habría que hacer con la más extrema atención. Supongamos que estos nuevos Hércules, de regreso de sus excursiones memorables, escribieran holgadamente la historia natural, moral y política de lo que habían visto; nosotros mismos veríamos salir un mundo nuevo de su pluma y así aprenderíamos a conocer el nuestro. Digo que

---

* *Viaje a la América meridional,* núm. 7 de la colección de «Los grandes viajes clásicos», editada por Calpe.

cuando tales observadores afirmaran que tal animal era un hombre, y de otro que era una bestia, se les podría creer; pero sería una gran simpleza conceder el mismo crédito a esos viajeros incultos, con los cuales se siente algunas veces la intención de examinar la misma cuestión que ellos se meten a resolver sobre otros animales.

[11] Esto me parece de la mayor evidencia y no puedo concebir de dónde hacen nacer nuestros filósofos todas las pasiones que atribuyen al hombre natural. Exceptuadas las puras necesidades físicas, que la misma naturaleza exige, todas nuestras restantes necesidades no son tales sino por la costumbre, con anterioridad a la cual no eran tales necesidades, o por nuestros deseos, y no se desea lo que no se conoce. De aquí se deduce que, no deseando el hombre salvaje más que las cosas conocidas, y no conociendo sino aquello que está a su alcance o es fácil de adquirir, nada debe haber tan tranquilo como su alma y tan limitado como su espíritu.

[12] Encuentro en el *Gobierno civil* de Locke una razón demasiado especiosa para que me sea permitido ocultarla. «Como el fin de la unión entre el macho y la hembra —dice ese filósofo— no es simplemente el de procrear, sino el de propagar la especie, esta sociedad debe durar, aun después de la procreación, por lo menos tanto tiempo como es necesario para la alimentación y la conservación de los procreados, es decir, hasta que sean capaces de proveer por sí mismos a sus necesidades. Esta regla, que la infinita sabiduría del Creador ha establecido sobre todas las obras de sus manos, vemos que es observada por las criaturas inferiores al hombre constantemente y con exactitud. Entre los animales que se nutren de hierba la sociedad entre el macho y la hembra no dura más tiempo que cada acto de ayuntamiento, porque, como las mamas de la madre son suficientes para nutrir a las crías hasta que éstas son capaces de comer la hierba, el macho se contenta con engendrar y no se ocupa más después de la hembra ni de los pequeñuelos, a cuya subsistencia en nada puede contribuir. Pero entre los animales carnívoros la sociedad dura más tiempo, a causa de que, no pudiendo la madre proveer a su propia subsistencia y a alimentar al mismo tiempo a sus cachorros con su sola presa, que es una manera de alimentarse mucho más laboriosa y peligrosa que la herbívora, la asistencia del macho es indispensa-

ble para el sostenimiento de su común familia, si puede usarse este término, la cual, mientras no pueda ir a buscar alguna presa, no podrá subsistir sin los cuidados del macho y de la hembra. La misma cosa se observa en todas las aves, exceptuados algunos pájaros domésticos que se encuentran en sitios en que la abundancia de alimento exime al macho del cuidado de alimentar a las crías; se ve que mientras las crías en sus nidos tienen necesidad del sustento, el macho y la hembra se lo llevan hasta que los pequeñuelos pueden volar y proveer a sus subsistencia.

»Y en esto consiste, en mi opinión, la principal, si no la única razón de por qué el macho y la hembra, en el género humano, están obligados a una sociedad más duradera que entre las demás criaturas. Esta razón es que la mujer es capaz de concebir, y ordinariamente queda de nuevo embarazada y pare un nuevo hijo mucho antes de que el precedentes esté en situación de poder prescindir de la ayuda de sus padres y pueda atender por sí mismo a sus necesidades. De este modo, obligado un padre a cuidar de los hijos que ha engendrado y a hacerlo por mucho tiempo, también está en la obligación de vivir en la sociedad conyugal con la misma mujer de quien los ha tenido y de permanecer en esta sociedad mucho más tiempo que las otras criaturas, cuyos pequeñuelos pueden subsistir por sí mismos antes de que llegue la época de una nueva procreación, y el lazo entre macho y hembra se rompe por sí mismo y uno y otro quedan en plena libertad hasta que la época en que acostumbran ayuntarse los animales los obligue a escoger nuevos compañeros. En este punto no se sabría admirar bastante la sabiduría del Creador, que, habiendo dado al hombre cualidades propias para proveer tanto al porvenir como al presente, ha querido y hecho de manera que la sociedad del hombre durara mucho más tiempo que la del macho y la hembra entre las demás criaturas, a fin de que la industria del hombre y de la mujer fuera más excitada y sus intereses más unidos, con objeto de hacer provisiones para sus hijos y dejarles hacienda, por no haber nada más perjudicial para los hijos que una unión incierta y vaga o una disolución fácil y frecuente de la sociedad conyugal.»

El mismo amor de la verdad que me ha hecho exponer sinceramente esta objeción me excita a acompañarle de algunas observaciones, si no para resolverla, al menos para aclararla.

1.ª Señalaré en primer lugar que las pruebas morales no tienen gran fuerza en materia de física y que sirven más bien para justificar hechos existentes que para constatar la existencia real de esos hechos. Ahora bien; tal es el género de pruebas que Locke aduce en el pasaje que he copiado; pues aunque pueda ser ventajoso para la especie humana que la unión entre el hombre y la mujer sea permanente, no se deduce que así haya sido establecido por la naturaleza; de otro modo habría que decir también que ella ha instituido la sociedad civil, las artes, el comercio y cuanto se pretende ser útil a los hombres.

2.ª Ignoro dónde ha hallado Locke que entre los animales de presa la sociedad del macho y la hembra dure más tiempo que entre los herbívoros y que uno ayude al otro a alimentar a las crías, pues no se ve que el perro, el gato, el oso ni el lobo reconozcan a su hembra mejor que el caballo, el carnero, el toro, el ciervo y los demás animales cuadrúpedos a la suya. Parece, al contrario, que si el concurso del macho fuera necesario a la hembra para conservar sus pequeñuelos, esto sucedería sobre todo en las especies que sólo viven de hierbas, porque la hembra necesita mucho tiempo para pastar y en este intervalo se ve forzada a descuidar sus crías, mientras que una osa o una loba tienen más tiempo para amamantar sus pequeñuelos porque devoran en un instante su presa. Este razonamiento está confirmado por el examen del número relativo de mamas y de hijuelos que distingue las especies carniceras de las frugívoras, de lo que he tratado en la nota 8.ª Si esta observación es justa y general, como la mujer sólo tiene dos tetas y no da existencia cada vez más que a un hijo, ésta es una fuerte razón más para dudar que la especie humana sea naturalmente carnicera; de suerte que me parece que para llegar a la conclusión de Locke sería necesario invertir su razonamiento. No tiene más solidez la misma distinción aplicada a las aves; porque ¿quién podrá admitir que la unión del macho y la hembra es más duradera entre los buitres y los cuervos que entre las tórtolas? Tenemos dos especies de aves domésticas, el pato y el pichón, que nos dan ejemplo completamente contrario al sistema de ese autor. El pichón, que sólo vive de granos, sigue unido con su hembra y juntos alimentan a las crías. El pato, cuya voracidad es conocida, no reconoce ni a la hembra ni a sus crías y no ayuda en nada a su sustento, y entre los pollos, especie que no es menos carnívora, no se ve que el gallo se preocupe poco ni mucho de la pollazón. Si en otras especies el macho comparte con la hembra el cuidado de alimentar los pequeñuelos es porque éstos, que no pueden volar en seguida ni pueden ser amamantados por la madre, están en peores condiciones que los cuadrúpedos para poderse pasar sin la ayuda del padre, mientras que a estos últimos les basta con las mamas de la madre, por lo menos durante cierto tiempo.

3.ª Hay mucha incertidumbre sobre el hecho principal que sirve de base a todo el razonamiento de Locke, porque para saber, como él pretende, si en el puro estado natural la mujer queda por lo general embarazada de nuevo y da a luz un nuevo hijo mucho tiempo antes que el anterior pueda proveer por sí mismo a sus necesidades, harían falta experiencias que seguramente no ha hecho Locke ni nadie puede hacer. La cohabitación continua del marido y la mujer es tan propicia a exponerse a un nuevo embarazo, que es muy difícil creer que el ayuntamiento fortuito o el impulso único del temperamento produzcan efectos tan frecuentes en el puro estado natural que en el de la sociedad conyugal; esta lentitud acaso contribuiría a hacer a los niños más robustos y podría ser, por otra parte, compensada por la facultad de concebir prolongada hasta una edad más avanzada en las mujeres que hubieran abusado menos de ella en su juventud. Respecto a los niños, hay bastantes razones para creer que sus fuerzas y órganos se desarrollan más tarde entre nosotros que en el estado primitivo de que hablo. La debilidad original que heredan de sus padres, el cuidado que se tiene de envolver y torturar sus miembros, la molicie en que se crían y quizá también el uso de leche distinta a la de su madre, todo contraría y retarda en ellos los primeros progresos de la naturaleza. La aplicación que se les exige sobre mil cosas en las cuales tienen que tener fija continuamente su atención, mientras que no se da ningún ejercicio a sus fuerzas corporales, puede también trabar considerablemente su crecimiento; de modo que si, en lugar de sobrecargar y fatigar desde el principio sus espíritus de mil maneras, se dejara que ejercitasen su cuerpo en los movimientos continuos que la naturaleza parece exigirles, es de creer que estarían mucho antes en condición de andar, de accionar y de atender por sí mismos a sus necesidades.

4.ª En fin, Locke prueba, cuando más, que podría muy bien existir en el hombre un motivo de seguir unido a la mujer cuando ésta tiene un hijo; pero no prueba de ningún modo que ha debido unirse a ella antes del parto y durante los nueve meses de su embarazo. Si una mujer es indiferente al hombre durante esos nueve meses y si aun llega a no reconocerla, ¿por qué la va a ayudar después del parto? ¿Por qué va a ayudarla a criar a un niño que no sabe si le pertenece enteramente y cuyo nacimiento no ha resuelto ni previsto? Locke supone evidentemente de qué se trata, pues no es cuestión de saber por qué el hombre sigue unido a la mujer después del alumbramiento, sino por qué se une a ella después de la concepción. Satisfecho el apetito sexual, el hombre no tiene necesidad de la mujer ni la mujer del hombre. Éste no tiene la menor preocupación ni tal vez la menor idea de las consecuencias de su acto. Cada uno se va por su lado, y no hay la menor razón para suponer que al cabo de nueve meses recuerden haberse conocido, pues esta clase de memoria, por la cual un individuo da su preferencia a otro para el acto de la generación, exige, como pruebo en el texto, más adelante o corrupción en el entendimiento humano que puede concebirse en el estado de animalidad de que aquí se trata. Cualquier mujer puede satisfacer tan bien como la otra los nuevos deseos del hombre, y otro hombre satisfacer a la misma mujer, suponiendo que sienta el mismo apetito durante la preñez, de lo que puede razonablemente dudarse. Y si en el estado de naturaleza la mujer no siente la pasión amorosa después de la concepción del hijo, la dificultad de su sociedad con el hombre hácese mucho mayor, porque entonces no necesita ni del hombre que la ha fecundado ni de otro alguno. No hay, pues, en el hombre ninguna razón para buscar la misma mujer ni en la mujer para buscar el mismo hombre. El razonamiento de Locke cae por tierra, y toda la dialéctica de este filósofo no le ha garantizado contra la falta que Hobbes y otros han cometido. Tenían que explicar un hecho del estado natural, es decir, de un estado en que los hombres vivían aislados, en que ningún hombre tenía motivo alguno para permanecer al lado de otro, ni acaso los hombres de vivir al lado unos de otros, lo que todavía es peor;

y no han pensado en transportarse más allá de los siglos de la sociedad, es decir, de estos tiempos en que los hombres tienen siempre una razón de permanecer unidos y en los cuales tal hombre tiene con frecuencia algún motivo para seguir al lado de tal hombre o mujer.

[13] Me guardaré mucho de embarcarme en las reflexiones filosóficas que habría que hacer sobre las ventajas e inconvenientes de esta institución de las lenguas. No es a mí a quien se permite atacar los vulgares errores y el pueblo ilustrado respeta demasiado sus prejuicios para soportar con paciencia mis pretendidas paradojas. Dejemos, pues, hablar a las gentes a quienes no se ha incriminado que osaran algunas veces tomar el partido de la razón contra la opinión de la multitud. *Ned quidquam felicitati humani generis decederet, si, pulsa tot linguarum peste et confusione, unam artem callerent mortales, et signis, motibus gestibusque, licitum foret quidvis explicare. Nunc vero ita comparatum est, ut animalium quoe vulgo bruta credentur melior longe quam nostra hac in parte videatur conditio utpote quae promptius, et forsan felicius, sensus et cogitationes suas sine interprete significent, quam ulli queant mortales, praesertim si peregrino utantur sermone**. (Is. Vossius, *de Poemat. vant. et viribus rhythmi.*)

[14] Platón, demostrando cómo las ideas de la cantidad discreta y sus relaciones son necesarias hasta en las menores artes, se burla con razón de los autores de su tiempo, que pretendían que Palamedes había inventado los números en el sitio de Troya, como si, dice el filósofo, Agamenón hubiera podido ignorar hasta entonces cuántas piernas tenía. Se comprende, en efecto, la imposibilidad de que la sociedad y las artes hubieran llegado a donde se encontraban ya cuando el sitio de Troya si los hombres no hubieran usado los números y el cálculo; pero la necesidad de

---

* «Nada perdería la felicidad humana si, suprimida la peste y confusión de tantas lenguas, todos los hombres se sirvieran del mismo modo de expresión y por medio de signos, movimientos y gestos fuera lícito explicar todas las cosas. Pero ahora ocurre que los animales, tenidos vulgarmente por estúpidos, están en situación mucho más ventajosa que la nuestra, puesto que, sin necesidad de intérprete, expresan sus sensaciones y pensamientos con más rapidez y acaso con más exactitud que puede hacerlo ningún hombre, sobre todo si se sirve de lenguaje extranjero.»

conocer los números antes que adquirir otros conocimientos hace difícil imaginar su invención. Una vez conocido el nombre de los números es fácil explicar su sentido y excitar las ideas que esos nombres representan; mas para inventarlos ha sido preciso, antes de haberse familiarizado, por así decir, con las meditaciones filosóficas, ejercitarse en conocer a los seres por su sola esencia e independientemente de toda otra percepción; abstracción muy penosa, muy metafísica, muy poco natural y sin la cual, no obstante, esas ideas nunca se hubieran podido transferir de una especie o género a otro, ni los números hacerse universales. Un salvaje podía considerar separadamente su pierna derecha y su pierna izquierda, y mirar ambas bajo la idea invidisible de un par; pero no pensar que tenía dos, porque una cosa es la idea representativa, que nos pinta un objeto, y otra la idea numérica, que lo determina. Todavía menos podía calcular hasta cinco, y aunque poniendo una mano sobre otra hubiera podido observar que los dedos se correspondían exactamente, estaría lejos de pensar en su igualdad numérica; no sabía mucho mejor el número de sus dedos que el de sus cabellos, y si, después de haberle hecho comprender qué son los números, alguien le hubiera dicho que en los pies tenía igual número de dedos que en la mano, hubiese quedado seguramente sorprendido, al hacer la comparación, viendo que era verdad.

15 No deben confundirse el amor propio y el amor de sí mismo, dos pasiones muy diferentes por su naturaleza y por sus efectos. El amor de sí mismo es un sentimiento natural que lleva a todos los animales a velar por su conservación, y que, guiado en el hombre por la razón y la piedad, produce la humanidad y la virtud. El amor propio no es más que un sentimiento relativo, ficticio, nacido en la sociedad, que lleva a cada individuo a hacer más caso de sí que de nadie, que inspira a los hombres todo el mal que se hacen mutuamente y que es la fuente verdadera del honor.

Dicho esto, sostengo que en nuestro estado primitivo, en nuestro verdadero estado natural, el amor propio no existe, porque, considerándose cada hombre en particular como el único espectador que le contempla, como el único ser en el universo que se interesa por él, como el juez único de su propio mérito, no es posible que un sentimiento que tiene su origen en comparaciones que él no está en situación de hacer pueda germinar en su alma. Por igual razón, este hombre no podrá sentir ni odio ni deseos de venganza, pasiones que sólo pueden nacer de nuestra opinión ante una ofensa recibida, y como es el desprecio o la intención de dañar, y no el mal, lo que constituye la ofensa, los hombres que no saben ni estimarse ni compararse pueden hacerse mutuas violencias cuando buscan con ellas alguna ventaja, pero nunca ofenderse. En una palabra: el hombre, no mirando a sus semejantes sino como podía mirar a los animales de otra especie cualquiera, puede arrebatar la presa al más débil o ceder la suya al más fuerte, considerando estas rapiñas como hechos naturales, sin el menor movimiento de insolencia o desprecio y sin más pasión que el dolor o la alegría de un buen o mal resultado.

[16]   Es cosa muy notable que, después de tantos años como hace que los europeos se torturan en adaptar a los salvajes de diversas regiones del mundo a su manera de vivir, no hayan podido ganar uno solo, ni aun en favor del cristianismo, pues nuestros misioneros hacen de ellos algunas veces cristianos, pero nunca hombres civilizados. Nada puede vencer su obstinada repugnancia a adoptar nuestras costumbres y nuestro modo de vivir. Si esos pobres salvajes son tan desgraciados como se pretende, ¿por qué inconcebible aberración del entendimiento rehúsan constantemente civilizarse a nuestra semejanza o aprender a vivir felices entre nosotros? Se lee en cambio en mil sitios que muchos franceses y otros europeos se han refugiado voluntariamente en esos pueblos y han pasado su vida entera sin poder abandonar esa extraña manera de vivir, y se ve a sensatos misioneros recordar enternecidos los días tranquilos e inocentes pasados entre esos pueblos tan despreciados. Si se responde que carecen de luces suficientes para juzgar sanamente su estado y el nuestro, replicaré que la apreciación de la felicidad es más bien asunto del sentimiento que de la razón. Por otra parte, esa objeción se vuelve contra nosotros con mayor fuerza, pues hay más distancia de nuestras ideas al estado de espíritu en que sería necesario hallarse para concebir el gusto que encuentran los salvajes en su modo de vivir, que entre las ideas de los salvajes y las que pueden hacerle

comprender nuestra existencia. En efecto: después de algunas observaciones pueden ver fácilmente que nuestros esfuerzos se encaminan a dos únicos objetos; a saber, para sí, las comodidades de la vida, y la consideración de los demás. Pero ¿de qué manera podemos nosotros imaginar la especie de placer que experimenta un salvaje pasando una vida solo, en medio de los bosques, o pescando, o soplando en una mala flauta sin saber sacar nunca ni un solo tono y sin preocuparse de aprenderlo?

Varias veces se han llevado salvajes a París, a Londres y otras ciudades; se ha corrido a deslumbrarlos con nuestro lujo, nuestras riquezas y nuestras artes más útiles y curiosas; todo esto no ha excitado nunca en ellos sino una admiración estúpida, sin el menor movimiento de deseo. Recuerdo, entre otras, la historia de un jefe de algunos americanos septentrionales que fue conducido a la corte de Inglaterra hace una treintena de años. Se le presentaron mil cosas para hacerle un presente que pudiera agradarle, sin hallar nada que pareciera interesarle. Nuestras armas le parecían pesadas e incómodas, nuestros zapatos le herían los pies, nuestros vestidos le molestaban; todo lo rechazaba. Por fin se advirtió que, habiendo tomado una manta de lana, parecía que le agradaba cubrir con ella su espalda. «Convendréis —le dijeron en seguida— en la utilidad de este objeto». «Sí —respondió—, me parece tan bueno como una piel.» Pero no hubiera dicho esto siquiera si hubiese llevado una y otra bajo la lluvia.

Tal vez se me diga que la costumbre, sujetando a cada uno a su manera de vivir, impide a los salvajes apreciar lo que hay de bueno en la nuestra; pero, en tal caso, debe parecer por lo menos extraordinario que la costumbre tenga más fuerza para mantener a los salvajes en el goce de su miseria que a los europeos en el disfrute de su felicidad. Para oponer a esta última objeción una respuesta a la cual nada se pueda replicar, sin acudir al ejemplo de los jóvenes salvajes que vanamente se ha intentado civilizar, sin hablar de los groenlandeses e islandeses que se ha intentado educar y alimentar en Dinamarca, y que la tristeza o la desesperación hicieron perecer, sea de languidez, sea en el mar por intentar volver a nado a sus países, me contentaré con citar un solo ejemplo bien probado, que ofrezco para su examen a los admiradores de la civilización europea:

«Todos los esfuerzos de los misioneros holandeses del Cabo de Buena Esperanza no han podido convertir a un solo hotentote. Van der Stel, gobernador del Cabo, cogió a uno en su infancia y le hizo educar en los principios de la religión cristiana y en la práctica de los usos de Europa. Se le vistió lujosamente, se le enseñaron varias lenguas, y sus progresos respondieron admirablemente a los cuidados puestos en su educación. El gobernador, esperando mucho de su espíritu, le envió a las Indias con un comisario general, que le empleó útilmente en los asuntos de la Compañía. Después de la muerte del comisario volvió al Cabo. Algunos días después, en una visita que hizo a algunos hotentotes parientes suyos, tomó la decisión de despojarse de sus vestidos europeos y cubrirse con la piel de una oveja. Así volvió al fuerte, con un paquete que contenía sus anteriores ropas, y presentándolas al gobernador, le dijo: *Tened la bondad, señor, de tener presente que renuncio para siempre a estos vestidos, renuncio también por toda mi vida a la religión cristiana; he resuelto vivir y morir en la religión, en las costumbres y usos de mis antepasados. La única gracia que os pido es que me dejéis el collar y el machete que llevo; los guardaré como recuerdo vuestro.* En el acto, sin esperar la respuesta de Van der Stel, emprendió la huida, y jamás volvió al Cabo.» (*Historia de los viajes,* tomo V, pág. 175.)

[17]   Se me podría objetar que, en un desorden semejante, los hombres, en lugar de exterminarse sañudamente, se hubieran dispersado si no hubiese habido límites a su dispersión. Pero, en primer lugar, estos límites hubiesen sido al menos los del mundo, y si se piensa en la excesiva población que resulta del estado natural, se comprenderá que la tierra, en ese estado, no habría tardado en quedar cubierta de hombres, forzados de tal modo a vivir reunidos. Por otra parte, se habrían dispersado si el mal hubiese sido rápido, un cambio del día a la mañana; pero nacían bajo el yugo, estaban habituados a llevarlo, aunque sentían su peso, y se contentaban con esperar la ocasión de sacudirlo. En fin: acostumbrados ya a mil comodidades, que los forzaban a vivir agrupados, la dispersión no era tan fácil como en los primeros tiempos, en los cuales, no teniendo nadie necesidad sino de sí mismo, cada uno tomaba su partido sin esperar el consentimiento de los demás.

[18] El mariscal de Villars contaba que en una de sus campañas, haciendo sufrir y murmurar al ejército las excesivas bribonadas de un abastecedor de víveres, le amonestó duramente y le amenazó con hacerlo colgar. «Esta amenaza no me afecta —le contestó con arrogancia el granuja—, y tengo la satisfacción de deciros que no se cuelga fácilmente a un hombre que dispone de cien mil escudos.» «No sé cómo se las arregló —añadía ingenuamente el mariscal—, pero, en efecto, no fue colgado, aunque lo merecía cien veces.»

[19] La justicia distributiva se opondría a esta rigurosa igualdad del estado de naturaleza, aun cuando fuera practicable en la sociedad civil; y como todos los miembros del Estado le deben servicios proporcionados a su inteligencia y a sus fuerzas, los ciudadanos, a su vez, deben ser distinguidos en proporción a sus servicios. En este sentido hay que entender un pasaje de Isócrates en el que éste alaba a los primeros atenienses por haber sabido distinguir cuál era la más ventajosa de ambas clases de igualdad, una de las cuales consiste en dar parte indiferentemente a todos los ciudadanos en todas las ventajas, y la otra, en distribuirlas conforme al mérito de cada uno. Esos hábiles políticos, añade el orador, rechazando esa injusta igualdad que no establece diferencia alguna entre los malvados y las personas de bien, se adhirieron inviolablemente a aquella que recompensa y castiga a cada uno según su mérito. Pero, en primer lugar, nunca ha existido sociedad alguna, sea cualquiera el grado de corrupción a que haya podido llegar, en la que no se hiciera alguna distinción entre los malvados y las personas de bien; y en materia de costumbres, en la cual la ley no puede fijar una medida suficientemente exacta para que sirva de regla al magistrado, muy sabiamente le veda, para no dejar a su discreción la suerte o el rango de los ciudadanos, el juicio de las personas, dejándole sólo el de los actos. Únicamente unas costumbres tan puras como las de los antiguos romanos pueden soportar la existencia de censores; entre nosotros, semejantes tribunales habrían trastornado todo en seguida. El derecho de establecer una diferencia entre el malvado y el hombre de bien corresponde a la opinión pública. El magistrado sólo es juez del derecho riguroso; el pueblo es el verdadero juez de las costumbres, juez íntegro y aun esclarecido sobre este punto, que

algunas veces es engañado, pero nunca corrompido. La categoría de los ciudadanos debe ser determinada, no por sus méritos personales, que sería dejar a los magistrados el medio de aplicar casi arbitrariamente la ley, sino por los servicios reales que prestan al Estado, los cuales son susceptibles de una apreciación más exacta.